젊은 베르테르의 슬픔

J. W. 괴테 지음

일신서적출판사

젊은 베르테르의 슬픔

차례

제1부

1771년 5월 4일

　나는 당신과 헤어져 이곳에 오게 된 것이 얼마나 기쁜지 모르겠소! 벗이여, 사람의 마음이란 이렇게도 변덕스럽소. 그렇게 아끼고 떨어지기 싫던 당신과 헤어지고 나서 기쁨을 느끼다니! 그러나 당신은 틀림없이 용서해줄 것이오. 당신 아니 여러 사람들과 맺었던 교제들은 나 같은 사람의 마음을 불안으로 떨게 하기 위해 운명이 일부러 만들어 놓은 것이 아니었을까? 생각해보면 레오노르에게는 미안하게 되었소! 하지만 그건 결코 내 죄만은 아니오. 그녀의 동생이 지닌 개성적인 매력에 이끌리어 내가 서서히 달아오르는 동안에 레오노르의 가슴속에 나에 대한 사랑이 싹트게 된 거요. 어쩔 수 없는 일이 아니겠소? 그렇지만 내게 전혀 책임이 없을까? 혹시 내가 그녀의 사랑을 길러준 것은 아닐까? 그녀의 꾸밈없는 자연스런 감정의 발로에 모두 곧잘 웃었지만 그것은 사실 그다지 우스꽝스러운 것이 아니었는데, 나도 즐거워한 것은 아니었을까? 그리고 어쩌면 나는—아니 이렇게 내가 트집을 잡다니 사람이란 참으로 이상한 존재인가 보오. 나는 당신에게 약속하오. 내 마음가짐을 고칠 것을……. 나는 전과 같이, 운명이 마련한 조그마한 불행을 이제 다시는 되씹지 않겠소. 나는 눈앞의 현재를 그대로 즐기겠소. 과거는 과거일 뿐이오. 분명 당신 말이 옳았소. 벗이여! 인간이—어찌하여 이렇게 생겨 먹었는지 모르지만—여러 가지 상상력을 발휘하여 지난날의 불행한 추억을 불러일으키지 말고 오히려 현재를 유유히 살아간다면 인간들에게는 괴로움이 좀더 적어질 것이 아니겠소?

미안하지만 부탁한 일을 잘 처리하여 되도록 빨리 결과를 보고하겠다고 우리 어머니에게 전해 주시오. 숙모님도 만나봤는데 우리 쪽에서 생각하던 것처럼 나쁜 여자는 아니었소. 쾌활하고 괄괄하고 아주 좋은 분이었소. 내가 분배될 유산을 보내 주지 않아서 어머니가 괴로움을 받고 있다고 말했더니 아주머니는 여러 가지 이유와 원인을 설명한 뒤 몇 가지 조건을 내놓으면서 그것을 들어준다면 모든 것을, 아니 우리가 요구하는 것 이상의 몫을 주겠다고 했소. 하지만 이 문제에 대해서는 지금 아무것도 쓰고 싶지 않소. 다만 모든 일이 잘 될 것 같다고만 어머니에게 전해 주오. 벗이여! 나는 이번에 이런 하찮은 일에 대해서도 오해나 게으름이 책략이나 악의보다도 더 이 세상에 물의를 일으킨다는 것을 알게 되었소. 적어도 책략이나 악으로 일어나는 경우는 거의 드문 일이오.

아무튼 나는 이 고장에 와서 잘 있소. 낙원 같은 이곳에서 고독하다는 것은 내 마음을 소중한 향유(香油)처럼 고쳐 주고 있소. 그리고 봄이 한창인 이 계절이 자칫하면 얼어붙으려는 내 마음을 한껏 따뜻이 품어 주고 있다오. 나무마다 생 울타리마다 꽃이 한창이오. 나는 풍뎅이라도 되어서 이 향기로운 바다 속을 훨훨 날아다니며 모든 자양을 그 속에서 찾았으면 싶소.

이곳 거리 자체는 그다지 좋은 곳은 아니오. 그러나 주위의 자연은 말로 다할 수 없을 만큼 아름답소.

수많은 언덕이 더할 바 없는 아름다운 변화를 지니고 서로 엇갈려 멋진 골짜기를 이루고 있소. 이미 세상을 떠난 M백작이 이런 언덕에 하나의 정원을 꾸몄던 것도 그 아름다움에 마음이 이끌렸기 때문이었소. 그 정원은 소박한 편이오. 발을 들여 놓으면 그것은 전문적인 원예사의 설계로 된 것이 아니라 주인 자신의 유유자적하려는 감수성 넘치는 마음을 곧 알 수 있소. 나는 이미 낡아 버린 정자 안에서 고인을 위해 몇 번이나 눈물을 흘렸소.

그 정자는 고인도 물론 좋아하였겠지만 지금은 내가 좋아하는 곳이 되었소. 나는 얼마 안 가서 이 정원의 구석구석까지 알게 될 것이오. 사귄 지 며칠 되지 않지만 원예사는 나에게 호의를 가지고 있소. 앞으로도 나를 싫어하진 않을 것 같소.

5월 10일

이상하리만큼 명랑한 기분이 내 영혼을 송두리째 사로잡고 있소. 그것은 마치 마음껏 즐기고 있는 감미로운 봄날 아침 같다고나 할까. 나는 혼자요. 나 같은 사람에게 알맞은 이 고장에서 나의 생활을 즐기고 있소. 나는 정말 행복하오, 벗이여!

나는 현재의 아늑한 생활 감정 속에 완전히 젖어 있소. 때문에 나의 예술은 거의 질식해 버릴 것 같소. 지금 같아서는 화필을 들 수가 없소. 줄 하나 제대로 그을 수 없소. 그러나 일찍이 나는 이 순간보다도 더 위대한 화가였던 때는 없었던 것 같소. 나를 에워싼 정다운 골짜기에 안개가 서리고, 높이 뜬 태양은 내다보기 어려운 어둠 속에 조용한, 나의 사랑하는 숲 높은 곳의 수관(樹冠)을 희미하게 빛내고, 몇 줄기 햇살만이 신성한 숲속으로 비쳐들 뿐이오. 나는 쏜살같이 흘러내리는 시냇가의 무성한 풀밭에 누워 대지에 얼굴을 바싹 붙이면, 가지각색 어린 풀들이 저마다 개성이 있는 것으로 보인다오. 이 조그마한 풀 포기 사이의 세계에서 우글거리는 곤충들의 모습—땅벌레나 날벌레들의 헤아릴 수 없는 무수한 모습들을 가슴 깊이 느끼곤 하오. 그리고 자신의 모습을 본떠 우리 인간을 창조한 절대자의 존재와 영원한 환희 속에 우리를 떠돌게 하여 보살펴 주는 대자 대비하신 신의 입김을 느끼오.

벗이여! 이윽고 내 주위가 어두워지면 나를 에워싼 하늘과 땅은 애인의 모습처럼 내 영혼 속에서 고요히 숨쉬게 되오. 그럴 때면 나는 가끔 동경의 마음으로 이렇게 생각하곤 하오. 아아, 네 맘속에 이렇게 풍부하고 이렇게 따뜻하게 숨쉬고 있는 것을 다시 표현할 수 없을까? 그리고 화지(畫紙)에 생명을 불어넣고 너의 영혼을 비추는 거울이 되게 할 수는 없을까, 라고.

벗이여! 그러나 나는 그렇게 생각하는 것만으로 파멸해 버릴 것이오. 나는 이 생명 현상의 힘에 넘친 장려함에 쓰러질 것 같소.

이 고장에는 사람을 현혹시키는 정령(精靈)이 떠돌고 있어서 그런지 혹은 이 세상 것 아닌 아름다운 공상력이 내 가슴에 깃들었는지 주위의 모든 것은 정말 천국처럼 느껴지오.

거리에서 조금 떨어진 곳에 샘이 하나 있는데 나는 멜루지네(프랑스의 전설에 나오는 물의 요정)와 그 자매들처럼 이 샘에 매혹되어 붙잡히고 말았소.

조그마한 언덕을 내려가면 아치형 문 앞에 나서게 되고 거기서 스무 계단쯤 내려가면 그 아래 맑은 샘물이 대리석 바위 틈에서 솟아나오고 있소. 위쪽을 빙 둘러 가로막은 야트막한 돌담 일대를 뒤덮고 있는 샘 근방은 큰 나무로 덮여 있어 썽글하게 시원하오. 이 모든 것이 사람의 마음을 단숨에 매혹시킨다오. 그래서 나는 이곳에서 날마다 몇 시간을 보내곤 하오.

그러면 거리 아가씨들이 물을 길어 가오. 그것은 매우 순박하고 또 중요한 일이 아니겠소! 옛날에는 임금의 따님들도 손수 물을 길었었소.

여기 앉아서 주위를 살펴보노라면 옛 족장들의 시대가 생생하게 되살아나오. 우리의 옛 조상들은 우물가에서 서로 알게 되고 구혼했던 것이오. 우물이나 샘 근방에는 인자한 정령들이 떠돌고 있었던 것이오. 아아, 이런 것을 느낄 수 없는 사람은 괴로운 여름철의 나그네 길에서 시원한 샘물 몇 모금으로 기운을 되찾은 경험이 없는 사람일 것이 분명하오.

5월 13일

내 책을 이곳에 보내주겠다는 거요? 벗이여! 제발 부탁이니 책은 싫소. 그만둬요. 나는 이제 남의 가르침을 받거나 고무(鼓舞)와 격려 따위를 받는 일은 질색이오. 내 심장은 혼자서도 얼마든지 들끓고 있소. 나에게 필요한 것은 자장가요.

그런 자장가는 내 곁에 있는 호머의 작품 속에서 얼마든지 찾아볼 수 있소. 나는 끓어오르는 피를 이 자장가로 얼마나 자주 달래 보았는지 모르오. 당신도 나의 마음처럼 변하기 쉽고 정처 없는 것은 보지 못했을 것이오.

벗이여! 이런 말을 새삼 당신한테 할 필요가 어디 있겠소. 당신은 번민에서 방종으로, 달콤한 우울에서 위태로운 정열로 곧잘 변해 가는 내 모습을 벌써 여러 번 보아 왔을 뿐 아니라 당신에게도 걱정을 끼쳤으니 말이오. 사실 나는 내 마음을 병든 어린아이 다루듯 하고 있소. 그리하여 무엇이든 맘대로 하게 내버려 두고 있소.

이런 말을 남에게는 말아 주오. 혹시 나쁘게 생각하는 사람도 있을지 모르니까……

5월 15일

이곳 가난한 사람들은 벌써 나와 친해져서 나에게 호의를 보여 주고 있소. 특히 어린아이들이 그렇소. 처음에는 내가 그들과 어울려 이것저것 정답게 말을 건네면 몇몇 사람은 내가 조롱하는 줄 알고 매정스럽게 외면해 버리기도 했었소.

그러나 나는 별로 불쾌하게 여기지 않았소. 다면 여태까지 종종 눈치 채고 있던 일을 새삼 통절히 느꼈을 따름이오. 즉 좀 신분이 높다는 사람은 흔히 하류층 사람들에게 언제나 매정하게 거리를 두려고 하며 그들과 가까이 하면 손해라도 많이 볼 것처럼 믿고 있는 듯했소. 또 때로는 겸손한 체하면서도 실은 그들에게 자기의 존대함을 돋보이려는 경박한 자들이나 장난치기 좋아하는 자들이 있었소.

나는 인간이 평등하지 않으며 평등할 수 없다는 것도 잘 알고 있소.

그러나 나는 존경받기 위해 이른바 천민들을 멀리할 필요가 있다고 생각하는 자는 패배가 두려워 적을 보고 몸을 피하는 비열한 자와 마찬가지로 마땅히 침을 뱉을 인간이라고 생각하오.

언젠가 그 우물가에 갔더니 한 어린 하녀가 물통을 맨 밑의 계단에 올려놓고 누가 와서 머리 위에 이어 주지 않나 하고 사방을 두리번거리고 있었소.

나는 그녀한테 가서 얼굴을 마주 보며 말했소.

"아가씨, 내가 도와줄까?"

그러자 그녀는 얼굴을 붉히며,

"아, 아니에요. 괜찮아요, 나리!"

하지 않겠소!

"사양할 건 없어."

하고 내가 말하니까 그녀가 똬리를 머리 위에다 고쳐 놓기에 나는 물통을 이어 주었소. 그녀는 고맙다고 말하고 계단을 올라갔소.

나는 여러 사람들과 사귀었지만 아직 마음에 드는 친구는 한 사람도 찾아내지 못했소. 내가 어떤 점에서 사람들의 마음을 끌 수 있

는지는 모르지만 여러 사람들이 나를 따르며 호의를 베풀어 주오. 그럴수록 나는 서로가 같이 가는 길은 잠시 동행할 뿐이라는 것이 서글프오.

이 고장 사람들의 기질이 어떠냐고 당신이 묻는다면 인간은 어느 고장이나 마찬가지라고 대답할 수밖에 없소. 인간 족속이란 거의 엇비슷한 것이 아니겠소? 대다수의 사람들은 살기 위해 시간의 대부분을 열심히 일하게 보내고 있소. 좀 남아돌아가는 자유로운 시간이 있으면 오히려 안절부절못하여 거기서 벗어나려고 이래 볼까 저래 볼까 하고 버둥거리는 거요. 아아, 이것이 인간의 운명이런가!

그러나 그들은 좋은 사람들이오. 나는 때때로 모든 것을 잊고 이들과 함께 식탁에 둘러앉아 솔직 담백하게 즐거운 이야기를 나누기도 하고 때로는 마차로 함께 들놀이를 가기도 하고, 또는 같이 어울려 춤을 추기도 하오. 인간에게 허용되고 있는 이러한 즐거움을 그네들과 함께 나눈다는 것은 유쾌한 일이 아닐 수 없소. 다만 나의 마음 한구석에는 또 다른 많은 힘이 깃들여 있는데 그것을 제대로 발휘 못 하고 썩히고 있다는 초조한 생각에 사로잡히지 말았으면, 또 그것을 애써 감추지 않게 되었으면 하고 바랄 따름이오. 아아, 이런 것이 모두 나를 괴롭히오. ─그러나 오해를 받는다는 것은 나 같은 인간의 어쩔 수 없는 운명이 아니겠소?

아아, 내가 어린 시절부터 가까이 사귀던 여자 친구가 죽어 버렸다오. 차라리 그녀와 사귀지 않았더라면─그녀를 몰랐더라면 지금의 나는 "너는 바보야. 이 세상에서 찾을 수 없는 것을 너는 찾고 있다.”고 자신에게 말하고 있을 것이오. 그러나 나는 그녀를 알고 있었고, 그녀의 마음과 그녀의 훌륭한 영혼을 잘 알고 있었소. 그녀의 영혼에 접하면 나는 나보다도 더 위대한 것처럼 생각되었소. 왜냐하면 가능한 한까지 나 자신이 될 수 있었으니까. 그때 내 영혼 중 단 하나의 힘이나마 발휘되지 않고 그대로 남은 일이 있었던가? 그녀 앞에 나서면 내 가슴에 숨은 놀라운 모든 감정을 남김없이 발휘하지 않았을까? 우리들의 교제는 섬세한 감각과 날카로운 의지가 직물(織物)처럼 복잡하게 얽혀 있어 그 부자연한 것까지도 모조리 자연스레 변화시키지 않았던가? 그런데 이제 와서는—아아, 나보다 나이가 많다고 해서 그녀는 나보다 일찍 이 세상을 떠나야만 했소. 나는 결코 그녀를 잊을 수 없소. 그녀의 굳은 마음씨와 갸륵한 인내심을 잊을 수 없소.

며칠 전에 나는 V라는 젊은이를 만났소. 그는 시원스런 얼굴을 한 솔직한 청년이었소. 대학을 갓 나온 이 청년은 잘난 체하지는 않았지만 다른 사람보다 박식하다고는 믿고 있었소. 사실 그는 여러 모로 보아 공부도 한 듯싶었소. 아무튼 아는 것이 많았소. 내가 그림을 그리고 그리스 어를 할 줄 안다고 해서—이 두 가지는 우리 나라에선 유성(流星)과 같이 존중되지만—나를 찾아왔었소.

그는 바토(1713~1789. 프랑스의 미학자)로부터 우이드(1716~1771. 영국의 평론가)에 이르기까지, 드 필레(1716~1771. 프랑스의 화가)로부터 빈켈만(1717~1768. 독일의 미학자)에 이르기까지 박식함을 지껄여 댔고, 줄체르(1720~1779. 독일의 철학자)의 이론 제1부를 완전히 독파하였을 뿐더러 고대 연구에 대한 하이네(1729~1812. 독일의 고고학자)의 강의 원고를 갖고 있다고 했소. 나는 잠자코 듣고만 있었소.

나는 또 한 사람 아주 훌륭한 분과 알게 되었소. 그는 공국(公國)의 법관으로 솔직하고 성실한 분이오. 나는 이 사람이 아홉이나 되는 자녀에게 둘러싸여 있는 광경을 보기만 해도 즐거웠소. 더구나 이분의 큰따님에 대해서는 소문이 자자하오.

나는 초대를 받았으므로 한번 찾아가 보려고 하오. 이분은 여기서 한 시간 반쯤 걸리는 공작의 수렵관에서 살고 있소. 부인이 별세한 뒤 이 거리의 관사에서 사는 것이 괴로워 그곳으로 이사를 했다나 보오.

그 밖에 한두 사람의 괴짜들과도 알게 되었소. 이 친구들이 하는 짓은 모두가 눈에 거슬리오. 무엇보다도 참기 어려운 것은 그들이 억지로 정다운 체하려는 태도라오.

그럼 안녕히! 이 편지는 당신 마음에 들 줄로 아오. 철두철미한 객관적 기록이니까…….

5월 22일

일생이 일장 춘몽임은 여태까지 많은 사람들이 말해 왔던 것이지만 나도 언제나 이런 생각에서 벗어날 수 없소.

인간의 활동력이나 탐구력이라는 것은 어떤 한계 안에 제약되어 있고 그것에서 벗어날 수는 없소. 인간의 모든 활동은 우리들의 비참한 생존을 연장시키려는 것밖에 다른 목적이 없는 것이오. 뿐만 아니라 여러 가지로 삶에 까닭을 붙여 마음의 안정을 얻으려는 노력도 단지 체념 속에 보는 꿈이며, 인간은 자기가 갇혀 있는 사방의 벽에 밝은 풍경과 온갖 인물들을 그리고 있는 것에 지나지 않는 거라오. 이러한 점을 생각해볼 때, 빌헬름이여! 나는 그만 말문이 막혀 버리오. 그러므로 나는 다시 나 자신의 내부로 돌아가서 거기서 하나의 세계를 발견하게 되오. 그러나 그 세계는 결코 명확히 드러내 보일 수 있거나 생생한 힘을 지닌 것이 아니라 막연한 예감이나 어둔 욕구 속에 떠돌게 되는 것이오. 그러면 모든 것은 내 감각 앞을 천천히 흔들려 움직여 가고, 나는 꿈꾸듯 미소 짓고 그 세계 속에 빠져들어 가는 것이오.

어린이는 자기 욕망의 원인을 모르고 있다는 것이 박식한 교사나 가정교사들의 일치된 견해라오. 그러나 어른들도 어린이와 마찬가지로 이 땅 위를 비틀거리며 걸어다니고 있는데 대체 어디서 와서 어디로 가는지 모르오. 또한 진정한 목적에 따라 행동하지 않소. 그들 역시 비스켓이나 사탕이나 흰 자작나무 회초리에 의해 움직이고 있소. 이런 사실은 아무도 시인하려들지 않겠지만 나에게는 너무나 명백한 사실이오.

이러한 내 견해에 대하여 당신이 어떻게 응해올 것인지 나는 이미 알고 있으며, 또 그 의의를 솔직히 인정도 하겠소. 마치 어린아이들처럼 아무 생각 없이 하루하루를 보내고 인형을 이리저리 끌고 다니며 옷을 벗겼다 입혔다 하기도 하고 어머니가 과자를 넣어둔 찬장 언저리를 조마조마 맴돌다가 자기가 원하는 그 과자를 드디어 손에 넣게 되면 가득 물고서도 "더 주세요." 하고 외치는 그런 인간들이 가장 행복하다는 것은 사실이오.

그들이야말로 행복한 사람이오. 자기들의 시시한 일이나 혹은 자기들 멋대로의 취미에 대해서까지 어떤 화려한 명칭을 붙여 인류의 행복과 복지를 위한 큰 사업이라고 자랑하는 자들도 역시 행복하오―그렇게 할 수 있는 자들은 행복할 것이오!

그러나 그런 일이 결국 어떻게 된다는 것은 겸허한 마음으로 꿰뚫어 보고 있는 사람도 있소. 또한 행복한 시민이라면 누구나 자기의 조그마한 뜰을 아름답게 낙원으로 꾸며나가며 불행한 자들은 무거운 짐을 등에 지고 끈기 있게 자기의 길을 가면서 저마다 햇빛을 1분이라도 더 쬐고 싶다고 바라고 있소. 이런 것을 잘 이해하는 사람―바로 그런 사람들은 많은 말을 하지 않지만 자기 내부에서 자기 세계를 만들어 가고 인간으로서 살고 있다는 것으로 행복한 거요. 이들은 비록 여러 가지로 제약을 받는 몸이긴 하지만 마음속으로는 언제나 멋진 자유의 감정을 가지고 있으며, 원할 때엔 언제나 이 삶이라는 감옥을 떠날 수 있다고 생각하고 있소.

5월 26일

당신은 전부터 내가 어떤 집에 살고 싶어하는지 알고 있을 줄 믿소. 어디든지 정들 만한 곳에 조그마한 오막살이를 짓고 거기서 될 수 있는 한 검소하게 살려는 내 취미 말이오. 이 고장에서도 나는 마음에 드는 장소를 찾아내었소.

거리에서 한 시간쯤 걸리는 곳에 발하임이라는 마을이 있소. 비탈진 언덕에 자리 잡고 있어 매우 재미있는 곳이오. 언덕 위 오솔길을 따라 마을을 빠져나가면 골짜기 전체를 한눈에 내다볼 수 있소.

여기에 레스토랑 하나가 있는데 늙기는 했지만 친절하고 쾌활한 주인 마누라가 포도주, 맥주, 커피 등을 대접해 주오. 그러나 무엇보다도 보기 좋은 것은 두 그루의 보리수요. 이 보리수는 가지를 펼치고 교회 앞 조그만 광장을 덮고 있소. 그 주위에는 농가들과 창고 그리고 저택의 안뜰로 둘러싸여 있어 이렇게 정답고 마음이 끌리는 곳을 나는 일찍이 별로 보지 못하였소.

나는 레스토랑에서 식탁과 의자를 이곳에 내오게 하여 커피를 마시며 '호머'를 읽소. 어느 맑게 갠 날 오후에 우연히 그 보리수 밑을 처음 찾아갔을 때 그 광장은 매우 조용했소. 모두들 들에 일하러 나가고 네 살쯤 되어 보이는 사내아이가 땅바닥에 앉아서 생후 6개월쯤 되는 갓난아기를 자기 양쪽 다리 사이에 앉히고 두 팔로 자기 가슴에 품은 모양이 흡사 안락 의자 같은 역할을 하는 것이었소. 검은 눈을 초롱초롱 굴리며 광장을 바라보는 모양이 무척 발랄했는데도 조용히 얌전하게 앉아 있었소. 이 광경에 나는 얼마나 기분이 흡족했는지 모르오.

나는 그 건너편에 놓인 쟁기에 걸터앉아 신이 나서 두 형제의 모습을 그렸소. 거기다 바로 그 곁의 울타리며 창고의 문, 그리고 한두 개의 부서진 마차 바퀴를 곁들여 있는 그대로 그려 나갔소.

한 시간쯤 지나 다 끝낸 그림을 바라보니 내 주관을 섞지 않았는데도 구도가 좋은 매우 흥미 있는 그림이 되었소. 이것을 보고 앞으로 나는 자연에만 의지하려는 생각을 더욱 굳게 다졌소. 자연만이 무한히 풍성하며 자연만이 위대한 예술가를 낳을 수 있소.

예술 창작상 여러 규칙의 이점에 대하여서는 여러 모로 말할 수 있소. 그것은 마치 시민 사회를 예찬하는 말을 얼마든지 할 수 있는 것과 마찬가지요. 예술 규칙에 따라 수업을 쌓은 사람은 절대로 무미건조하거나 졸렬한 작품을 그리는 일은 절대로 없소. 이것은 마치 법률이나 예의에 어긋나지 않도록 행동하는 사람이 결코 남의 손가락질을 받는 이웃이나 지독한 악인이 될 수 없는 것과 마찬가지요. 반면에 역시 모든 규칙은 자연의 진실한 느낌과 사실적인 표현을 망치는 것이오. 아마 당신은 이렇게 말할 것이오. "그것은 지나친 말이다. 규칙은 다만 작품에 어떤 제약을 가함으로써 불필요한 덩굴을 잘라 버릴 뿐이다."라고.

벗이여! 나는 당신한테 한 가지 비유로 이야기를 해야만 할까 보오. 즉 그것은 연애의 경우와 마찬가지라고 할 수 있소. 가령 젊은 청년이 한 소녀에게 애정을 품어 날마다 아침부터 저녁까지 그녀의 곁을 떠나지 않고 자기의 모든 힘과 모든 재물을 바쳐서 오직 그녀를 위해 자기의 모든 것을 바치는 데에 한시도 쉬지 않고 정성을 나타내려 하고 있소. 그때 마침 어떤 관리 따위의 속물이 나타나서 이렇게 말했다고 가정해 보구려.

"여보게, 젊은이! 사랑이란 인간적인 것일세. 사랑은 어디까지나 인간답게 해야 해. 자네 시간을 쪼개서 일부는 일에 충당하고 나머지 시간을 이용하여 상대방과 사귀란 말이야. 수입을 헤아려서 여분이 있으며 선물도 하게. 그러나 그것도 너무 자주 할 게 아니라 그 여자의 생일이나 명절 같은 날을 골라서 해야 하네."

—만일 그 친구가 이런 충고를 받아들인다면 물론 유능한 청년

임에 틀림없소. 나 자신도 그런 청년이라면 어떤 영주한테도 써달라고 추천할 용의가 있소. 그러나 그의 사랑은 끝장이 난 거요. 만일 그 청년이 예술가라면 그 예술도 역시 끝장이 나는 거요.

오오 벗이여! 어째서 천재의 물줄기가 둑을 부수고 콸콸 흘러와 세상 사람들의 영혼을 일깨워 주는 일이 이렇게도 희귀한가? 사랑하는 벗이여! 그것은 둑 양쪽에 한가한 신사들이 집을 마련하고 있기 때문이라오. 저들의 정자나 튤립의 꽃밭이나 채마밭이 홍수에 휩쓸리지 않도록 미리 둑을 쌓고 물고랑을 내어서 앞으로 닥쳐올 위험을 미리 알고 있는 거요.

※독자는 이 편지에 나타난 지명을 찾으려고 헛되이 애쓰지 말기 바란다. 편지의 원문에 있는 원 지명을 부득이 변경하였다.

5월 27일

이제 와서 깨달았지만 나는 내 멋대로의 감상에 젖은 나머지 비유를 쓰거나 웅변조가 되어 그 아이들이 어떻게 되었는지 이야기하는 것을 까맣게 잊어 버렸었구려. 단편적이나마 어제 편지에서 이야기한 바와 같이 나는 회화적인 분위기에 젖어 그럭저럭 두 시간쯤 그 쟁기 위에 앉아 있었소. 이윽고 저녁때가 되어 그 동안 제자리에 조용히 앉아 있던 아이들에게로 어떤 젊은 여자가 팔에 바구니를 끼고 달려왔소. 저만큼 떨어진 곳에서부터,

"필립스야! 착하기도 해라."

하고 소리쳤소. 그리고 나에게도 가볍게 인사를 하기에 나도 고개를 끄덕여 보이고 가까이 다가가서 아이들의 어머니냐고 물어보았소. 부인은 그렇다고 대답하고 큰 아이에게 흰 빵을 한 조각을 주고는 갓난애를 가슴에 품고 과연 어머니다운 애정을 담아 입을 맞추었소.

"필립스한테 어린애를 맡기고 저는 거리에 갔다 왔어요. 흰 빵과 설탕과 옹기솥을 사려구요. 큰애는 데리고 갔었어요."

아닌 게 아니라 뚜껑이 벗겨진 바구니 속을 들여다보니 그런 물건들이 들어 있었소.

"한스(이것이 그 어린애의 이름이었소)에게 저녁 수프를 끓여 주려구요. 큰애가 여간 장난꾸러기라야죠. 어제도 남은 죽을 갖고 필립스와 싸우다가 그만 옹기솥을 산산조각 냈지 뭐예요."

나는 그 큰놈이 어디 갔느냐고 물어보았소. 풀밭에서 거위를 쫓아다니고 있을 거라는 어머니의 말이 끝나기도 전에 그 녀석이 헐레벌떡 뛰어와서 둘째놈에게 개암나무 가지를 갖다 주었소. 나는 이 어머니 되는 부인과 한참 이야기를 나누었소. 그리하여 그녀는 어떤 학교 선생의 딸이며 남편은 사촌형의 유산을 물려받으러 스위스에 가 있다는 것을 알게 되었소.

"저쪽에서는 저의 남편을 속이려고 해요. 제 남편이 편지를 해도 답장조차 없어요. 그래서 그이가 직접 떠났어요. 혹시 무슨 일이라도 일어나지 않았는지 걱정이군요. 여태 감감 무소식이에요."

나는 그대로 헤어지기가 서운해서 어린애들에게 각각 1크로네씩 쥐어 주고 제일 막내에게 거리에 나가거든 수프에 넣을 흰 빵이라도 사다 주라고 역시 1크로네를 부인에게 주고 헤어졌소.

벗이여! 나는 가끔 피곤한 마음을 도저히 억제할 길이 없을 때 이런 사람들을 보게 되면 마음의 모든 불안이 조용히 가라앉곤 하오. 그들은 행복한 고요함 속에서 그들의 비좁은 생활 범위 속에서 살아가고, 하루하루를 그럭저럭 지내면서 나뭇잎이 떨어지면 겨울이 왔다는 것 말고는 별로 다른 생각을 하지 않는 사람들을 바라보는 일이오.

그 후부터 나는 곧잘 그곳을 찾아가오. 어린애들은 나와 정들어 내가 커피를 마실 때면 나한테서 설탕을 받아먹고, 저녁이면 버터 빵이나 발효 우유를 나와 나눠 먹기도 하오. 그리고 일요일에는 반드시 1크로네를 주기로 했소. 혹시 예배 시간이 지나도 내가 오지 않을 때에는 나를 대신해서 나눠주도록 레스토랑 주인 마누라에게 부탁해 놓았소.

애들은 나하고 정이 들어 나에게 무엇이나 이야기해 준다오. 무엇보다도 재미있는 일은 이 마을의 다른 아이들까지 모두 모였을 때의 모습이오. 그들의 거센 감정 표시라든지 단순한 욕구의 표현은 볼 만하오.

아이들이 너무 나를 귀찮게 굴지나 않을까 하는 어머니들의 걱정을 없애기에 나는 무던히 애를 써야만 하오.

5월 30일

며칠 전에 내가 그림에 대하여 말한 것은 문학에도 그대로 들어

맞으리라고 생각하오. 중요한 것을 판별하고 그것을 솔직히 표현하는 일이 중요하오. 물론 말은 짧고 간단하지만 거기에는 많은 뜻이 내포되어 있소. 오늘 내가 목격한 광경이야말로 그것을 그대로 표현하면 세상에서 가장 아름다운 전원시가 될 것이오. 그러나 문학이나 시가 대체 무슨 소용이 있겠소? 우리는 자연 현상과 하나로 융합하면 되는 것이지 구태여 그것을 이리저리 손질할 필요가 어디 있겠소?

이렇게 쓰고 보니 당신은 이 여러 가지로 고상하고 고귀한 것을 기대할는지 모르겠으나 그렇다면 그것은 퍽 기대에 어긋날 거요.

지금 내가 커다란 관심을 갖고 있는 것은 어느 젊은 농사꾼에 대한 이야기라오. 전과 같이 나는 이 이야기를 잘 써낼 것 같지 않소. 여느 때처럼 당신은 또 내가 과장하고 있다고 생각할는지 모르겠소. 장소는 역시 발하임—이런 진귀한 일은 언제나 발하임에서 일어나니 참 별일이오.

하루는 보리수 그늘에서 몇몇이 모여 커피를 마시고 있었고, 나는 거기 모인 사람들이 내 마음에 들지 않았기 때문에 핑계를 대고 그들에게서 떨어져 있었소.

그때 마침 이웃집에서 한 젊은 농부가 나타나 일전에 내가 그린 쟁기를 손질하며 무엇인가 열심히 고치기 시작하였소. 나는 그의 그런 모습에 흥미가 갔기 때문에 몇 마디 말을 걸어 그의 신상에 대해 물어보았소. 우리는 금방 서로 친하게 되었소. 하긴 나는 이런 소박한 사람들한테는 언제나 그렇지만 곧 친밀해졌소.

들자 하니 그는 어떤 과부댁에서 머슴살이를 하고 있는데 상당히 우대를 받고 있다는 거요. 그는 그 여주인에 대한 이야기를 이것 저것 늘어놓으면서 여간 칭찬을 하는 것이 아니었소. 나는 이 친구 가 그 여주인한테 홀딱 빠져 있다는 사실을 알아차렸소. 그 마누라 는 나이도 지긋한 모양인데 첫 남편한테서 어찌나 푸대접을 받았는 지 이제 결혼 같은 것은 엄두도 내지 않고 있다고 말했지만, 그가 그 여주인을 얼마나 아름답게 생각하며 또 매력을 느끼고 있는지 빤히 들여다보였소. 그리고 첫 남편에 대한 쓰라린 추억을 지워 버 리기 위해서도 자기를 택해 주기를 간절히 바라는 눈치였소.

그의 티 없는 연모의 정과 사랑과 성실성을 당신에게 생생하게 표현하려면 그가 나한테 한 말을 한 마디도 빼놓지 않고 그대로 되 풀이하는 수밖에 없소. 만일 나에게 천재적 시인의 재질이라도 있 다면 나는 그의 표정, 그의 아름다운 목소리며, 남몰래 불길을 간직 한 그의 눈초리를 역력히 표현할 수 있었을 것을……. 그러나 그의 태도나 표정에 나타난 부드러움을 내가 무슨 재주로 표현할 수 있 단 말이오? 내가 아무리 묘사한다고 하여도 결국 졸렬하기 짝이 없 는 글이 되고 말 것이오.

내가 특히 감동을 받은 것은 내가 혹시 자기와 여주인과의 관계 를 이상하게 생각하지나 않을까, 또 내가 그 여주인의 선량한 행실 을 의심하지나 않을까 하고 그 농부가 걱정하고 있는 점이었소. 그 녀가 비록 젊은 육체적인 매력은 없을지 모르지만 그 친구의 마음 을 꽉 사로잡고 있는 여주인의 몸매에 대하여 그 친구가 이야기할 때 얼마나 그 모양이 매력적이었는지, 나는 오직 마음속으로 되새 기는 도리밖에 없소. 나는 여태껏 간절한 정열과 뜨거운 연모를 이렇듯 순수하게 표현하는 것을 생각해본 일도 꿈꾼 일도 없소.

내가 이렇게 말한다고 당신은 욕할지도 모르지만 이토록 진실하고 순진한 마음을 상기하면 내 영혼의 불길이 활활 타오르오.

그토록 성실하고 사랑에 넘친 사람의 모습은 어딜 가나 내 머릿속에서 사라지지 않소. 그리하여 마치 나 자신도 그런 불길이 옮겨붙은 듯 가슴이 지글지글 타고 있소.

나는 되도록 빨리 그 여주인을 한번 만나볼 작정이오. 그러나 어찌 생각하면 만나지 않는 것이 좋을 것 같기도 하오. 오히려 애인의 눈을 통하여 그녀를 바라보는 편이 훨씬 나을 것 같기 때문이오.

막상 그녀를 만나 육안으로 바라본다면 지금 생각하고 있는 여자와는 다른 사람인지도 모를 일이 아니오? 무엇 때문에 이 아름다운 이미지를 머릿속에서 몰아낼 필요가 있단 말이오.

6월 16일

왜 소식이 없냐고? 그런 것을 캐묻다니 당신도 역시 학자의 한 사람이란 말이오? 내가 잘 있다는 것쯤은 당신도 알고 있을 텐데.

간단히 말해서 나는 어떤 여인과 알게 되었는데 이것이 내 커다란 관심거리가 되어 있소. 나는 이 심정을 어떻게 말해야 할지 모르겠소.

이 사랑스런 사람과 알게 된 경위를 당신에게 이야기하기가 무척 어려울 것 같소. 나는 지금 얼마나 흐뭇하고 행복한지 모르겠소. 나는 그 자초지종을 순서 있게 당신에게 이야기할 재간이 없을 것 같소. 나는 차분한 역사 기술자가 못 되는가 보오.

천사 같은 여자요!—이런 말은 누구나 자기 애인에 대해 쓰는 흔한 말이겠지. 안 그렇소? 그렇다고 나는 그녀가 얼마나 완전무결하여 또 어떤 점이 그런가에 대하여는 말할 수가 없소. 어쨌든 그녀가 내 마음을 송두리째 사로잡고 있는 것만은 사실이오.

총명하면서도 단순하고, 건실하면서도 상냥하고 쾌활하고 활동적이면서도 조용한 성격이오.

—이렇게 내가 그녀에 대해 말한다 해도 결국 모두 싱거운 넋두리에 지나지 않소. 그녀의 됨됨이를 조금도 드러내지 못한 부질없는 추상적 말일 따름이라오.

나중에, 아니 나중으로 미룰 것이 아니라 지금 당장 이야기하겠소. 지금 이야기하지 않으면 영원히 그럴 기회가 없을 것만 같으니 말이오. 이것은 당신에게만 하는 말이지만 나는 이 편지를 쓰기 시작하고 나서 벌써 세 번이나 펜을 던지고 말을 몰아 그녀에게로 뛰어가려고 했소. 오늘은 가지 않으리라고 단단히 다짐했는데도 나는 수없이 들창가에 서서 해가 얼마나 높이 떠 있나 하고 밖을 내다보곤 하였소.

나는 더 참을 수가 없었소. 그리하여 결국 그녀한테 가고 말았소.

빌헬름! 나는 지금 막 돌아와서 버터빵으로 저녁 식사를 마치고 당신에게 이 편지를 쓰는 중이오. 그녀가 여덟이나 되는 귀엽고 씩씩한 어린 동생들에게 둘러싸여 있는 광경을 보고 나는 얼마나 즐거웠는지 모르오.

그런데 이런 식으로 그녀에 대한 이야기를 끌고 가다가는 당신에게 아무래도 요령 부득이 될 것 같소. 그러면 잘 들어보시오. 되도록 상세히 이야기해 나가겠소.

며칠 전에도 당신에게 이야기했듯이 나는 S라는 법관과 알게 되어 그의 은신처라기보다는 조그마한 왕국을 일간 방문해 달라는 초대를 받았소. 나는 그를 방문할 것을 미루고 있었고, 만일 우연히 그 고장에 묻혀 있는 보물을 발견하지 못했더라면 아마도 나는 그를 찾아가지 않았을지도 모르오.

이곳 젊은 친구들이 무도회를 개최한다기에 나도 참석할 것을 쾌히 승낙했소. 나의 파트너는 이 지방의 상냥하고 아름다운 아가씨였소. 별로 대단한 것도 없는 평범한 아가씨였소. 그래서 마차를 타고 그 파트너와 그녀의 사촌언니를 데리고 무도회장에 가는 도중에 샤로테·S라는 여자를 만나서 동행하기로 되어 있었소.

마차가 수렵관을 향해 나무를 베어 넓게 터놓은 숲속을 지나갈 때 나의 파트너는 이런 말을 해주었소.

"곧 예쁜 여자와 만나게 되실 거예요."

그러나 그 사촌언니 되는 여자가,

"반하지 않도록 조심하세요."

하고 말하기에,

"그건 왜요?"

하고 나는 반문하였소.

"그 아가씨는 이미 근사한 분과 약혼을 한걸요. 그분은 아버님이 돌아가셨기 때문에 집안일을 정리하고 뭔가 상당한 지위를 얻으려고 여행을 하고 계서요."

하고 사촌언니 되는 여자는 말하였소. 그러나 나는 이런 이야기를 귓등으로 흘려 버리고 말았소.

수렵관 문 앞에 마차가 닿았을 때는 해가 서산으로 넘어가려면 아직 15분은 더 있어야 했소. 무척 무더운 날씨였소. 여자들은 소나기가 오면 어쩌나 하고 걱정을 하고 있었소. 사실 멀리 지평선에는 비를 품은 검은 구름이 뭉게뭉게 피어오르고 소나기라도 올 듯한 기세였소. 모처럼의 즐거운 파티가 헛되이 되어 버리지나 않을까 하여 나도 걱정되기 시작했으나 나는 엉터리 기상학 지식으로 여자들의 걱정을 얼버무려 버렸소.

내가 마차에서 내리자 한 하녀가 문 앞에 나와서 로테 아가씨가 곧 나오실 테니 잠깐 기다려 달라고 전갈을 했소. 나는 앞뜰을 지나 훌륭한 저택 쪽으로 발길을 옮겼소. 집 앞 계단을 올라가서 현관문에 발을 들여놓자 나는 여태까지 보지 못한 매혹적인 정경을 목격하였소. 즉 그 현관 홀에 위로는 열한 살에서부터 밑으로 두 살쯤 되어 보이는 어린아이들이 떼를 지어 한 처녀를 둘러싸고 있었던 것이오. 팔과 가슴에 연분홍색 리본이 달린 말쑥한 흰 옷을 걸치고 있는 그 처녀는 얼굴이 아름답고 키는 알맞은 편이었소.

그런데 그녀는 손에 검은 빵을 들고 빙 둘러싼 아이들에게 각각 나이와 양에 따라 조금씩 잘라서 정답게 나누어 주고 있었소. 그러면 아이들은 저마다 천진스럽게 "고맙습니다!" 하고 소리치는 것이었소. 모두들 아직 빵을 자르기도 전에 조그마한 두 손을 추켜들고 기다리고 있다가는 그 빵을 받아들고 흐뭇해서 어떤 아이는 뛰어나가는가 하면 또 어떤 아이는 조용히 그 자리를 떠나 로테 누나가 타고 갈 마차와 손님들을 구경하려고 대문 쪽으로 걸어가기도 하였소.

"실례했습니다. 선생님을 여기까지 들어오시게 하고, 부인들을 오래 기다리게 해서 죄송합니다. 옷을 입고 제가 집을 비운 동안에 돌봐야 할 자질구레한 일들을 해놓다 보니 아이들에게 저녁 빵 나눠 주는 것을 깜박 잊었지 뭐예요. 그 애들은 제가 빵을 잘라 주지 않으면 받으려들지 않는답니다."

나는 겉으로는 덤덤히 몇 마디 인사치레를 했지만 속으로는 어느덧 그녀의 몸매와 음성과 거동에 완전히 매혹되어 버렸소. 그리하여 그녀가 장갑과 부채를 가지러 방으로 달려갔을 때에야 비로소 겨우 제정신을 차릴 여유를 갖게 되었소. 아이들은 약간 떨어진 곳에서 나를 쳐다보고 있었소. 내가 제일 귀여운 얼굴을 한 막내 동생한테로 다가갔더니 그 꼬마는 뒤로 물러섰소. 그때 마침 로테가 방에서 나와,

"루이, 이 사촌형님한테 악수를 해보아라."

하고 말하였소. 그 꼬마는 누나가 시키는 대로 천진스럽게 나와 악수를 했소. 꼬마는 콧물이 조금 흘러 있었지만 나는 그 꼬마에게 키스를 하지 않을 수 없었소.

"사촌형이라니요?

하고 그녀에게 손을 내밀면서 말하였소.

"제가 댁의 친척이 되는 그런 영광을 누릴 수 있을까요?"

"저의 사촌은 상당히 많아요. 설마 선생님이 그들 중에서 제일 나쁜 분이면 곤란하지요."

하고 로테는 가볍게 웃으면서 대답했소.

그녀는 집에서 나오면서 큰 여동생인 조피라는 열한 살쯤 되어 보이는 소녀에게 아이들을 잘 보살펴 주고, 아버지가 승마 산책에서 돌아오시면 잘 말씀드리도록 부탁하는 것이었소. 그리고 아이들에게는 조피의 말을 자기 말과 마찬가지로 잘 들어야 한다고 타일렀소. 그러나 모두들 분명히 그렇게 하겠다고 약속을 하였지만 그 가운데서 여섯 살쯤 되어 보이는 금발머리의 조숙한 소녀가 다음과 같이 이의를 제기하였소.

"조피는 로테 언니가 아니잖아. 우리는 로테 언니가 제일 좋은 걸!"

이러는 동안 큰 아이 둘은 어느새 마차 뒤에 기어올랐소. 내가 괜찮다고 말하자, 로테는 두 아이에게 장난을 치지 않고 단단히 붙잡고 있으면 숲 앞까지 태워 주겠다고 미리 다짐을 받았소.

우리가 자리를 잡자 여자들은 서로 인사를 나누고, 옷이며 모자 이야기를 비롯하여 오늘 파티에서 만날 사람들에 대해서 여러 가지 평들을 끝내자, 로테는 마부에게 일러 마차를 세우고 동생들을 내려놓았소. 동생들은 또다시 누나의 손에 키스를 하고 싶다면서 열댓 살쯤의 소년다운 제법 애정이 넘치는 태도로, 또 작은 놈은 활발하고 씩씩하게 키스를 하였소. 로테는 동생들을 잘 부탁한다고 다시 한 번 당부를 하였소. 우리는 마차를 달리기 시작했소.

사촌언니 되는 여인이 로테에게 전에 보낸 책을 다 읽었느냐고 묻자,

"아뇨, 별로 재미없어요. 돌려 드려야겠어요. 저번 것도 역시 별로 흥미가 없더군요."

하고 대답하였소. 나는 그 책 이름을 물어보고 놀라지 않을 수 없었소. 그녀의 대답에 의하면 그것은 ×××[1]이었소.

그녀가 하는 모든 말에서 뚜렷한 개성이 엿보였소. 나는 그녀의 말 한 마디 한 마디에서 새로운 매력과 새로운 지성의 광채가 넘쳐흐르는 것을 발견하기에 이르렀소. 그녀는 자기의 이야기를 내가 잘 납득하고 있는 것을 알아차렸던지 얼굴에 만족한 빛을 띠고 더욱더 밝아졌소.

"제가 어렸을 땐 소설보다 더 좋아한 것은 없었어요. 일요일이면 언제나 방구석에 틀어박혀 미스 옌니(헤르메스의 소설 《판니빌케스 양의 이야기》) 에 나오는 인물의 행복과 슬픔에 울먹였어요. 그 시절엔 얼마나 즐거웠는지 몰라요. 지금도 그런 소설에 매력을 느끼고 있긴 하지만 지금은 워낙 바빠서 손에 책을 들 틈이 별로 없어요. 그래서 저의 취미에 꼭 맞는 것이 아니면 별로 흥미가 없답니다. 제가 제일 좋아하는 작가는 저희들과 비슷한 세계를 다루고 있는데, 저의 환경과 비슷하거나 저의 가정생활처럼 재미있고 정다운 이야기를 쓰는 작가예요. 저의 집 생활이 천국이라고까지는 할 수 없겠지만 무한한 행복의 샘이 솟아나고 있는 것만은 사실이니까요."

하고 로테는 말했다.

나는 그녀의 말에 깊은 감명을 받았지만 나는 이것을 표정에 나타내지 않으려고 애썼소. 하지만 그리 오래가지 못하였소.

그녀가 이야기 끝에 《웨이크필드의 시골목사》(골드 스미스의 작품으로 괴테도 한동안 애독하였음)나 ×××[2]에 대하여 정확하게 핵심을

---

1 어떤 작가도 결국 한 소녀나 청년이 비평 따위를 문제시하지는 않을 터이지만, 다소라도 어떤 사람에게 폐가 되는 계기를 만들지 않기 위해 이 부분을 삭제하기로 한다. (원주)

2 여기서도 우리 나라의 몇몇 작가의 이름을 삭제했다. 로테와 견해가 같은 사람은 이 대목을 읽고 반드시 짐작이 갈 것이고, 또한 그렇지 않은 사람은 굳이 알 필요가 없을 것이다 (원주)

찔러 말할 때 나는 넋없이 내가 알고 있는 것을 모조리 지껄여 버렸소. 이윽고 로테가 같이 탄 여인들에게 말머리를 돌렸을 때에야 비로소 그녀들은 아예 그곳에 있지 않은 듯이 줄곧 따돌려진 처지에 놓인 채 눈이 휘둥그레서 멀거니 앉아 있다는 것을 알아차리게 되었소. 사촌언니가 되는 여인은 가끔 조소하는 듯한 얼굴로 나를 쳐다보곤 하였소. 그러나 그런 것쯤 나로서는 아랑곳하지도 않았소. 이야기가 춤의 즐거움에 미치자 로테는 입을 열었소.

"춤에 지나치게 열중하는 것은 잘못이겠지만 솔직히 말해서 춤처럼 좋은 것은 없을 것 같아요. 뭔가 울적할 때 조율이 뒤틀린 내 피아노로 대무곡(對舞曲) 같은 것을 치고 있으면 기분이 금세 확 풀려 버리거든요."

로테가 이런 이야기를 하고 있는 동안 나는 그녀의 새까만 눈동자에 얼마나 넋을 잃고 있었는지 모르오. 그 싱싱한 입술과 생기가 넘치는 건강한 뺨 등이 나를 완전히 매혹시켰소. 나는 훌륭한 내용을 담은 로테의 이야기에 황홀하여 그녀의 말을 몇 번이나 헛들었는지 모르겠소.

당신은 나라는 사람을 잘 알고 있을 테니까 짐작이 가고도 남을 것이오. 마차가 무도회장에 도착했을 때 나는 꿈결에 잠긴 듯이 마차에서 내렸소. 나는 황혼 속에서 꿈꾸듯이 넋을 잃고 있었으므로 불이 켜진 위층에서 울려오는 음악 소리도 제대로 들리지 않을 정도였소.

아우드란 씨와 또 뭐라고 하는 신사—이름도 기억할 여유가 실로 없었소!—그러니까 로테와 내 파트너의 사촌언니 상대가 될 두

신사가 우리들을 마차 앞까지 마중나와 각각 그 파트너가 될 여자들의 손을 잡았소. 나도 내 파트너를 부축하고 위층을 올라갔소.

우리는 저마다 엇갈려 빙빙 돌면서 미뉴에트를 추고 있었소. 나는 차례차례로 여러 파트너를 바꿔 춤을 추었지만 반갑지 않은 상대에 한해서 내가 그만두려고 해도 좀체 헤어지려 하지 않았소. 로테는 자기 파트너와 영국 춤을 추기 시작하였는데, 그들이 나와 같은 줄에 휩쓸려 들어왔을 때 내가 얼마나 반가워했는지 당신은 짐작이 갈 것이오. 로테의 춤은 참으로 볼 만했소. 몸 전체가 하나의 아름다운 조화를 이루고, 아무런 구애도 받지 않고 마치 춤추는 것만이 전부이며 춤추는 것 이외에는 아무것도 생각지 않고 느끼지도 않는 것 같았소. 춤출 때는 다른 일이 모두 로테의 눈앞에서 사라지는 모양이었소.

나는 로테에게 두 번째의 춤을 신청하였소. 내 제의에 그녀는 세 번째의 것을 약속하고, 애교에 넘치는 쾌활한 태도로 자기는 독일 춤을 퍽 좋아한다고 똑똑히 말하고 나서,

"이 지방의 풍습은 독일 춤을 추게 되면 끝까지 상대편과 짝을 지어 추게 되어 있어요. 그렇지만 저의 파트너는 왈츠가 서투르니까 도중에서 그만 실례하고 그의 노고를 덜어 드리는 것이 좋을 것 같아요. 선생님의 파트너도 왈츠를 출 줄도 모르고 좋아하지 않을 거예요. 저는 아까 선생님이 영국 춤을 추실 때 왈츠 솜씨가 대단하다는 것을 알게 되었어요. 만일 저하고 독일 춤을 추실 생각이라면 지금 저의 파트너한테 그 뜻을 전하고 양해를 구하시는 것이 좋을 거예요. 그렇게 하시면 저는 선생님의 파트너에게 양해를 구하겠어요."

하고 말하기에 나는 곧 찬의를 표시했소. 그래서 나는 로테의 파트너에게 그 동안 파트너와 함께 환담이라도 나누기를 부탁했소.

이윽고 춤이 시작되었소. 우리는 서로 팔을 번갈아 잡으면서 한동안 춤을 즐겼소. 로테의 동작은 얼마나 맵시 있고 경쾌했는지 모르오! 더구나 왈츠의 차례가 되어 마치 하늘에서 반짝이는 별들처럼 우리가 빙빙 돌기 시작하자 이 춤을 출 줄 아는 사람이 드물었기 때문인지 처음에는 모두들 갈팡질팡하여 혼란을 일으키곤 했소. 우리들은 그 사이를 요령껏 헤엄쳐 혼란이 가라앉기를 기다렸소. 서투른 짝이 홀에서 물러난 틈을 타서 우리는 선뜻 들어선 다른 한 패인 아우드란네와 함께 멋지게 춤을 추었소.

나는 일찍이 그처럼 경쾌하게 춤을 추어본 일이 없소. 아니 한동안 나는 인간이 아니었소. 세상에 둘도 없는 사랑스러운 그녀를 팔에 안고 번개처럼 몸을 날리자 주의의 모든 것이 눈앞에서 사라져 버렸소.

빌헬름! 솔직히 말하자면 그때 나는 굳게 다짐하였소……. '내가 사랑하고 마음에 품은 그녀를 나 아닌 다른 사람과는 왈츠를 못 추게 할 테다. 그 때문에 내 자신이 어떤 비난을 받아도 무방하다'고 말이오. 당신은 내 심정을 이해할 줄로 믿소.

우리는 숨을 돌리기 위해 홀 안을 한두 바퀴 천천히 돌면서 춤추었소. 그리고 나서 로테는 자리에 앉았소. 나는 간수해둔 하나밖에 남지 않은 오렌지를 그녀에게 주었더니 그것이 효과 만점이었소. 그러나 그녀가 그것을 여러 조각으로 쪼개어 옆자리의 뻔뻔스런 여자 손님들에게 나눠 주는 것을 보고 나는 그 한 조각 한 조각이 쪼개질 때마다 가슴이 쪼개지는 것 같았소.

세 번째 영국 춤에서는 로테와 나는 두 번째 짝이었소. 둘이서 행렬 사이를 누빌 때 나는 말할 수 없는 기쁨에 젖어 로테의 팔과 그리고 넘칠 정도의 순수한 기쁨을 띠고 있는 눈동자에 마음을 빼앗기고 있었소. 그러다가, 우리는 마침 어느 부인 곁을 지나게 되었소. 그 부인은 젊어 보이지는 않았지만 꽤 예쁜 얼굴을 하고 있었으므로 나도 눈여겨 본 여자였소. 그런데 그 부인은 웃는 낯으로 로테를 바라보면서 마치 위협이라도 하듯이 손가락을 세워 보이더니 우리가 옆을 스쳐갈 때 두 번이나 의미심장하게 알베르트라는 이름을 부르는 것이었소.

"실례지만 알베르트란 누구입니까?"

하고 나는 로테에게 물어보았소. 그녀가 막 대답을 하려고 했을 때 우리는 커다랗게 8자를 그리기 위해 양편으로 갈려졌소. 이윽고 서로가 엇갈리게 되었을 때 그녀의 얼굴에 어딘지 거북해하는 기색이 엿보였소. 그녀는 프롬나드에 맞춰서 춤을 출 양으로 내게 손을 내밀고 말하였소.

"조금도 감추려고 한 건 아니에요. 알베르트는 착실한 사람이에요. 저와는 약혼한 사이나 다름없어요."

이 말이 내게 새로운 소식은 아니었소.(이곳으로 오는 도중에 나는 벌써 아가씨들에게서 그런 말을 들었으니까…….)

그런데 나로서는 어쩐지 처음 듣는 것만 같은 생각이 들었소. 그도 그럴 것이, 나는 이렇듯 짧은 시간에 그토록 소중한 존재가 된 그녀와 그것을 관련시켜 생각해본 적이 없었으니 말이오. 그래서

어긋난 파트너 속에 휩쓸려 들어가고 말았소. 그 때문에 춤은 뒤죽
박죽이 되어 버렸지만 다행히 로테가 침착하게 리드해 주었으므로
다시 본래의 위치로 돌아갈 수 있었소.

지평선 위에서 아까부터 번갯불이 번쩍이는 것을 보고 있던 나
는 그때마다 비가 한 번 뿌리면 신선해질 거라고 농담 비슷하게 말
했소. 그런데 춤이 미처 끝나기도 전에 번개가 치고 뇌성으로 말미
암아 음악 소리까지 죽어 버릴 지경이었소. 그러자 부인네들 셋이
춤에서 떨어져나가고, 그녀들의 파트너도 뒤를 이어 따라나서자 장
내는 소란해지고 음악 소리도 멎어 버렸소.

한창 즐거울 때에 갑자기 어떤 재앙이나 무서운 일이 밀어닥치
면 어느 때보다도 한층 더 강한 인상을 받게 마련이오. 그것은 그 두
가지가 커다란 대조를 이루어 한결 절실히 느껴지기 때문이기도 하
지만 그보다도 우리들의 감각이 극히 예민한 상태에 놓여 있기에
강한 인상을 받는 데 원인이 있었다고 생각되오. 몇몇 부인네들이
갑자기 얼굴을 찌푸리고 만 것도 당연한 일이 아니겠소? 어떤 영리
한 부인은 방 한 구석에 앉아서 들창 쪽으로 등을 대고 귀를 막고 있
었소. 그러자 그 앞에서 꿇어앉아 그녀의 무릎에 얼굴을 묻는 부인
이 있었소. 그런가 하면 또 한 부인은 그 두 사람 사이에 끼어들어
껴안듯이 두 사람을 부둥켜안고 눈물을 찔끔거리고 있었소.

한편 집으로 돌아가려는 부인도 있었소. 갈팡질팡하여 정신을
가다듬지 못한 채 이렇게 아름다운 수난자들의 입술에서 새어나오
는 하늘에 대한 불안스러운 기도 소리를 없애려는 젊은 신사들의
짓궂은 장난을 막을 염두조차 못 내고 있는 부인들도 있었소.

　몇몇 신사들은 담배를 한 대 피우려고 자리에서 일어나 아래층으로 내려갔소. 그리고 나머지 사람들은 그 집 주인이 덧문을 내리고 커튼을 친 방으로 안내하겠다고 제의하자 곧 순순히 따라나섰소. 우리가 그 방으로 들어서자마자 로테가 의자를 둥그렇게 늘어놓고 모두에게 권유해서 자리에 앉히더니, 뭔가 재미있는 유희라도 하자고 제의했소.

　좌중의 어떤 친구들은 키스라는 달콤한 벌이라도 받을 것을 기대했는지 입을 쭈뼛해 보이며 서성거리기도 하였소. 로테는 입을 열었소.

　"숫자세기놀이를 하는 거예요. 자, 정신들 차리세요. 제가 오른쪽에서 왼쪽으로 돌 테니 순서대로 각각 자기의 차례가 돌아오면 그 수를 말씀해야 해요. 도화선에 불이 붙듯 빨리 말씀하시기예요. 만일 얼른 대지 못하거나 틀린 분은 따귀를 한 대씩 맞기예요. 그리고 수는 천까지예요."

　이 유희는 보기에 흥미진진하였소. 로테는 한쪽 팔을 올리고 빙빙 돌기 시작하였소. 처음 사람이 '하나' 하면 그 다음 사람은' 둘', '셋' 하는 식으로 나가는 것이었소. 로테가 차차 빠른 속도로 돌게 되자 점점 더 빨라졌소. 그만 한 사람이 수를 잘못 대어 '찰싹!' 하고 따귀를 얻어맞았다오. 그리고 그 다음 사람은 웃고 있다가 또 '찰싹!' 게임은 더욱더 빨라졌소. 나도 두 번이나 얻어맞았지만 로테가 다른 사람들보다 더 세게 때린 것만 같아 나는 자못 마음이 흐뭇했었소.

　이리하여 천도 채 세지 못한 동안에 모두를 박장대소를 하면서 아우성을 치다가 유희는 끝이 났소.

서로 친한 사람들끼리 한 무더기씩 모여 앉았소. 천둥 치던 소나기는 어느새 지나가 버렸고, 나는 로테를 따라 홀로 돌아갔소. 그녀는 가면서,

"따귀 맞는 일에 정신이 쏠려 모두들 천둥이고 뭐고 다 잊어 버리고 있었어요."

하는 것이었소. 나는 잠자코 있었소.

그녀는 계속해서 이렇게 말을 하였소.

"저도 실은 겁쟁이지만 여러분들에게 원기를 복돋워 주는 동안에 저도 모르게 용기가 났어요."

우리는 창가로 가까이 다가갔소. 천둥 소리가 멀리서 들리고 시원한 비가 내리고 있었소. 싱싱한 향기가 따뜻한 대기 속에 가득 담겨 우리를 향해 흘러왔소. 로테는 창에 기대어 팔꿈치를 의지하고 서서 밖을 우두커니 바라다보고 있었소. 그녀는 하늘을 보다가 나를 바라다보았소. 그녀의 눈에는 눈물이 홍건히 괴어 있었소. 그녀는 내 손에 자기 손을 포개얹고,

"저 클로프시토크(F.C Klopstock 1724~1803. 독일의 시인) 말예요……."

하고 말머리를 꺼내었소. 나는 곧 그녀의 머릿속에 떠오른 그 아름다운 송가(頌歌)를 생각해내고 그녀가 이 말 한 마디로 내게 불러일으킨 감정의 불길 속에 정신없이 휩쓸려 버렸다오.

나는 더 참을 수가 없어 환희의 눈물을 머금고 몸을 굽혀 그녀의 손에 키스를 하였소. 그리고 그녀의 눈을 처다보았소.

─오오, 고귀한 시인이여! 그녀의 눈동자 속에 잠긴 당신에 대한
존경심을 보여 주고 싶소. 원컨대 종종 더럽혀진 당신의 이름일랑
다시는 듣는 일이 없기를!

일전의 이야기가 어디서 끝났는지 기억에 떠오르지 않소. 내가 알고 있는 것은 잠자리에 든 때가 밤 2시였다는 것뿐이오. 만일 내가 편지를 쓰는 대신 당신에게 직접 이야기했더라면 아침까지 당신을 붙잡아 두었을 것이오. 나는 무도회에서 돌아오는 길에 일어난 일들에 대하여는 아직 당신에게 전하지 않았는데 오늘도 그것을 이야기할 기분이 나지 않소.

돌아올 때 동녘 하늘은 참으로 장관이었소. 주위는 이슬이 함빡 내려앉은 숲과 생기에 넘치는 들판! 동행한 부인네들은 꾸벅꾸벅 졸기 시작하였소. 로테는 나더러 그녀들 축에 한몫 같이 낄 의사가 없느냐고 하면서 자기는 염려할 것 없다는 것이었소.

"당신의 눈동자가 초롱초롱할 동안은 나도 걱정 없어요."

하고 말하며 나는 그녀를 지그시 바라보았소. 우리는 로테의 집 앞에까지 다 오도록 끝내 눈을 붙이지 않고 견디어낼 수 있었소. 하녀가 나와 조용히 문을 열어 주고 로테의 묻는 말에 아버님도 아이들도 별일 없으며 아직 잠들어 있다고 대답하였소.

내가 헤어질 때 오늘 안으로 다시 만날 수 없겠느냐고 했더니 그녀는 내 청을 받아 주었소. 나는 또 그녀를 찾아갔소. 그 후부터는 나는 해와 달과 별에 대하여 아랑곳하지 않게 되고, 낮인지 밤인지 분간 못 하게 되었소. 그리고 온 세계가 내 주위에서 멀리 사라지고 말았소.

6월 21일

나는 하나님이 성자들을 위해 마련한 듯한 복된 나날을 보내고 있소. 미래가 어떻게 되어 갈는지는 모르지만 내가 기쁨을, 인생의 가장 순결한 기쁨을 맛보지 않았다고는 말할 수 없소. 당신도 아마 발하임을 알고 있을 줄 믿소. 나는 여기 아주 눌러 살 생각이오. 이곳에서 로테의 집까지는 반 시간밖에 걸리지 않소. 이곳에서 나는 사는 보람을 절실히 느끼며 인간에게 주어진 모든 행복을 맛보게 되었소.

내가 발하임을 산책의 목적지로 정하였을 때 이곳이 이렇게 천국에 가까운 줄은 미처 생각지 못했소. 나는 멀리 산책을 나갈 때마다 산 위에서나 평지에서나 강 건너로 나의 모든 희망이 깃들여 있는 그 수렵관을 몇 번이나 바라보았는지 모르오.

사랑하는 빌헬름! 나는 여러 가지 생각을 해보았소. 자기 자신을 확대하고 싶고 새로운 발견을 하고 싶어하는 인간의 욕망에 대하여, 그리고 스스로 마음을 억제하고 주저 없이 그대로 습관이라는 궤도를 따라 걸어가는 내적 충동에 대하여 말이오.

나는 이 언덕 위에서 신기하게도 아름다운 골짜기를 바라보고 주위 경치에 여간 마음이 끌리지 않았소. 저기 보이는 저 숲―그 그늘 속을 헤치고 들어갔으면! 저기 산봉우리가 보이오. 저 봉우리에서 넓은 산과 들을 한눈에 내려다보았으면! 연이어 내리뻗은 구릉과 정다운 골짜기, 저 속에 들어가 보았으면!

나는 발길을 재촉하여 거기까지 갔다가 다시 되돌아왔소. 내가 바라는 것은 결코 찾을 수 없었기 때문이오. 아, 저 먼 곳은 마치 미래와도 같구려! 어렴풋한 하나의 커다란 전체가 우리들의 영혼 앞에 가로놓여 있소. 우리들의 감정은 우리들의 눈길처럼 그 속에 빨려들어가오. 우리는 아아! 우리들의 모든 존재를 바처 단 하나의 커다란 멋진 감정의 환희로써 자기 자신을 충만케 하고 싶다고 동경하는 것이오.……그러나 우리가 막상 그리로 달려가 '거기가 바로 여기'가 될 때 모든 것은 본래대로가 아니겠소? 우리는 여전히 비참하게 제약을 받고 있는 신세라오. 우리 영혼은 슬쩍 도망쳐간 소생의 비약(秘躍)을 구하려고 허덕이는 거요.

이리하여 아무리 정처 없는 방랑객이라도 나중에는 다시 그의 고향을 그리게 마련이며 조그만 자기 집 속에서, 아내의 품안에서, 단란한 어린 것들 속에서 넓은 세계에서도 구할 수 없었던 기쁨을 발견하게 되는 것이라오.

매일 아침 해가 뜨자마자 나는 발하임에 갔소. 그곳 레스토랑의 채마밭에서 강낭콩을 따갖고 의자에 걸터앉아 껍질을 벗기면서 '호머'를 읽소. 그리고 조그마한 부엌에 들어가서 솥을 찾아내어 그 속에서 버터를 긁어내고 강낭콩을 넣어 불에 얹어 뚜껑을 덮고 가끔 휘저어줄 때 나는 페넬로페(오디세이아의 정숙한 아내. 남편이 없을 때 여러 남자로부터 구혼을 받았으나 모두 거절하였음)의 오만한 구혼자들이 소와 돼지를 잡아 그 고기를 잘게 썰어서 불에 굽는 광경을 눈앞에 그려 보았소. 대체로 족장 시대(族長時代)의 생활처럼 조용하고 진실한 기분을 자아내는 것은 없으며, 나는 다행히도 그것을 그대로 내 생활 속에 도입할 수 있소.

손수 가꿔온 배추를 자기 식탁에 얹는 사람들의 소박하고도 순진한 즐거움을 맛볼 수 있다는 것은 얼마나 복된 일이겠소? 그리하여 배추를 땅에 심던 아름다운 아침, 물을 주고 하루하루 그 배추가 자라는 것을 흐뭇하게 바라보던 저녁, 그 모든 것을 나는 한순간에 다시 맛볼 수 있소.

6월 29일

그저께는 이곳에 살고 있는 의사 한 분이 주무관(主務官) 댁에 찾아왔는데 그때 나는 로테의 동생들과 함께 땅바닥에서 놀고 있었소. 아이들은 더러 나에게 매달리기도 하고 나를 놀리기도 하였고, 나는 그들을 간질여 주면서 함께 어울려 떠들곤 했소.

그런데 그 의사라는 자가 소견이 좁은 속물이어서 이야기를 주고받는 동안에도 연신 셔츠 소매의 주름을 펴는가 하면, 옷깃 장식을 자꾸 매만지는 것이었소. 그리고 이때의 광경을 보고 신사 체면에 관계되는 일이라고 생각하는 모양이었소. 나는 그의 표정에서 곧 그것을 알아차릴 수 있었다오.

나는 아랑곳하지도 않고 지각 있는 듯한 그의 설교를 귓등으로 흘리며 아이들이 망가뜨린 종이집을 다시 세워 주고 있었소. 그랬더니 이 사나이는 거리를 돌아다니면서 주무관 집 아이들은 가뜩이나 버릇이 고약한데 베르테르 때문에 완전히 버리게 되었다고 떠벌렸나 보오.

빌헬름이여! 이 세상에서 어린아이들만큼 나와 가까운 것이 어디 있겠소. 어린이를 바라보노라면 사소한 행동에서도 그들에게 필요하게 될 모든 미덕과 모든 능력의 새싹을 발견하게 되오. 그들의 옹고집은 앞으로의 굽힐 줄 모르는 꿋꿋한 성격의 밑거름이며 그리고 짓궂은 장난은 거친 세파를 뚫고 나갈 낙천적인 경쾌한 기상이라고 볼 수 있소. 게다가 그 모든 것이 순수하고 그대로 티 없음을 발견할 때 나는 언제나 "그대들은 이 어린아이와 같지 않으면 안 되느니라."라고 하신 인류의 스승(그리스도)의 격언을 되풀이하게 되오.

벗이여! 우리는 우리들과 동등한 이 어린이들을, 아니 우리들이 본보기로서 우러러 보아야 할 어린이들을 마치 부하처럼 다루고 있소. 우리는 어린이들에게 의지를 가져선 안 된다고 말하고 있소— 그렇다면 우리는 의지를 가지고 있지 않단 말이오? 대체 우리는 어디서 그런 특권을 물려받았단 말이오? 그것은 우리들의 나이가 그들보다 많고 영리하기 때문이란 말이오? 하늘에 계신 신이여! 당신 눈에는 다만 나이 많은 어린이와 나이 적은 어린이가 있을 따름이오. 그리고 어느 편을 좋아하시는지는 이미 그 신의 아드님이 벌써 옛날에 알려 주신 바요. 그런데 세상 사람들은 당신의 아드님을 믿으면서도 그 말씀을 듣지 않고 자기를 표준으로 해서 아이들을 기르고 있소.—이 역시 옛날부터 내려오는 버릇이지만.

잘 있소, 빌헬름이여! 나는 이 점에 대하여는 더 말하고 싶지 않소.

7월 1일

앓는 사람들이 로테를 얼마나 고맙게 여기는지 모르오. 나는 내 마음이 병상에서 신음하는 많은 환자들보다 더 괴롭기 때문에 그것을 더욱 절실히 느끼고 있소. 그녀는 며칠 동안 이 거리의 어떤 착실한 부인의 집에서 지내게 되었소. 의사의 말에 의하면 그 부인은 임종이 가까웠는데 남은 얼마 동안 로테가 곁에 있어 주기를 바라고 있다고 하오.

지난 주일에 나는 로테와 성(聖) ××란 마을의 목사님 댁을 방문하였소. 이곳에서 한 시간쯤 걸리는 산골 조그마한 마을이었는데 우리가 그곳에 도착한 것은 오후 4시경이었소. 로테는 둘째 여동생을 데리고 갔었소. 두 그루의 커다란 호두나무로 뒤덮인 목사관의 마당에 들어섰을 때 마침 인품이 퍽 선량해 보이는 늙은 목사는 현관 앞에 놓인 벤치에 앉아 있었소. 로테를 보자 기운이 나는 듯 반색을 하며 마디가 붙은 지팡이를 짚는 것도 잊어버리고 자리에서 일어나 로테를 맞이하려 했소. 로테는 목사 앞으로 재빨리 뛰어가 그를 억지로 자리에 앉히고는 아버님의 간곡한 안부를 전하고 나서 목사의 귀염둥이인 추하고 구지레한 막내아들을 껴안아 주었소.

로테가 이 노인을 응대하는 모습은 당신에게도 한번 보여 주고 싶을 정도였소. 로테는 반쯤 귀머거리가 된 목사의 귀에 잘 들리도록 소리를 높여 뜻밖의 죽음을 당한 어떤 젊은이의 이야기며 칼스바트의 온천이 효험이 있다는 이야기를 한참 들려주고, 다시 이번 여름에 그곳으로 휴양을 가려고 하는 노목사의 결심을 치하하고는 전번에 만났을 때보다도 안색도 좋고 훨씬 근력이 좋아 보인다는 말까지 덧붙였소. 그 동안에 나는 목사 부인에게 인사를 했소.

서늘한 그늘을 던져 주고 있는 아름다운 호두나무를 칭찬하니까 목사는 생기가 나서 힘이 드는 듯한 어조로 그 나무에 대한 내력을 이렇게 이야기해 주었소.

"저 늙은 나무는 누가 심었는지 잘 모르겠소. 혹은 이 목사님이 심었다고도 하고 혹은 저 목사님이 심었다고도 하여 종잡을 수가 없군요. 하지만 저 뒤쪽에 있는 싱싱한 나무는 집사람과 동갑이니까, 올해 사월이면 만 오십세가 되는 셈이죠. 돌아가신 장인이 아침에 저 나무를 심고 나서 그날 저녁에 집사람이 태어났다오. 장인은 내 전임 목사였지요. 그분이 저 나무를 얼마나 소중히 여겼는지 이루 다 말로 표현을 할 수 없소. 하긴 나도 그분 못지않게 좋아했지요. 내가 이십칠 년 전에 가난한 학생의 몸으로 처음 이 마당에 들어섰을 때 집사람은 저 나무 아래 쌓아놓은 재목더미에 앉아 뜨개질을 하고 있었다오."

로테가 목사님 따님의 안부를 물었더니 슈미트 씨와 함께 목장에서 일하고 있는 사람들을 찾아갔다고 말했소. 목사는 다시 이야기를 계속하면서 자기가 전임 목사의 귀염을 받게 되자 그 딸한테까지 사랑을 받았으며 처음엔 부목사가 되었다가 나중에 그 후계자가 되었다는 내력을 이야기했소.

이야기가 끝나고 얼마 뒤에 목사의 딸이 슈미트 씨와 함께 정원을 가로질러 들어왔소. 그녀는 로테를 따뜻하게 맞이하였소.

솔직히 말해서 그녀의 인상은 나쁘지 않았소. 건강하고 활발한 성품에 다갈색 머리를 한 처녀로 한동안 이런 시골에서 사귀기에는 손색이 없는 여자였소.

그녀의 애인(나는 슈미트 씨가 애인임을 그의 태도에서 곧 알아 차렸소)은 고상하고 말수가 적은 사람으로 로테가 아무리 애써 유인하여도 우리의 이야기에 참여하려고 들지 않았소. 그의 얼굴 표정으로 미루어볼 때 식견이 좁다기보다는 오히려 고집과 불쾌함 때문에 말 참견을 하려 들지 않는 듯이 보였으므로 나는 그 점에 실망했소. 이러한 내 추측은 나중에 더욱 확실해졌소.

우리는 함께 산책을 나갔소. 프리데리케가 로테와 짝이 되기도 하고 때로는 나와 함께 걷기도 하였는데, 그런 때면 원래 흙빛으로 거무튀튀한 슈미트 씨의 얼굴이 눈에 띄도록 한결 어두워졌으므로 로테는 때때로 나의 옷소매를 잡아당기며 내가 프리데리케와 너무 정답게 얘기한다고 주의를 환기시키곤 하였소.

그러고 보니 인간이 서로 상대편에게 괴로움을 준다는 것처럼 통탄할 일이 어디 있겠소? 특히 한심스러운 것은 젊은이들이 모든 즐거움을 가장 많이 맛보아야 할 인생의 개화기에 서로 얼굴을 찌푸리고 즐거운 나날을 망쳐 놓고는 며칠 후에야 비로소 헛되이 보낸 것을 두 번 다시 돌이킬 수 없음을 깨닫는다는 점이오.

이런 생각으로 나는 비위가 상한 나머지 저녁때 목사방에 돌아와서 식탁에 앉아 우유를 마시고 있었소. 화제가 인생의 고락에 미쳤을 때 나는 이야기의 실마리를 꼬집어 언짢은 공격을 하지 않을 수 없었소.

"세상 사람들은 흔히 말하기를 행복한 날은 적은 반면에 괴로운 날들만이 자주 찾아온다고 불평을 털어놓지만 제 생각으로는 당치 않은 말 같습니다. 우리가 언제나 흉금을 털어놓고 하나님께서 우리들에게 마련해 주신 것을 고스란히 받아들인다면 설사 불행이 닥쳐온다 하더라도 우리는 충분히 그 불행을 견디어나갈 수가 있을 것입니다.”

내가 이렇게 말하자 목사 부인께서 대꾸했소.

“그렇지만 인간의 마음이란 게 그렇게 뜻대로 되지 않아요! 우선 몸의 상태에 따라서도 상당히 영향을 받지요. 몸이 불편하면 만사가 다 귀찮아지는 법이에요.”

나는 일단 이 말을 시인하고 나서,

“그러면 우리는 그것을 일종의 병으로 보고 그 병을 고칠 수 있는 약을 찾아낼 수 없을까 하고 생각해보는 것이 어떨까요?”

그러자 로테가 입을 열었소.

“좋은 말씀이에요. 적어도 그것은 우리들의 마음먹기에 달렸다고 생각해요. 저는 제 경험에 비추어 알 수 있어요. 마음이 산란하고 화가 치밀 때는 저는 벌떡 일어나서 뜰 안을 이리저리 거닐면서 댄스곡을 두세 곡 불러요. 그러면 마음이 거뜬해져요.”

나는 이 말을 받아서 이렇게 이야기하였소.

“제가 말하고 싶은 것이 바로 그거랍니다. 우울증이란 꼭 게으름과 같다고 할 수 있어요. 그것은 일종의 게으름이기도 해요. 우리 인간의 본성은 대체로 그러한 경향으로 흐르기 쉽지만 우리가 일단 그것을 조정할 힘만 가지고 있으면 일은 한결 순조롭게 진행되어 일하는 것이 정말 즐겁게 되는 것입니다.”

프리데리케는 내 말을 귀담아 듣고 있지만, 슈미트 씨는 인간이란 결코 자기 자신을 억제할 수 없으며 더구나 우리의 감정을 억제하기란 불가능하다고 하면서 나에게 반박하는 것이었소.

“여기서 제가 문제 삼고 있는 것은 불쾌한 감정입니다. 누구나

이 감정으로부터 벗어나려고 합니다. 그런데 이에 대한 자기 힘이 어디까지 미치는지 시험해 보기 전에는 아무도 모릅니다. 말할 것도 없이 누구나 병이 나면 여러 의사를 찾아가게 마련이오. 자기가 바라는 건강을 회복하기 위하여는 아무리 괴로운 절제라도 달게 받을 것이며, 아무리 쓴 약이라도 마다하지 않을 것입니다."

이때 그 성실한 노인도 우리들의 토론에 한몫 끼고자 귀를 기울이고 있는 것을 보고 나는 목소리를 높여 노인한테로 말머리를 돌렸소.

"악한 짓을 하지 말라는 설교는 많이 들어왔습니다만.※ 그러나 불쾌감에 대하여 설교하는 것은 한 번도 들어본 적이 없습니다."

"그건 도회지 목사나 할 일이지. 농부들은 절대로 불쾌증에 걸리는 법이 없다오. 그렇지만 때때로 그런 설교를 하는 것도 약이 되는 수가 있을 거요. 적어도 목사 부인이나 법관에게는 교훈이 될 수도 있을 테지."

그가 이렇게 말하자 모두들 웃었소. 노인도 따라서 함께 웃다가 드디어 기침을 하기 시작했소. 그리하여 우리의 토론은 한동안 중단이 되고 말았지만 그 청년이 다시 말문을 열었소.

"당신은 불쾌감을 악덕이라고 말했지만 그것은 좀 과장된 말인 것 같아요."

"천만에, 자기 자신은 물론이고 이웃 사람에게도 해를 입히는 것은 악덕이라고 불러 마땅하지 않을까요? 우리가 서로 상대를 행복하게 해주지 못하는 것만으로도 유감스러운 일인데, 자기 자신에게뿐 아니라 서로가 나누어 가질 수 있는 즐거움마저 빼앗아 간단 말입니까? 불쾌한데도 불구하고 억지로 그것을 감추고는 혼자서 꾹 참고 견디며 주위 사람들의 즐거움을 망쳐놓지 않으려고 애쓰는 사람이 있다면 대보십시오. 불쾌증이란 자신의 못남에 대한 내심의 불쾌함이며 자기 불만이라고 할 수 있으며 어리석은 허영심에서 비롯된 질투와 결부되어 있는 것이 아니겠습니까? 우리는 자기 눈앞에 행복한 사람이 있을 경우 우리가 그를 행복하게 해준 것도 아니기 때문에 그것이 비위가 상하는 거겠지요."

로테는 내가 이렇게 열심히 이야기하는 것을 보고는 미소를 지어 보였소. 그리고 프리데리케의 눈에 눈물까지 괸 것을 보자 나는 신이 나서 이야기를 계속하였소.

"설사 어떤 사람의 마음을 지배할 수 있는 힘을 가지고 있다고 해서 그 힘으로 그 사람의 마음속에서 우러나오는 소박한 기쁨을 빼앗아가는 자가 있다면 한심하기 짝이 없어요. 이런 폭군의 질투에서 오는 불쾌함 때문에 우리들 마음의 즐거움을 망쳐놓는다면 이 세상의 어떤 선물이나 어떤 친절로도 보상할 수 없는 것입니다."

그 순간 나의 가슴은 미어지는 듯했소. 지난날의 여러가지 추억이 머릿속에 떠올라 눈물까지 솟아올랐소.

나는 큰소리로 외쳤소.

"누구나 매일같이 자기 자신에게 이렇게 타이를 수 있다면 얼마나 좋겠습니까? 네가 네 친구를 위하여 할 수 있는 일은 결국 그 친구의 기쁨을 방해하지 않고 즐거움을 함께 나눔으로써 그 친구의 행복을 더해주는 데 그치는 것이다라고.

그러나 그 친구의 마음이 불안한 충동으로 괴로움을 당하고 슬픔으로 아픔을 느낄 때 당신은 친구로서 한 방울의 진정제라도 줄 수 있습니까? 또 인생의 꽃다운 시절을 당신 때문에 망쳐 버린 사람이 중병에 걸려 이제는 수척할 대로 수척해져서 병상에 누워서 눈은 멍하니 하늘을 쳐다보고 창백한 이마에서는 비지땀이 연신 흘러내릴 때, 당신의 힘으로 어찌 할 도리가 없음을 통절히 느끼고 저주받은 인간처럼 베갯머리에 우두커니 서서 모든 것을 그를 위해 바치려 하고, 한 방울의 체력이나 한 가닥의 용기를 줄 수 없을까 하고 그에게 안타까워한들 무슨 소용이 있겠어요.”

이런 이야기를 하고 있는 동안에 일찍이 내가 경험한 어떤 광경의 추억이 무섭게 나를 육박해 왔소.

나는 손수건으로 눈을 가리면서 그 자리에서 일어났소. 그러자 “자, 어서 가세요.” 하는 로테의 말소리에 나는 내 정신으로 돌아왔소. 그녀와 함께 돌아오는 길에서 그녀는 나더러 모든 일에 지나치게 열을 올리면 몸에 해로우니 자기 몸은 자기가 보살펴야 한다고 타일러 주었소.

—오오, 천사여! 나는 오직 그대를 위해 살아가려오!

로테는 여전히 그녀의 친구인 위독한 환자 집에 가 있소. 언제나 주의력이 깊고 상냥한 그녀의 시선이 머무는 곳에는 고통이 한결 가벼워지고 사람들을 행복하게 만들어 주오.

어젯저녁 그녀는 마리아네와 어린 말헨을 데리고 산책을 나갔소.

나는 이 사실을 알고 도중에서 만나 동행하였소. 거기서 한 시

간 반쯤 걸리는 곳까지 산책하고 다시 시내로 돌아와 그 샘터에
들렀소. 그 샘터는 전에도 내가 가장 좋아하던 곳이었고 지금은 몇
천 배 더 좋아하는 곳이 되어 버렸다오. 로테는 그 샘터의 야트막한
도벽 위에 걸터앉고 우리는 그 앞에 서 있었소. 나는 주위를 돌아보

왔소. 그러자 지난날의 고독이 다시 눈앞에 선하게 떠올랐소.

'사랑하는 샘물아! 그 후 나는 이 시원한 곳에서 한 번도 쉬어 보지 못했구나! 다급히 너의 옆을 지나가면서 너를 쳐다보지 않은 때도 많았지?

아래를 내려다보니 말헨이 컵에 물을 떠가지고 바삐 올라오고 있었소. 나는 로테를 쳐다보았소. 그리고 그녀가 나에게 얼마나 소중한 사람인가를 절실히 느꼈소. 그새 말헨은 컵을 들고 가까이 다가왔소. 마리아네가 그것을 받으려고 하자 말헨은 귀여운 표정을 짓고 말했소.

"안 돼! 로테 언니가 마셔야 해."

나는 이 말헨의 천진함과 귀여움에 감동한 나머지 말헨을 안아올려 힘껏 입을 맞춰 주었소. 이렇게밖에는 달리 내 심정을 표현할 길이 없었기 때문이오. 그런데 말헨은 '으앙!' 하고 울음을 터뜨렸소.

"선생님, 안 돼요!"

하고 로테가 말하였소. 나는 그만 깜짝 놀랐소. 그리고 로테는,

"말헨! 이리 온. 어서 그 깨끗한 물로 씻어, 어서. 그러면 아무렇지도 않아."

하고 그 아이의 손을 잡고 계단을 내려갔소. 내가 우두커니 서서 바라보고 있으려니까 말헨은 이 신기한 샘물이 모든 더러움을 깨끗이 씻어 주고 흉측한 수염이 나지 않도록 하는 줄 믿고 열심히 조그마한 두 손을 적셔 가며 마구 문질러 대는 것이었소. 로테가,

"이제 그만하면 됐어."

하고 말해도 여러 번 씻어 내리는 것이 효험이 있다는 듯이 계속

열심히 문지르는 것이었소.

빌헬름! 나는 세례를 받을 때에도 이보다 더 경건한 마음으로 임석하지 않았었소. 나는 마치 한 국민의 죄를 씻어 주는 예언자의 앞에라도 나선 것처럼 로테 앞에 무릎을 꿇고 싶었소.

나는 너무나 기뻐서 그날 저녁에 이 일을 어떤 사나이에게 이야기하고 싶은 충동을 금할 길이 없었소. 그 사나이는 분별이 있는 사람이니까 필시 인간미도 있으려니 하고 믿었는데 그것은 오해였소. 그 사나이의 견해인즉 그것은 로테의 잘못으로 아이들을 속여서는 안 되며 그런 일들은 결국 아이들에게 여러 가지 편견과 미신을 갖게 하는 동기가 되므로 어린아이때부터 그런 것에서 지켜 주어야 한다는 거였소.

나는 그때 이 사나이가 한 주일 전에 세례를 받았다는 사실을 생각하고 잠자코 듣고만 있었지만 속으로는 '하나님이 우리를 다루듯이 아이들을 다루어야 한다. 하나님은 우리를 즐거운 망상 속에 풀어 놓았을 때 우리를 가장 행복하게 할 수 있는 것이다' 라는 진리를 깊이 되새기고 있었소.

7월 8일

얼마나 어린애인가! 일단 보고 싶으면 나는 왜 이렇게 못 견디는 것일까? 정말 나는 어린애라오. 우리들은 발하임에 갔었소. 부인들은 마차로 갔소. 그리고 산책하는 동안에 로테의 검은 눈동자 속에 분명히―나는 바보가 다 되었소. 용서하오. 당신도 그 눈동자를 한

번 보지 않고선 이야기가 제대로 되지 않을 테니까―간단히 쓰기로 하겠소. 졸려서 견딜 수 없다오.

여인들이 마차에 올라타자 젊은 W와 젤슈타트와 아우드란과 그리고 내가 그 마차 주위에 서 있었소. 이들은 쾌활한 친구들이었으므로 마차에 탄 부인들과 여러 이야기가 오고 갔소. 나는 로테와 시선이 마주치기를 바랐소. 아, 그러나 그녀의 시선은 이 사람 저 사람한테로 옮아갔을 뿐 나에게는 끝내 쏠리지 않았소. 나는 그 눈길을 단념하고 서 있었소. 나는 로테를 향해 마음속으로 잘 가라고 되풀이해서 말하였소. 그런데 그녀는 나를 거들떠보지도 않았소. 그리고 마차는 떠나 버렸소. 나의 눈에는 눈물이 핑 돌았소. 나는 로테의 뒤를 바라보았소. 그러자 그녀는 몸을 기대는 듯하더니 머리장식이 문밖으로 보였소. 그리고 로테는 뒤돌아보았소. 아아, 혹시 나를 보기 위해서였을까? 사랑하는 벗이여, 나는 그 점을 알 수 없어서 망설이고 있소. 아마 나를 돌아다본 것이겠지―아아, 오직 이것만이 나의 유일한 위안이라오. 잘 자오. 아아, 나는 정말 어린 아이라오.

7월 10일

무슨 모임 같은 데서 로테의 이야기가 나오면 내가 얼마나 당황한 꼴을 하게 되는지 당신에게 꼭 보여 주고 싶소. 더구나 누가 로테가 마음에 드느냐고 묻기라도 하면 맘에 들다니! 이런 말이 듣기 싫어 죽을 지경이오. 로테가 마음에 드는 사람치고 모든 감정이나 감각이 그녀로 하여 충만하지 않는 자가 있을까? 마음에 들다니! 며칠 전에 오씨안(아일랜드의 오씨안 전설의 주인공)이 마음에 드느냐고 나한테 묻는 자가 있더군.

7월 11일

M부인은 병세가 대단히 위독하오. 나는 부인이 소생되기를 빌고 있소. 로테와 괴로움을 나누고 있으니 말이오. 로테를 이 부인댁에서 만나는 일은 드물지만, 오늘 그녀는 놀라운 이야기를 나에게 들려주었소.

남편인 M노인은 난폭한 구두쇠로 생전에 부인을 몹시 괴롭히고 옹색하게 굴었다는 것이오. 그런데도 M부인은 그럭저럭 옹색한 살림을 꾸려 왔던 거요.

며칠 전에 이제는 가망이 없다는 의사의 말을 듣고 남편을 불러 로테도 함께 있는 자리에서 이렇게 말했다는 거요.

"제가 죽은 후에 말썽이 일어나서는 안 되겠기에 당신에게 고백하겠어요. 저는 여태까지 제 힘껏 검소하게 집안 살림을 꾸려 왔어요. 하지만 저는 과거 삼십 년 동안이나 당신을 속여 왔어요. 용서해 주세요. 당신은 결혼 초에 일용품비나 잡비로 당신이 정해준 얼마 되지 않는 돈으로 충당해 나가기를 원했어요. 차차 살림이 커지고 장사가 늘어나도 매주일 저에게 주시는 돈은 일정했어요. 당신도 잘 아시겠지만 우리 살림이 크게 불어났을 때에도 당신은 한 주일에 7굴덴으로 감당해 나가라고 했어요. 저는 군소리 않고 그 돈을 받아 왔지만 모자라는 돈은 매주 매상금에서 보충해 왔어요. 설마 한 집안의 주부가 매상금을 훔쳐 내리라고는 미처 생각지도 못했을 거예요. 그러나 저는 한 푼도 낭비한 일은 없어요. 그러니까 이런 고백을 하지 않더라도 양심의 가책을 받진 않아요. 안심하고 저세상으로 갈 수도 있지만 제가 죽고 나서 집안 살림을 돌보게 될 분이 곤란을 받을 것 같고 더구나 당신이 먼저 죽은 마누라는 그것으로 넉넉히 해나갔다고 우기실 것 같아서 말해 두는 거예요."

나는 로테와 함께 인간의 마음도 어리석도록 눈앞이 어둔 것이라는 말을 주고받았소. 7굴덴으로 그 두 배나 드는 살림을 꾸려 나간다면 이면에는 반드시 무슨 비밀이 있으리라고 의심이 갈 터인데 그것을 이상하게 여기지 않다니! 그러나 그는 예언자의 기름 단지(구약⟨열왕기하⟩에 예언자 엘리야가 어느 과부의 집에서 묵고 있을 때 한 줌의 밀가루가 독에서 없어지지 않고 몇 방울의 기름이 병에 언제나 남아 있었다고 함)라도 자기 집에 있는 줄 예사로 아는 인간이 있다는 것을 알고 있소.

7월 13일

아니, 내가 잘못 생각한 것은 아니오! 로테의 검은 눈동자 속에서 나와 나의 운명에 대한 거짓 없는 관심을 읽을 수 있소. 그렇소, 나는 그것을 느낄 수 있소. 이 점에 대해서만은 내 느낌을 믿어도 좋소. 그녀는 아아, 나는 나의 천사를 이런 말로 표현할 수 있을까? 그녀는 나를 사랑하고 있소. 나를 사랑하고 있소! 그녀가 이렇게 나를 사랑하게 되면서부터 나는 나 자신에 대하여 얼마나 소중한 존재인지 모르겠소. 나는 얼마나―당신에게는 아마 이런 말을 해도 무방할 테지. 당신은 그것을 이해할 만한 사람이니까―나 자신을 존경하게 되었는지 모르겠소.

이것은 나의 자부심일까? 아니면 사실에 바탕을 둔 감정일까? 나는 로테의 가슴속에 내가 두려워해야 할 사람이 있으리라고 생각할 수 없소. 그렇지만 그녀가 자기 약혼자에 대하여 이렇게 다정하게 애정에 넘쳐 이야기할 때면 나는 모든 명예와 지위를 빼앗기고 대검(帶劍)까지 박탈당한 사람이 되어 버린다오.

7월 16일

내 손가락이 어쩌다 로테의 손에 닿거나 우리들의 발이 책상 밑에서 부딪칠 때면 나는 전신의 피가 솟아오르곤 하오. 그리하여 나는 불에라도 덴 사람처럼 몸을 움찔하게 된다오. 그러나 곧 어떤 불가사의한 힘이 나를 앞으로 떠밀어 주오. 나는 모든 감각이 금세 마비되어 버리오.

아아, 그러나 천진난만한 로테는―그녀의 순진한 마음은―이러한 친밀감이 있는 몸짓이 얼마나 나를 괴롭히고 있는지 전혀 모르고 있다오. 뿐만 아니라 그녀의 이야기에 신이 나면 손을 곧잘 내 손등에 얹기도 하고 그녀의 순결한 입김이 내 입술에 닿을 경우도 있소. 이렇게 되면 나는 벼락이라도 맞은 듯이 넋을 잃고 그만 쓰러질 것만 같소.

빌헬름이여! 내가 대담하게 이 천국을, 이 신뢰감을―당신은 알아줄 것이오, 나는 결코 그렇게 타락한 사람은 아니오! 다만 마음이 약할 따름이오. 너무나 마음이 약하오. 그러나 이 약하다는 것은 일종의 타락이 아니겠소?

그녀는 나에겐 신성한 존재라오. 그녀 앞에 나서면 모든 욕망이 사라져 버리오. 그녀 곁에 있으면 나는 그만 넋 잃은 사람이 되어 버리오. 마치 모든 신경이 마비되고 혼백이 빠져나가는 것만 같소. ―그녀는 일종의 멜로디를 지니고 있소. 그리하여 천사 같은 힘을 빌려 그것을 피아노로 극히 소박하고 재치 있게 친다오. 그것은 그녀가 애창하는 가곡으로 악보의 첫 구절만 두드려도 나의 모든 괴로움과 혼란과 번민은 사라져 버리오.

음악이 가진 매력에 대해 예부터 전해 오는 이야기를 나로서는 하나도 의심할 여지가 없다고 생각하오. 로테의 단순한 노래가 내 마음을 얼마나 매혹시키는지 모르겠소. 그리고 가끔 내가 내 머리통에다 총알이라도 쏘아 대고 싶어질 때면 그녀는 멋진 솜씨로 그 가곡을 쳐줄 것이오. 그러면 내 마음의 혼란도 어둠도 사라져 버리고 나는 다시 자유롭게 숨을 쉬게 된다오.

7월 18일

빌헬름이여! 만일 이 세상에 사랑이 없다면 우리들의 마음은 어떻게 되겠소? 불빛 없는 환등기와 마찬가지가 아니겠소? 그 안에 램프를 켜야만 비로소 흰 벽에 아름다운 영상이 하얀 스크린 위에 비치는 것이오. 비록 그것이 순간적인 환상에 지나지 않는다 하더라도 우리들이 그 신기한 그림자에 매혹되어 소년처럼 황홀해 한다면 그것 또한 우리들의 행복이 아니겠소?

오늘은 로테에게 갈 수 없었소. 피치 못할 회담이 있었기 때문이오. 그리하여 내가 어떻게 했는지 아시오? 나는 하인을 그녀에게 보냈다오. 누구든지 로테한테 가까이 가 있던 사람을 내 주위에 두고 싶었기 때문이오. 나는 그 하인이 돌아오기를 얼마나 고대하였는지 모르오. 그가 돌아왔을 때 나는 얼마나 기뻤는지 체면만 아니라면 하인의 목을 껴안고 입이라도 맞췄을 것이오.

형광석(螢光石)은 햇빛에 놓아 두면 흡수하여 밤에도 잠시 동안 빛을 낸다고 하지만, 내게는 이 하인이 바로 그와 같았소. 그 하인의 얼굴에 뺨에 윗옷 단추에 외투깃에 로테의 시선이 멎었다고 생각할 때, 그 모든 것이 나에게는 말할 수 없이 신성하고 값지게 생각되는 것이었소. 나는 그 순간엔 천 마르크를 준다고 해도 그를 내놓지 않았을 것이오. 그와 함께 있는 것이 내게는 그토록 좋았소. ─제발 웃지 말아요, 빌헬름! 우리를 즐겁게 하는 것을 어찌 환상이라고 할 수 있겠소?

7월 19일

‘그녀를 만나자!’

나는 아침마다 눈을 뜨고 새로운 기운이 치솟아 아름다운 태양을 바라볼 때면 이렇게 외치는 것이오.

'그녀를 만나자!

이렇게 외치고 나면 나는 종일토록 더 바랄 것이 없게 되오. 모든 것이 이 희망 속에 말려들어가기 때문이오.

7월 20일

공사와 함께 ×××으로 부임하는 것이 좋겠다고 당신네들은 생각하고 있지만 나로서는 찬동할 수가 없소. 남의 밑에서 일하는 것을 나는 그다지 좋아하지 않소. 게다가 그 공사가 고약하다는 것은 누구나 다 아는 사실이니까. 자네 이야기론 우리 어머니는 내가 일하기를 바라고 있는 모양인데 그 말에 웃지 않을 수 없소. 지금 나는 결국은 마찬가지 아니오? 세상일은 무엇이든지 끝에 가서는 아무런 값어치도 없는 거라오. 자기 자신의 정열이나 욕구에서라기보다는 남들의 눈을 위해 돈이나 명예, 그 밖에 무엇이고 손에 넣으려고 악착같이 덤비는 녀석들은 분명히 바보요.

7월 24일

나더러 그림을 소홀히 하지 말라고 당신은 충고하지만 나로서는 그 이야기는 피하고 싶소. 솔직히 말해서 나는 그 후 아무것도 그리지 않았소.

나는 여태 이런 행복감에 젖어본 일이 없소. 자연에 대한 감수성이 심지어 조그마한 조약돌이나 푸성귀에 이르기까지 일찍이 이토록 풍부하고 대견한 적은 없었소. 그러나 나는 이것을 어떻게 표현해야 옳은지 모르겠소. 나의 표현력은 실로 미약하기 짝이 없소. 내 마음에 비치는 것은 모조리 모호하고 뒤흔들리고 있소. 그 정체를 파악할 도리가 없다오. 그러나 찰흙이나 밀랍이라도 가지고 있으면 빚어서 무엇이고 만들어낼 수도 있을 것 같소. 이런 심정이 오래 계속 되기만 하면 찰흙을 손에 쥐어 빚어 볼는지도 모르겠소. 비록 과자가 만들어지더라도.

나는 로테의 초상을 세 번이나 그리기 시작하였지만 세 번씩이나 실패하고 말았소. 전에는 꽤 솜씨있게 붓이 움직였는데 그러니만큼 더욱 화가 치미오. 그 후 나는 그녀의 실루엣을 그리기로 하였고. 그것으로 만족할 수밖에 없을 것 같소.

7월 26일

사랑하는 로테여! 잘 알았습니다. 모든 일을 잘 처리하겠소. 부디 앞으로도 좀더 일을 맡겨 주시오. 얼마든지 환영합니다. 그런데 한 가지 소원이 있습니다. 나한테 보내는 편지에는 모래※를 뿌리지 말기 바랍니다. 오늘도 편지를 급히 내 입술에다 대었더니 입 속이 깔깔합니다.

7월 27일

나는 로테를 너무 자주 만나지 않기로 마음속에 다짐했다오. 그

※ 당시는 모래를 흡수용으로 사용하여 잉크를 묻어나지 않게 하였다.[역주]

러나 어떻게 그것을 지킬 수 있단 말이오. 나는 날마다 그 유혹에 넘어가곤 하였소. 그러면서도 내일은 찾아가지 않겠다고 단단히 다짐해 본다오. 그러나 내일이 되면 역시 가지 않곤 배기지 못 하오. 금세 찾아갈 이유를 내세우기 때문이오. 그리하여 나도 모르는 사이에 나는 이미 로테의 곁에 가 있는 것이었소.

"내일 또 오시겠죠?"

하고 어젯밤에도 로테가 말했다면 그 말을 듣고 찾아가지 않을 도리가 있겠소? 혹은 로테에게서 무슨 부탁을 받고는 직접 가서 답변을 하는 것이 예의라고 생각하는 거요. 혹은 맑게 갠 날 발하임에 갔던 참에 불과 30분이면 들를 수 있는 곳인데 하고는 발길을 옮기다가, '이런, 너무 그녀 가까이 왔군!' 하고는 눈 깜박할 사이에 나는 벌써 와버린다오. 어릴 때 할머니가 자석으로 된 산에 대한 이야기를 나에게 들려준 일이 생각나오. 배가 그 산에 가까이 다가가면 별안간 배 안의 모든 쇠붙이가 빠져나가고 못이 산 쪽으로 날아가 버리는 바람에 불쌍한 선원들은 산산이 흩어져 떨어지는 널빤지 사이에 파묻혀 죽어 간다는 이야기요.

7월 30일

알베르트가 돌아왔소. 이제 나는 떠나야지. 가령 그가 선량하고 고귀한 인격자로 나 같은 것은 어느 모로 보나 비할 바가 못 되는 처지라 할지라도 그런 훌륭한 장점을 소유하고 있는 그를 정면으로 바라본다는 것은 나로서는 도저히 감당할 수 없는 노릇이라오. 소

유라? 빌헬름! 어쨌든 약혼자가 나타난 거요.

그는 누구나 호의를 느낄 만큼 훌륭하고 좋은 사나이요. 로테가 그를 마중 나갈 때 마침 나는 거기 없었소. 만일 내가 그 현장에 있었다면 아마 이 심장이 터졌을 거요. 그는 또한 예절이 바른 사람으로 내가 보는 데서는 아직 한 번도 로테에게 입을 맞춘 일이 없소. 이것은 기특한 일이오. 로테에 대한 그의 존경심으로 보아서도 나 역시 그를 존경하지 않을 수 없소. 그는 나에게 호의를 갖고 있소. 그것은 아마도 그의 마음속으로부터 우러나오는 호의라기보다는 필경 로테의 조작일 거요. 여자란 이런 점에서는 날카롭고 빈틈이 없으니 말이오. 그렇게 쉽게 성공하는 것은 아니지만 두 숭배자를 사이좋게 해둘 수 있다면 언제나 이득을 보는 것은 여자니까요.

아무튼 나는 알베르트를 존경하지 않을 수 없소. 그의 침착한 태도는 매사에 안절부절못하는 내 성격과는 좋은 대조를 이루고 있소. 그는 풍부한 감정의 소유자로 로테의 좋은 점을 잘 알고 있소. 그는 얼굴을 찌푸리는 일이 별로 없소. 인간의 모든 악덕 중에서 불쾌증이야말로 당신도 알다시피 내가 무엇보다도 싫어하는 악덕이 아니겠소? 알베르트는 나를 분별 있는 사람이라고 생각하고 있소. 그런데 내가 로테를 사모하고 그녀의 모든 움직임에 매혹되어 있는 것을 알고 있으면서도 오히려 그는 우월감을 느끼고 더욱 로테를 사랑하게 되는 것이라오. 때로는 그도 사소한 질투로 로테를 괴롭히는 일이 있을지 모르지만 그런 것을 나는 알아내고 싶지 않소. 만일 내가 그의 입장에 있다고 하더라도 '질투'라는 악마에서 완전히 빠져나오지는 못할 것이오.

그러나 그것은 어쨌든 나는 이제 로테 곁에 있다는 기쁨을 맛볼 수 없게 되었소. 이것은 어리석다고나 할까 혹은 눈이 멀었다고나 할까. 명목이야 어떻든 무슨 상관이 있겠소? 사실 자체가 잘 말해 주고 있으니 말이오. 나는 알베르트가 오기 전부터 이렇게 될 줄은 알고 있었소. 나는 로테에게 야심을 품어서는 안 된다는 것을 알고 있었고 또 그런 생각을 한 일도 없소. 그렇지만 그토록 사랑하는 사람을 만나 잠자코 있다는 것도 한도가 있지 않겠소? 그런데 지금 그 약혼자가 눈앞에 나타나 로테를 빼앗아가게 되자 어리석게도 눈이 휘둥그레졌단 말이오.

나는 이를 갈면서 자신의 비참한 꼴을 비웃고 있소. 그러나 만일 누가 나더러 별수 없으니 단념하라고 한다면 나는 그를 몇 배 더 비웃어 주려고 하오. 그런 허수아비 같은 친구는 내 눈앞에서 없어지는 것이 좋소. 나는 숲속을 이리저리 헤매다가 다급히 로테를 찾아갔었소. 마침 로테는 알베르트와 뜰안 정자 아래 걸터앉아 있었소. 나는 그만 못 박힌 듯 그 자리에 서 있었소. 이럴 때면 나는 익살을 부리고 허튼 수작을 하게 되오.

"제발 부탁이에요. 어젯밤 같은 행동은 삼가해 주세요. 선생님이 그렇게 명랑하게 덤벙대는 걸 보면 저는 겁이 나요."

하고 로테는 나한테 당부하였소. 우리끼리 이야기지만 나는 알베르트의 바쁜 시간을 알고 있소. 그 틈을 타서 로테를 찾아가 그녀 혼자 있으면 나는 늘 마음이 홀가분해지는 거요.

8월 8일

빌헬름! 용서하오. 피치 못할 운명에 대해서는 복종하라고 나에게 요구하는 사람들을 나는 비난하였지만 그것은 결코 당신을 두고 한 말은 아니었소. 당신도 그런 사람들과 같은 의견을 갖고 있으리라는 것은 나로서는 상상조차 못 하였소. 하기는 따지고 보면 당신의 말이 옳소. 그러나 한 가지 이의가 있소.

벗이여! 이 세상에는 이것이 아니면 저것이라는 식으로 매듭이 지어지는 일은 극히 드물 것이오. 매부리코와 납작코 사이에는 여러 종류 코가 있는 것처럼 감정이나 행동에도 여러 가지 뉘앙스가 있는 법이라오.

나는 당신의 견해를 모조리 시인하면서도 이것이냐 저것이냐의 중간 위치에 서려고 하오. 그렇다고 나를 못마땅히 여기지는 마오.

당신은 말하였소. 문제는 로테에 대하여 희망을 가질 수 있느냐 없느냐에 달려 있다고……. 좋소, 만일 희망이 있다면 그 희망을 이루도록 노력할 것이며 자기가 바라는 바를 달성하는 것이 좋다. 만일 희망이 없으면 분발하여 자기의 온 정력을 좀먹는 비참한 감정에서 벗어나야 한다. 벗이여! 물론 그럴 듯한 말이오. 그러나 성급한 말이오.

당신은 잠행성(潛行性) 병에 걸려서 날로 조금씩 수척해 가는 불행한 병자더러 차라리 비수로 목을 찔러 단숨에 그 고통을 없애 버리라고 권유할 수 있겠소? 고질이 되어 에너지를 소모시키는 질병은 동시에 그 질병에서 벗어나려는 용기마저 빼앗는 것이 아니겠소? 하긴 당신은 이와 비슷한 이유를 들어서 내게 응수할 수도 있을 테지. 즉 계속 주장하고 망설이다가 자기 생명을 위태롭게 하느니 차라리 상처가 있는 한쪽 팔을 잘라 버리는 것이 낫지 않겠느냐고?

나도 모르겠소. 비유를 가지고 서로 옥신각신하는 것은 그만두기로 합시다. 요컨대 빌헬름! 나도 때로는 그처럼 분발하여 훨훨 털어 버릴 수 있는 용기가 솟아나는 순간이 없지 않아 있기도 하오. 그러나 그 경우에 나는 대체 어디로 가야 할지 방향을 안다면 나는 곧장 떠나고 말 거요.

저 녁

얼마 전부터 게을리하던 일기를 오늘 다시 읽어 보고 나는 놀랐소. 뻔히 알면서도 나는 이 일에 한 걸음 한 걸음 깊숙이 빠져 버리고 말았소. 언제나 나 자신을 이렇게 명확하게 들여다보면서도 나는 마치 어린아이처럼 행동해 왔다오. 여태껏 잘 보아 왔으면서도 여전히 호전될 희망은 없소.

8월 10일

내가 만일 바보가 아니었다면 얼마든지 행복한 생활을 보낼 수 있었을 거요.

한 인간의 마음을 즐겁게 하기 위해서라면 지금 내 처지처럼 여기 좋은 조건이 구비되기는 어려울 줄 아오. 우리들의 마음만이 행복을 빚어낼 수 있다는 것은 틀림없는 사실이오. 사랑스러운 가족의 일원이 되어 그 집 노인한테는 아들처럼 사랑을 받고, 아이로부터는 아버지처럼 공경을 받고 그리고 로테에게서도……. 또한 점잖은 알베르트로 말하면 오만 불손한 태도로 내 행복을 파괴하려 들지 않고 진정한 우정으로써 나를 감싸 주고 있소. 그는 이 세상에서 로테 다음으로 나를 가장 소중한 사람으로 생각해 주고 있소! 나와 알베르트가 함께 산책을 하면서 로테의 이야기를 주고받는 것을 옆에서 듣다 보면 아마 당신도 재미있어 할 거요. 이 세상에서 우리 두 사람의 관계만큼 우스운 것은 아마 없을 것이오. 그 때문에 나는 눈물이 나는 때도 많았소.

알베르트는 어느 날 이런 이야기를 나에게 들려주었소. 성품이 곧은 로테의 어머니가 임종할 때 집안과 아이들은 로테에게 부탁하고 로테는 자기에게 맡겼다는 거요. 그리고 그 후부터 로테는 완전히 딴 사람이 되어 아이들에 대한 애정과 집안 살림 걱정을 한시라도 잊어 버리는 일이 없었으며, 타고난 쾌활한 마음씨를 잠시도 상실한 적이 없었다고 했소.

나는 알베르트와 나란히 걸음을 옮기면서 길가의 꽃을 꺾어 꽃다발을 엮어 길 옆을 흘러가는 시냇물에 던지고 그것이 조용히 떠내려가는 모습을 바라보았다오.

당신에게 써 보냈는지 잘 모르겠지만, 알베르트는 이 고장에 머물러 있으면서 상당한 수입이 있는 궁정의 어떤 관직을 갖게 될 모양이오. 그는 궁전으로부터 꽤 호평을 받고 있다오. 착실하고 열성이 대단하오. 그런 점에서 그를 따를 만한 사람을 나는 별로 본 일이 없소.

8월 12일

분명히 알베르트는 이 세상에서 가장 선량한 사람이오. 그런데 나는 어제 그와 이상하게 말다툼을 하였다오. 나는 작별 인사를 하려고 그를 찾아갔었소. 갑자기 말을 타고 산에 가보고 싶었기 때문이오. 지금 이렇게 당신에게 편지를 쓰고 있는 곳도 산 속이오. 나는 알베르트의 방을 이리저리 서성거리다가 그의 권총을 발견하고 그에게 말하였소.

"권총을 잠깐 빌려줄 수 없겠습니까? 여행을 할 때 갖고 갔으면 하는데⋯⋯."

"좋도록 하시오. 탄환은 넣도록 하시오. 나는 장식으로 갖고 있을 뿐이니."

하고 그는 대답했소. 나는 권총을 집어들었소. 알베르트는 계속해서 말하였소.

"조심은 하느라고 했었는데 뜻하지 않은 불상사를 저지른 뒤에는 나는 이제 손을 대기도 싫어졌습니다."

나는 그 사연을 알고 싶었소. 그는 이렇게 이야기하는 것이었소.

"전에 내가 한 삼 개월 정도 시골 친구네 집에 머문 일이 있습니다. 마침 탄환을 넣지 않은 권총 두 자루를 갖고 있었으므로 밤에도 안심하고 잠을 잘 수 있었는데 어느 비 오는 날 오후에 자리에 우두커니 앉아 있노라니 어쩐지 그날 저녁에는 강도라도 들지 모르겠다는 생각이 머릿속에 떠올랐어요. 그래서 혹시 권총이 필요할지 모른다는 생각이 났소. 어쩌면 하는⋯⋯. 이런 기분은 당신도 알 거요. 그래서 권총을 하인에게 내주며 손질을 하여 탄을 재어 두라고

일렀지요. 그런데 그녀석이 하녀 아이들과 장난을 하다 그 애들을
놀려 주는 시늉을 하는 찰나 어찌 된 영문인지 방탄 장치가 되어 있
는데도 탄환이 발사되어 하녀 아이의 엄지손가락에 맞아 피투성이
가 되었소. 덕분에 위자료를 주고 치료비는 내가 물었지요. 그 후부
터 나는 어떤 무기든지 탄을 재놓지 않기로 결심했어요. 아무리 조
심한들 무슨 소용이 있나요? 어떤 위험한 일이 일어날지 알 수 없거
든요. 하기는…….”

그런데 당신도 알다시피 나는 이 친구를 좋아하지만 이 ‘하기
는’ 이란 말만은 질색이라오. 왜냐구? 어떤 원리나 원칙에도 항상
예외가 따르게 마련 아니겠소?

그런데 이 친구는 대단히 용의주도하단 말이오. 만일 자기가 무
슨 경솔한 말이나 추상적인 애매한 이야기를 했다고 생각할 때에는
끝없이 한정짓거나 수정하거나 혹은 삭제하고, 나중에 가서는 본래
의 이야기 줄거리가 어디로 도망갔는지 알 수가 없게 된다오. 그때
에도 쉴 새 없이 변론하기를 그치지 않았소. 결국 나는 더 이상 그
의 이야기를 듣지 않고 내 멋대로 망상 속에 젖어 있었소. 그리고
발작적인 몸짓으로 오른쪽 눈 위 이마에다 권총을 갖다 대었소. 그
러자 그는,

“무슨 실없는 짓을 하는 거요?”

하며 내 손에서 권총을 빼앗아갔소.

“그야 그럴 테지만, 어쩌자는 거요? 아무튼 나는 인간이 어떻게
스스로 자기를 쏘아 죽일 수 있는지 도저히 납득이 가지 않는군요.
나는 그런 일은 생각만 해도 혐오감을 느끼오.”

"당신네들은 무슨 일에 대해서든지 곧 그것은 못난 짓이니 혹은 현명한 노릇이니 또는 나쁘니 좋으니 하고 한 마디로 잘라서 말하기를 좋아하는데 대체 그런 것에 어느 만큼의 뜻이 있는 겁니까? 그렇게 단정을 내리기에 앞서 어떤 행위의 내면적인 경로를 살펴본 일이 있습니까? 어찌하여 그런 행위를 했을까 또는 왜 하지 않을 수 없었을까, 그 원인을 확실히 설명할 수 있습니까? 그러시다면 그렇게까지 성급하게 잘라서 판단할 수 없을 텐데……."

그러자 이 말에 알베르트는 이렇게 대꾸하였소.

"그러나 동기야 어떻든 어떤 종류의 행위가 죄악이라는 점은 당신도 긍정하시겠지요?"

나는 어깨를 으쓱해 보이며 그 말을 일단 수긍하고 나서 이렇게 말하였소.

"그 경우에도 몇 가지 예외가 있을 것입니다. 절도는 물론 죄악입니다. 그러나 굶어 죽으려는 가족들을 먹여 살리기 위해 남의 물건을 훔쳤다면 우리는 그를 동정해야 하나요, 벌을 주어야 하나요? 놀아난 아내와 비열한 유혹자에 대하여 격분한 나머지 그들을 죽인 한 남편에게 누가 맨 처음 돌을 던질 수 있겠습니까? 사랑에 도취된 나머지 이성을 잃고 몸을 맡긴 처녀에게 누가 맨 먼저 돌을 던질 수 있겠습니까? 냉혹하기 짝이 없는 법률이라는 이름의 계측기일지라도 필시 감동되어 그에 대한 형벌을 보류할 것입니다."

"그것은 전혀 별개의 이야기입니다. 왜냐하면 자기 정열에 휘말려 제정신을 잃고 있다면 그는 취한 사람이나 미친 사람이라고 볼 수 있으니까요."

알베르트가 이렇게 대답하자 나는 웃으면서 외쳤소.

"과연 당신들은 이상적이군요. 정열이니 주정뱅이니 미치광이니 하면서 당신은 태연히 시침을 떼고 있는 거요. 사실 당신들은 품행 방정한 분들이오! 주정뱅이를 욕하고 미치광이를 싫어하면서 마치 목사처럼 그들 옆을 지나가 버리고 맙니다. 그리고 바리새인과 같이 신이 자기를 그런 부류의 인간으로 만들어 주지 않은 데 대하여 감사할 수도 있을 것입니다. 나는 술에 취해본 일이 여러 번 있습니다. 정열에 휩쓸려 미치다시피 한 때도 있습니다. 그러나 나는 그 어느 경우에 있어서나 후회는 하지 않습니다. 자고로 어떤 위대한 일이나 불가능에 가까운 어려운 일을 성취한 비범한 인물을 사람들은 흔히 주정뱅이니 미치광이니 하고 불러왔다는 사실을 알고 있기 때문입니다. 그러나 평범한 일상생활에서도 흔히 누가 대담하고 훌륭한 예상 외의 일을 하려고 들면 으레 '저 친구는 주정뱅이야. 저건 바보 천치야.' 하고 욕지거리를 하니 나는 차마 곁에서 들을 수가 없어요. 근엄하고 현명한 분이야말로 수치를 알아야 하지 않을까요!"

"그것 역시 당신의 망상입니다. 당신은 모든 것을 과장하고 있습니다. 우리가 지금 문제 삼고 있는 자살을 무슨 위대한 행위처럼 생각하고 이에 견주어 말한다는 것은 옳지 못합니다. 자살이란 결국 약자의 행동에 지나지 않으니까요. 괴로운 인생을 굳게 참고 견디느니 죽는 편이 훨씬 손쉬운 노릇이 아니겠습니까?"

나는 그만 이야기를 중단하려고 하였소. 이쪽에서는 한창 진지하게 이야기를 하고 있는데 상대방이 흔해빠진 상투적인 말로 응수하려 드는 것처럼 화가 치미는 일은 없기 때문이오. 그러나 그의 이런 말은 전에도 여러 번 들어왔으며 몇 번 화낸 일도 있으므로 나는 마음을 가라앉히고 다소 언성을 높여 말했소.

"당신은 그걸 나약함이라고 말하는 거요? 표면만을 보고 현혹되지 않기를 바라오. 폭군의 압제에 신음하던 백성들이 드디어 궐기하여 그 사슬을 끊어 버릴 경우 당신은 그들을 감히 약자라고 단정할 수 있겠습니까? 자기 집에 불이 붙었을 때 평소에는 엄두도 내지 못할 무거운 짐짝을 척척 운반하는 사람이나 또는 남에게 모욕을 당하여 분통이 터진 나머지 여섯 명이나 상대해서 보기 좋게 때려 눕히는 사람을 약자라고 볼 수 있겠습니까? 이봐요, 인간의 노력이 힘이라면 어찌하여 이러한 극도의 긴장이 그 반대가 되어야 한다는 거요?"

알베르트는 나를 바라보며 말하였소.

"실례의 말이지만 당신이 열거한 것은 이 경우에 들어맞지 않는 것 같소."

"그럴지도 모르지요. 내 연상 방법은 때때로 공론에 흐르는 경우가 있다고 전에도 더러 비난을 받아 왔습니다. 그렇다면 다른 논법으로 말해 보겠습니다. 즐거워야 할 생명이 무거운 짐을 내동댕이치려고 결심한 사람의 심정은 어떠할까요? 우리들은 똑같이 그 기분을 알고 난 후에 그 문제를 논할 자격이 있는 것입니다. 인간의 본성에는 어떤 한계가 있어요. 즐거움도 고민도 고통도 견딜 수 있는 정도가 있고 그 한계를 넘어서면 모든 것이 파괴돼 버립니다. 따라서 이 경우 그 사람이 강하냐 혹은 약하냐가 문제되는 것이 아니오.

요컨대 정신적으로나 육체적으로 어느 한도까지 견디어낼 수 있느냐에 달려 있는 것입니다. 그러므로 내가 자기 생명을 손수 끊는 것을 비겁하다고 하는 것은 악성 열병으로 죽어 가는 사람을 비겁하다고 말하는 것과 마찬가지로 타당하지 않다고 생각합니다."

"그건 궤변이오! 지나친 궤변이오!"

하고 알베르트는 외쳤소. 이에 나는 대꾸하였소.

"결코 당신이 생각하는 것처럼 지나친 궤변은 아니오. 육체가 결단이 나고 체력이 소모되어 아무런 기능도 발휘하지 못하게 되어 이제 일어날 수도 없고, 아무리 병상이 호전되어도 생명의 정상적인 기능을 회복할 수 없을 때 그것을 죽음을 이르는 병이라고 부르는 데는 당신도 동의하겠지요? 그런데 들어 봐요. 이 경우를 정신에 적용해 봅시다. 어떤 인간이 정신적으로 막다른 경우를 생각해봐요. 여러 가지 인상이 작용하여 어떤 관념이 마음속에 굳혀지고, 마침내 불타오르는 정열로 말미암아 냉철한 사고력을 빼앗기고 그 사람을 파멸로 몰고 가는 경우도 있습니다. 침착하고 분별이 있는 사람은 이런 불행한 사람의 정신 상태를 여러 모로 관찰할 수도 있고 충고도 할 수 있겠지만 그것이 무슨 도움이 되겠습니까? 그것은 마치 건강한 사람이 병자의 머리맡을 지키고 있어 봐야 그의 체력의 만분의 일도 병자의 몸에 부어 넣을 수 없는 것과 마찬가지입니다."

이런 말은 알베르트에게는 한낱 추상적인 이야기에 불과하였소. 그리하여 나는 얼마 전에 물에 빠져 죽은 어느 소녀의 일을 그에게 상기시키고 그 이야기를 되풀이하였소.

"그녀는 착한 처녀였소. 언제나 되풀이되는 일정한 집안일을 돌보면서 극히 좁은 테두리 속에서 자랐습니다. 일요일마다 조금씩 만들어 놓은 나들이옷을 입고 친구들과 어울려 교외로 산책을 간다든지, 명절날에는 빼놓지 않고 춤춘다든가 그 밖에 싸움의 원인이나 남의 흉의 근원을 캐어묻는 일에 정신이 팔려 이웃 여자들과 몇 시간이고 지껄이는 것 외에는 별다른 즐거움이 없는 처녀였소. 그러던 차에 그녀의 불붙기 쉬운 성질이 더 심각한 욕망을 느끼게 되고 사나이들이 추어올리는 바람에 그녀의 욕망에 더욱 기름을 넣은 것입니다. 그래서 여태까지의 즐거움이 점점 싱겁게 여겨진 겁니다. 그때 어떤 사나이와 가까이 사귀게 되면서부터 여태껏 느끼지 못했던 감정에 이끌려 그 사나이에게 점점 이끌려간 것입니다. 동시에 자기의 모든 희망을 오직 그 사나이에게 걸고 세상일은 까맣게 잊어버리게 되었지요. 즉 그녀에게는 아무것도 들리지 않고 보이지 않고 또한 느껴지지도 않고, 다만 그 사나이만을 사랑했던 것입니다. 들뜬 허영에서 오는 허망한 쾌락에 빠진 일이 없는 그녀는 오직 하나의 목표를 좇아 그 사나이의 아내가 되어 영원히 맺어져 자기에게 없었던 온갖 행복을 누리며 자기가 동경하던 모든 즐거움을 남김없이 맛보려고 하였습니다. 거듭되는 사나이의 맹세에 모든 희망이 확실히 보장된 것으로 믿고 그녀는 대담한 애무에 욕정은 날로 불타올랐던 것이지요. 그리하여 그녀의 마음은 농락되고 몽롱한 의식 속에서 모든 기쁨의 예감에 젖어 긴장된 마음으로 자기의 소망을 움켜쥐려고 두 팔을 내밀었건만 사나이는 그녀를 버렸습니다. 그녀는 몸을 움츠리고 넋

을 잃은 채 심연(深淵) 앞에 서게 되었습니다. 그녀는 온통 암흑 속에 잠겨 어떠한 희망도 위안도 기대도 가질 수 없었지요. 그도 그럴 것이 자기 생명이라고 생각하고 있던 사람이 자기를 버렸으니 말입니다. 그녀의 눈앞에 가로놓인 넓은 세계도 잃어버린 것을 메꾸어줄지도 모르는 많은 사람들도 눈에 보일 리 없지요.

그녀는 세상에서 버림받고 완전히 외톨이가 되었다고 생각했습니다―그녀는 눈도 뒤집혀 마음의 상처에 쫓기어 깊은 못에 몸을 던져 사방을 휘덮는 죽음 속에 모든 고뇌를 청산하려고 한 것이랍니다―어떻습니까, 알베르트 씨! 이것은 흔히 있는 인간의 이야기가 아닙니까? 그리고 아까 말한 병자의 경우와 이치는 마찬가지가 아니겠어요? 인간의 본성이 서로 뒤얽혀 반발하는 여러 가지 힘의 미궁 속에서 빠져나올 출구를 찾지 못하면 죽음의 길을 택할 수밖에 없는 거랍니다. 이것을 옆에서 보고 '못난 계집'이다. '조금만 더 기다려서 시간이 성숙될 때까지 맡기고 있었더라면 절망하지도 않았을 것이고, 반드시 위로해줄 다른 사나이가 대신 나타날 것을……' 하고 태평스럽게 책망하는 자들의 마음을 알 수 없소. 그것은 마치 '열병으로 죽다니 어리석은 놈이다! 체력이 회복되고 기력도 붙고 피가 제대로 돌아갈 때를 기다렸다면 모든 일이 잘되어 오늘날까지 무난히 살 수 있었을 텐데……' 하고 말하는 것과 같은 것입니다."

알베르트는 이러한 비유도 얼른 납득이 가지 않는 모양인지 다시 두세 가지 반대 의견을 말하였소. 그 말 가운데에는 이러한 대목도 있었소.

"방금 말한 것은 한낱 무지한 여자의 이야기에 지나지 않으며, 만일 그렇게 외곬으로만 치달리지 말고 좀더 널리 생각하는 분별력을 가졌을 경우 당신은 어떻게 변명하겠소? 나는 이해하기 어렵군요."

"알베르트 씨!" 하고 나는 외쳤소. "인간은 다 마찬가지랍니다. 다소 남보다 분별력이 있다고 해서 무슨 소용이 있단 말이오. 그것은 일단 정열이 절정에 오르고 인간성의 한계선에 다다랐을 때는 거의, 아니 전혀 문제도 되지 않는 법이랍니다. 이 이야기는 나중에 또 하기로 합시다."

이렇게 말한 뒤 나는 모자를 손에 집어 들었소. 나는 얼마나 가슴이 답답했는지 모르오―이리하여 우리는 서로 이해하지 못하고 그냥 헤어지고 말았소. 이 세상에서 남을 이해한다는 것이 얼마나 어려운 일인지 모르겠소.

8월 15일

이 세상에서 사랑만큼 사람을 없어서는 안 될 존재로 만드는 것은 없을 거요. 로테가 나를 잃고 싶어하지 않았다는 것을 그녀의 거동으로 분명히 느낄 수 있소. 아이들도 내가 내일도 역시 와줄 것으로 알고 있다오. 오늘은 로테의 피아노를 조율해 주기 위해 찾아갔었지만 그 용건은 이루지 못했소. 그 까닭은 아이들이 이야기 해달라고 졸랐고 로테까지도 아이들에게 이야기를 해주라고 부탁했기 때문이오.

나는 아이들에게 저녁 빵을 잘라 주었소. 지금은 아이들도 내가
나눠주는 것을 로테가 빵을 나눠줄 때나 다름없이 좋아하오. 그리
고 나는 그들에게 '손이 구해준 공주이야기(공주가 옥에 갇혀 굶어 죽
게 되자 난데없이 천장에서 많은 손에 내려와 먹을 것을 주었다는 옛날이야
기)'를 들려주었소. 그러느라고 나는 꽤 공부를 했소. 내 이야기를
듣고 그들이 어찌나 깊은 감명을 받는지 나는 깜짝 놀라지 않을 수
없었소.

두 번째 이야기를 들려줄 때는 줄거리를 깜빡 잊어버려 할 수 없
이 적당히 꾸며대니까 아이들은 첫 번 이야기와 다르다고 대뜸 항의
하는 거요. 이래서는 안 되겠기에 지금 나는 조금도 틀리지 않도록
장단을 맞춰서 단번에 암송하는 연습을 하고 있다오. 여기서 나는
또 한 가지 깨달은 점이 있소. 그것은 저자가 책을 재판(再版)할 때
에 내용에 손을 대면 비록 그것이 문학적으로는 나아졌다고 하더라
도 그 책에 손상을 입힌다는 사실이오. 아무래도 독자들에게는 첫
번째 인상이 좋은 법이오. 이때에는 아무리 터무니 없는 일이라도
납득이 가고, 그것은 머릿속에 달라붙어 좀처럼 떠나지 않소. 그런
데 나중에 다시 수정하거나 지워 버린다는 것은 옳지 않은 일이오.

8월 18일

인간에게 행복을 초래하는 것이 나중에 도리어 화근이 된다니
이것이 현실의 운명일까?

전에 살아 있던 자연에 대한 나의 마음속의 따뜻한 공감은 나를

넘치는 기쁨으로 가득 차게 하고 주위의 세계를 낙원으로 만들어
주었는데, 지금은 못 견디게 나를 괴롭히고 가책의 유령이 되어 어
디를 가나 내 뒤를 따라다니오. 일찍이 나는 바위 위에서 강 건너 저
언덕까지 이어진 풍요한 골짜기를 바라보고 주위의 모든 것들이 싹
터 자라나고 있는 것을 바라보았소. 저 멀리 산들은 기슭에서 봉우
리까지 울창한 나무로 덮이고 꾸불꾸불 뻗어 내린 골짜기에는 아름
다운 숲이 그늘을 던지는가 하면, 유유히 흐르는 시냇물은 속삭이
는 갈대 사이를 미끄러지듯 흘러가며 산들거리는 저녁 바람에 불려
온 꽃구름을 비추고 있었소. 새들은 숲속에서 흥겹게 지저귀며 빨
간 저녁놀 속에 수많은 모기떼들이 앵앵거리며 춤추고 풍뎅이들은
저물어 가는 마지막 햇살을 받아 윙윙거리며 풀숲에서 날아올랐소.

주위의 이러한 활발한 움직임에 이끌려 땅 위를 눈여겨 들여다
보면 바로 내가 서 있는 바위에서 맘껏 자양을 흡수하는 이끼며 메
마른 모래 언덕에서 자라나고 있는 과목들이 자연의 품안에서 깊이
타고 있는 거룩한 생명을 나에게 분명히 나타내어 보여 주었소. 이
때 나는 이 모든 것을 뜨거운 가슴속에 품고 넘치는 그 풍요함 속에
서 신이라도 된 듯한 기분에 사로잡히었소.

그리고 내 마음속에서는 무한한 세계의 장려한 모든 모습들이
약동하고 있었소. 큰 사막들이 나를 에워싸고 깊은 못이 눈앞에 누
워 있었으며, 산여울이 콸콸 흘러내리고 큰 강이 발밑을 흘러가고,
숲도 봉우리도 진동하였소. 나는 이들 헤아릴 수 없는 위대한 힘이
땅 속 깊숙이 뒤얽혀 작용하고 있음을 역력히 보았소. 하늘과 땅 사
이에 바야흐로 오만 가지 피조물의 종족들이 꿈틀거리고 있소. 삼

라만상은 그야말로 천태만상으로 살고 있소. 그런데 인간은 자기들의 안전을 지키려고 그 조그마한 집에 서로 모여서 이 커다란 세계를 자기들이 지배하고 있는 줄 알고 있소. 오! 가련한 천지여! 너는 네가 작기 때문에 세상을 얕보는 것이란다! 오를 가망도 없는 높은 산봉우리에서 사람이 들어간 적 없는 황야를 지나 미지의 대해(大海)에 이르기까지 영원한 창조자의 입김이 흐르고 있다오. 비록 그것이 한낱 티끌일지라도 이 영혼의 소리를 듣고 살아 있는 이상 하나님은 그것을 기뻐할 것이오. 아, 나는 머리 위를 날아가는 학의 날개를 빌려 망망한 대해의 기슭까지 날아가기를 얼마나 동경하였던가?

거품이 이는 무한자(無限者)의 잔에서 넘쳐나는 생명의 환희를 마시며, 한순간이나마 자기 자신의 가슴속의 제한된 힘 속에 삼라만상을 자기 속에서 자기를 통하여 창조하는 신의 축복을 맛보려고 나는 얼마나 갈망하였던가?

벗이여! 그때의 추억만이 나를 즐겁게 해주오. 그때의 형언할 수 없는 심정을 환기시켜 다시 이야기해 보려는 노력만으로도 내 영혼을 이렇게 승화시켜 주는구려. 동시에 나를 에워싼 불안감을 몇 갑절 절실히 느끼게 된다오.

내 영혼을 덮고 있던 장막이 걷히는 듯싶소. 무수한 생명의 무대는 내 앞에서 영원히 입을 벌리고 있는 무덤의 나락으로 바뀌어 버렸소. 그런데 당신은 '그것은 존재한다' 고 감히 말할 수 있겠소? 모든 것이 번개처럼 변모되어 가오. 일체의 존재가 완벽을 유지하기란 매우 어려운 것이라오. 아, 그것은 분류에 휩쓸려 가라앉고 바위에 부딪쳐 산산조각이 나지 않는가? 가까운 사람들도 시시각각 좀먹고 있는 것이오. 순간마다 당신은 파괴자이며 파괴자 노릇을 하지 않고는 못 배기오. 무심한 산책에서도 수많은 불쌍한 벌레의 생명을 빼앗고, 한 발짝 떼어 놓는 발길에 개미들의 애써 만든 집을 무너뜨리고, 조그만 세계를 짓밟아 무참한 무덤으로 만들어 버리는 거라고.

아아! 마을을 송두리째 쓸어버리는 대홍수, 도시를 한꺼번에 삼켜 버리는 대지진 등등 이러한 보기 드문 재난에 내가 상심하는 것이 아니라 이 대자연 속에 깃들여 있는 파괴력이 내 마음을 아프게 하오. 자연은 이웃과 자기 자신을 파괴하지 않는 것은 하나도 만들지 않았소. 그러므로 나는 하늘과 땅 사이에서 끊임없이 작용하는 모든 힘에 둘러싸여 불안에 떨려 비틀거리고 있소. 내 눈에는 영원히 집어삼키고 영원히 되새김질하는 괴물밖에는 보이지 않소.

8월 21일

아침에 괴로운 꿈에서 깨어나면 나는 부질없이 로테를 바라며 팔을 벌린다오. 밤이면 죄 될 리 없는 행복한 꿈에 농락되어 내가 그녀와 함께 풀밭에 앉아 그녀의 손을 잡고 끊임없이 입을 맞추고 있다는 착각을 하고는 잠자리에서 그녀를 찾아 허우적거리곤 했소. 아아! 이렇게 꿈속에서 그녀를 찾아 더듬다가 눈을 뜨면 나는 가슴이 메어 눈물이 쏟아지곤 하오. 나는 어두운 미래를 생각하면 위로할 길 없이 흐느껴 울 따름이오.

괴롭소! 빌헬름! 나의 활동력은 아주 무디어지고 불안한 게으른 버릇이 붙어 버렸소. 한가한 기분도 될 수 없고 그렇다고 뭣 하나 일도 할 수 없소. 상상력도 없어지고 자연에 대해서도 별로 감흥을 느낄 수 없고 책 같은 것은 진절머리가 나오. 인간이란 이렇게 자아를 상실하고 보면 모든 것이 사라져 버리는 모양이오. 사실 나는 품팔이 일꾼이 되었으면 하고 생각할 때가 종종 있소. 그렇게 되면 날마다 잠에서 깨면 그날 하루의 목적이 생기고 이렇게 할까 저렇게 할까 하는 희망을 갖게 될 테니 말이오. 나는 알베르트가 머리께까지 서류 속에 묻혀 있는 것을 보고 부러워서 그의 처지와 바꿀 수 있다면 얼마나 좋을까 하고 상상하기도 했소. 나는 벌써부터 여러 번 당신과 장관에게 편지를 내어 공사관에 일자리를 부탁해 볼까 생각하였소. 그 정도의 일자리라면 거절당할 것 같지도 않고 당신도 보증해줄 걸로 믿고 있었기 때문이오. 장관은 벌써부터 나를 아끼는 터라 나에게 무슨 일자리를 갖도록 권고해 왔었소. 나는 한때는 그럴 생각도 해보았지만 나중에 다시 생각해보니 자유에 진저리가 난 망아지가 안장과 마구를 등에 얹어 달래서 드디어 허리가 휘어 버렸다는 우화(寓話)가 머릿속에 떠올라 어떻게 하면 좋을지 망설이게 되었다오. 벗이여! 현상황의 변화를 바라는 나의 심정은 어쩌면 일종의 불쾌한 초조감에서 비롯되는 것으로, 이것은 어딜 가나 나를 뒤쫓아다니지나 않을지 모르겠소.

8월 28일

나의 병을 고칠 수 있는 것이라면 분명코 이 사람들이 고쳐줄 것이오. 오늘은 내 생일이오. 아침 일찍 알베르트에게서 소포가 왔소.

뜯어보니 분홍색 리본이 눈에 띄었소. 그것은 내가 로테를 처음 만났을 때 그녀가 가슴에 달고 있었던 것으로 그 후 내가 여러 차례 달라고 졸랐던 물건이오. 또 그 소포에는 사륙판 책 두 권이 들어 있었소. 베트슈타인 판의 《호머》였는데, 이것은 내가 지금 갖고 있는 엘레스티 판이 산책할 때 갖고 다니기에 불편하였기 때문에 진작부터 갖고 싶어하던 책이었소. 참 희한한 일이 아니겠소! 이렇게 이들 두 사람은 내 소원을 미리 풀어 주었다오. 우정이 알뜰하기 때문이오. 이러한 의사 표시는 흔히 그 선물을 보내는 사람의 허영심 때문에 받는 편이 일종의 굴욕을 느낄 만큼 비싼 선물보다 얼마나 고마운지 모르겠소!

나는 이 리본에 몇 번이고 입을 맞췄다오. 그리하여 지금은 이미 지나간 행복했던 나날들의 즐거운 추억을 하나하나 되새기고 있소. 빌헬름! 따분한 건 어쩔 수 없는 일이오. 그러나 나는 군소리는 않으려오. 인생의 꽃이란 환상에 지나지 않소. 얼마나 많은 꽃들이 흔적조차 남기지 않고 저버렸느냐 말이오. 그리하여 열매를 맺는 꽃들은 얼마나 적으며 그리고 이 열매들 중에서 익은 놈은 또 얼마나 되겠소! 그러나 익은 과일이 항상 없던 것은 아니었소. 벗이여! 이렇게 해서 겨우 익은 열매를 우리들이 그대로 거들떠보지도 않고 맛도 보지 않은 채 썩힐 수야 있겠소?

그럼 잘 있소. 멋진 여름이구려. 나는 곧잘 과일을 따는 긴 장대

젊은 베르테르의 슬픔 **85**

를 손에 들고 로테네 과수원 나무에 올라가 윗가지에 달린 배를 딴다오. 그러면 로테는 내가 떨어뜨리는 배를 아래서 받곤 하지요.

8월 30일

불행한 자여! 너는 천치가 아니냐? 너는 네 자신을 속이고 있는 것이 아니냐? 너의 이렇게 미쳐 날뛰는 정열은 어찌 된 까닭이냐?

나는 그녀에게 바치기 위해서만 기도 드릴 따름이오. 나의 상상력 속에는 그녀의 모습밖에 나타나지 않소. 그리고 나를 에워싼 세계의 모든 것을 나는 다만 그녀와 관련시켜서만 바라보게 되오. 비록 그녀와 헤어질 몸일망정 이렇게 함으로써 나는 한동안이나마 즐거운 시간을 가질 수가 있다오.

아아, 빌헬름이여! 내 마음은 때때로 그녀와의 이별을 강요하오! 그녀의 옆에서 두 시간이고 세 시간이고 마주 앉아서 그녀의 자태와 거동과 아름다운 말씨에 정신을 팔고 있다가 나의 모든 감각이 마비되어 눈앞이 캄캄해지고 귀가 거의 막혀 버리며, 마치 암살자에게 목이라도 졸리듯 답답해지고, 이어서 심장이 사납게 고동치고 답답한 오관(五官)에 생기를 부어 넣으려고 하면 더욱더 감각은 혼란해질 뿐이오.

빌헬름! 나는 도대체 이 세상에 정말 살아 있는 건지 의심스러울 때가 가끔 있소! 때때로 슬픔에 짓눌려 로테의 손에 얼굴을 파묻고 답답한 가슴을 눈물로써 씻어 버리려는 안타까운 위로를 얻기도 하오—그럴 때면 나는 로테 옆을 떠날 수밖에 없소. 거기서 뛰쳐나오지 않을 수 없소. 그리하여 먼 들길을 헤매어 다니오. 가파른 산등성이를 기어올라가 덩굴에 걸리고 가시에 찔리면서 길 없는 숲을 헤치며 나아간다오! 그것이 그나마 유일한 즐거움이라오. 그러면 얼마간은 기분이 좀 나아지오. 그야말로 얼마간! 나는 피로하고 목이 말라 때로는 도중에서 쓰러진 일도 있소. 그리하여 깊은 밤 머리 위 높이 뜬 보름달을 쳐다보며 상처투성이가 된 내 발바닥의 아픔을 조금이라도 가라앉히고 적막한 숲속의 구부러진 나뭇가지에 외로이 걸터앉아 지칠 대로 지친 나머지 어스름 달빛에 싸인 채 어느새 꾸벅꾸벅 잠들어 버린다오!

아아, 빌헬름이여! 성직자의 외로운 방과 가죽 옷과 가시 혁대야말로 나의 영혼이 갈망하는 청량제라오. 잘 있소! 무덤 이외에 이 비참한 생활은 끝장이 나지 않을 것 같소.

9월 3일

빌헬름! 나는 여기를 떠나야겠소! 망설이던 끝에 결심을 하게 된 것은 당신 덕분이오. 벌써 2주일 전부터 그녀의 곁을 떠나야겠다는 생각을 하고 있었소. 이제 나는 떠나야겠소. 그녀는 시내의 친구네 집에 와 있소. 그리고 알베르트는……그리고……나는 이곳을 떠나야겠소.

빌헬름! 괴로운 한밤이었소. 이제 어떤 일이 있어도 나는 지지 않겠소. 다시는 로테와 만나지 않으려오! 벗이여! 당신의 목이라도 껴안고 끝없이 눈물을 흘리며 마음껏, 내 가슴속에 휘몰아치는 감정의 회오리를 열어 보이지 못하는 것만이 유감이라오! 나는 지금 여기에 앉아 허덕이며 애써 마음을 가라앉히며 아침 해가 떠오르기를 기다리고 있소. 날이 밝으면 마차가 오도록 되어 있소.

로테는 잠들어 있소. 다시는 내 얼굴을 보지 못하리라고는 생각지 않을 것이오. 두 시간이나 그녀와 이야기를 나누면서도 나는 내 계획을 말하지 않았소. 그런데 그 이야기의 내용은 어떠했던가?

알베르트는 저녁 식사가 끝나면 곧 로테와 함께 정원으로 나오겠다고 나에게 약속을 하였소. 나는 테라스의 밤나무 밑에서 서성거리며 이 경치도 오늘로 마지막인가 하고 정든 골짜기와 유유히 흐르는 강물 저쪽에 저물어 가는 해를 바라보고 있었소. 여태껏 나는 몇 번이나 로테와 함께 이곳에서 똑같은 장엄한 광경을 바라보았던 것이오. 그러나 지금은—나는 내가 좋아하던 가로수 길을 오르락내리락 여기저기 거닐어 보았소. 아직 로테와 서로 알기 전부터 나는 일종의 신비로운 힘에 끌려서 이곳에 자주 찾아왔었소. 그 후 내가 그녀와 서로 사귀게 되었을 때 그녀도 이곳을 좋아하고 있는 것을 알고 얼마나 기뻐했는지. 내가 아는 한에서는 적어도 정원사의 손으로 만들어진 것 중에서 가장 낭만적인 장소의 하나였소.

우선 밤나무 사이로 전망이 훤히 틔어 있소. 그런데 생각해보니 나는 벌써 이곳에 관하여 여러 번 당신에게 써 보낸 일이 있는 것 같소. 가로수 사이로 발길을 옮기면 큰 떡갈나무가 병풍처럼 길 양쪽을 둘러싸고 그와 잇닿은 수풀 때문에 가로수 길은 점점 어두워지고, 그 맨 끝은 소름이 끼치도록 정적이 감도는 조그마한 광장으로 끝나고 있소. 어느 한낮에 내가 처음에 이곳에 발을 들여 놓았을 때 나는 얼마나 깊고 아늑한 감정에 사로잡혔는지, 나는 그때 일을 지금도 기억하고 있소. 그때 나는 이 고장이 나에게 행복과 고통의 어떤 무대가 되리라는 예감을 어렴풋이 느꼈소.

내가 약 반 시간쯤 이별과 재회의 애달프고도 달콤한 상념에 잠겨 있을 때 둘이서 테라스를 올라오는 소리가 들려왔소. 나는 곧 뛰어 가서 두 사람을 맞이하여 떨면서 그녀의 손에 입을 맞추었소. 우리가 맨 위까지 올라갔을 때 관목에 뒤덮인 언덕 위로 달이 떠올랐소. 우리는 여러 가지 이야기를 주고받으면서 어느새 어둠컴컴한 정자에 이르렀소. 로테는 그 안에 걸터앉았소. 알베르트는 그녀의 옆에 앉고 나도 앉았소. 그러나 어쩐지 나는 마음이 산란하여 오래 앉아 있을 수가 없었소. 나는 자리에서 일어나 로테의 앞을 이리저리 왔다갔다하다가 다시 자리에 앉았소. 어쩐지 불안해서 견딜 수 없었소. 로테는 떡갈나무 가지 끝에 걸려 테라스를 환히 비추고 있는 달빛의 아름다움에 대하여 우리들의 주위를 환기시켰소. 정말 아름다운 광경이었소. 짙은 어둠이 우리를 에워싸고 있었으므로 달빛은 더욱 선명하였소. 우리들은 잠자코 있었소. 이윽고 로테가 입을 열었소.

"저는 달밤에 산책을 하면 언제나 돌아간 분들의 생각이 나요. 그리고 죽음이라든가 내세에 대하여 생각하게 돼요. 저희들도 언젠가는 저세상에 갈 거니까요!"

그녀는 이렇게 말하고 더할 바 없는 숭고한 감정을 담아 덧붙였소.

"베르테르 씨! 우린 저세상에서 다시 만나게 될까요? 설사 만나게 되더라도 서로 얼굴을 알아보게나 될는지 몰라. 어떻게 생각하세요?"

나는 로테의 손을 잡고 눈물을 머금은 채 말했소.

"로테! 만나게 되고 말고요! 이 세상이든 저 세상이든 만나게 될 겁니다."

나는 이 이상 말을 계속할 수 없었소. 빌헬름! 왜 하필 내가 이렇게 쓰라린 이별을 가슴속에 품고 있을 때 그녀는 이런 말을 꺼냈을까?

"그러시다면 저 돌아가신 분들은 우리들의 일을 알고 계실까요? 우리가 몸성히 살면서 그분들을 이처럼 그리워하는 줄 알고 있을까요? 아, 고요한 밤에 제가 어머니의 아이들과 함께 아니 저의 아이들과 함께 어머니처럼 아이들에게 둘러싸여 있으면 저는 으레 어머니의 모습이 머릿속에 떠올라요. 그럴 때면 저는 어머니가 그리워 눈물이 글썽하여, 멀리 하늘을 바라보면서 어머니가 임종하실 때 제가 아이들의 어머니가 되겠다고 약속한 그 말을 어느 정도 지키고 있는지 잠시나마 어머니에게 보여 드리고 싶어 가슴이 메어서 이렇게 부르짖곤 해요. '어머니! 만일 제가 아이들에게 어머니처럼 훌륭한 어머니 노릇을 못 하더라도 용서해 주세요. 아아, 그러나 저로서는 제가 할 수 있는 데까지는 힘껏 하느라고 했어요. 옷치다꺼리는 물론이고 식사도 제때 시키고요. 그리고 무엇보다도 그 애들을 귀여워해 주고 사랑하고 있어요. 어머니께서도 우리들이 사이좋게 지내는 것을 보실 수만 있다면 얼마나 좋겠어요? 거룩하신 어머니! 그렇게 되면 어머니는 반드시 하나님께 감사하실 거예요. 또한 하나님을 찬양하실 거예요. 임종하실 때 슬픈 눈물을 흘리며 아이들의 행복을 비시던 그 하나님을……' 이라고."

로테는 이렇게 말하였소. 아아, 빌헬름! 누가 그녀의 말을 되풀이하여 그대로 이야기할 수 있겠소? 차디찬 죽은 글자로 어찌 그녀의 순결한 마음의 꽃을 이루 다 표현할 수 있겠소? 그때 알베르트가 옆에서 부드러운 말씨로 이렇게 참견했소.

"당신은 너무 지나치게 흥분하고 있소. 당신이 그런 생각에 곧잘 사로잡히는 마음은 나도 잘 알고 있지만, 제발 부탁이니……."

"아니에요, 알베르트 씨!" 하고 로테는 말을 이었소. "당신은 설마 잊지 않으셨겠지요? 아버님께서 먼 여행을 떠나고 안 계시는 동안에 애들을 재워 놓고 저녁마다 우리들끼리 조그마한 둥근 탁자를 앞에 놓고 앉았을 때의 일 말이에요. 당신은 언제나 책을 옆에 끼고 계셨지만 그것을 읽는 일은 거의 없었어요. 책보다도 어머니의 훌륭한 영혼과 사귀는 편이 더 소중했기 때문이 아니었어요? 어머니는 아름답고 상냥하며 명랑하고 언제나 부지런히 일하시는 분이었어요. 저는 항상 어머니 같은 여인이 되도록 해주십사 하고 잠자리에서 눈물 흘리며 기도를 드려 왔어요. 하나님께서는 알고 계실 거예요."

나는 로테의 앞에 꿇어앉아 그녀의 손을 잡고 눈물을 글썽거리

며 말하였소.

"로테! 하나님은 당신과 그리고 어머님의 영전에 축복을 내리실 겁니다!"

로테는 내 손을 꼭 잡고 말하였소.

"선생님이 저의 어머니를 아셨더라면 참 좋아했을 거예요. 어머니는 선생님이 인정하고도 남을 만한 분이었어요."

나는 이 말을 듣고 숨이 막힐 듯하였소. 이렇게 훌륭하고 자랑스러운 말을 그녀는 일찍이 나에게 한 적이 없었소. 그녀는 계속해서 말을 이었소.

"하지만 어머니는 막내가 육 개월도 되지 않아 한창 일하실 젊은 나이에 돌아가셨어요. 병환이 나신 지도 얼마 되지 않아서였어요. 조용히 단념하고 계셨지만 단지 어린아이들, 특히 막내 때문에 걱정을 하셨어요. 드디어 임종이 가까워 오자 어머니는 저더러 아이들을 데려오라고 말씀하시기에 저는 아이들을 모두 데리고 갔어요. 작은 애들은 아무 영문도 모르고 큰 애들은 겁에 질려 침대 옆에 서 있었어요. 어머니는 두 손을 들고 아이들을 위해 기도를 올리시고 아이들에게 차례차례로 입을 맞추신 다음 밖에 내보내시고는 저에게 아이들의 어머니가 되어 달라고 말씀하셨어요. 저는 어머니의 손을 잡고 그러겠다고 맹세했어요. 어머니는 말씀하셨어요. '너는 매우 어려운 약속을 했다. 너는 아무쪼록 어머니의 마음과 눈이 되어야 한다. 그것이 어떤 것인지 너는 잘 알고 있을 게다. 네가 여태까지 곧잘 감사의 눈물을 흘리던 것으로 미루어 나는 짐작이 간다. 그리고 아버지께는 아내 같은 성실과 순종으로 잘 섬기어라. 아버지를 위로해 드려야 한다.' 이렇게 말씀하시고 어머니는 아버지에 대해서 물어보셨어요. 아버지는 북받치는 슬픔을 우리에게 감추시느라고 밖으로 나가 계셨어요. 아버지는 무척 상심한 사람처럼 보였어요. 알베르트 씨! 그때 당신은 방 안에 계셨지요? 어머니는 사람의 발소리를 들으시고 누구냐고 물어보시고는 당신인 줄 알자 곁에 부르셨어요. 그리고 당신과 나를 한참 번갈아 보시다가 둘이서 부부가 되어 행복하게 잘 살라고 말씀하시고는 안심하시는 듯한 눈길로 우리를 쳐다보셨어요."

이때 알베르트는 로테에게 입을 맞추고 큰소리로 말하는 것이었소.

"그럼 행복하고 말고! 우리는 앞으로도 행복할 거요!"

그토록 침착하던 알베르트는 완전히 자기 자신을 잊어버리고 말았소. 나 역시 몹시 당황하였소. 로테는 계속해서 말을 하였소.

"베르테르 씨! 그런 우리 어머니가 돌아가셨어요! 아아, 이 세상에서 제일 사랑하는 분을 빼앗기다니! 이런 일을 누구보다도 뼈저리게 느끼는 것은 아이들이에요. 아이들은 검은 복장을 한 사람들이 어머니를 멀리 데리고 가버렸다고 오래도록 슬퍼했어요."

로테는 자리에서 일어섰소. 나는 그제서야 제정신이 들어 깜짝 놀라면서 그녀의 손을 꼭 잡았소.

"이제 갑시다. 밤도 깊었으니까요."

이렇게 말하자 그녀는 손을 빼려고 하였소. 그러나 나는 더욱 힘을 주어 꼭 쥐고 있었소.

"우리는 다시 만나게 될 테지요. 어떤 모습을 하고 있든지 서로 알아볼 수 있을 겁니다. 저는 그만 떠나야겠어요. 나는 기꺼이 떠나렵니다. 그러나 영원히 떠나는 것이라고는 생각지 않습니다. 자, 로테, 아무쪼록 잘 있어요. 알베르트 씨도 안녕히……. 다시 만날 때가 있겠지요.”

그러자 로테가 짓궂은 농담조로 말하였소.

“내일 말씀이지요?”

나는 이 ‘내일’ 이라는 말이 몹시 괴로웠소! 아아, 그녀는 내 손에서 자기 손이 빠져나가는 것도 알지 못하고 있었소.

두 사람은 가로수가 우거진 길을 나란히 걸어갔소. 나는 우두커니 서서 달빛 아래 두 사람의 뒷모습을 전송하였소. 그러고는 땅바닥에 엎드려 기어이 울음을 터뜨리고야 말았소. 나는 다시 몸을 일으켜 언덕 위로 뛰어갔소. 아직도 저쪽 아래 보리수 그늘 속에 로테의 흰 옷이 정원 출입구 쪽을 향해 어렴풋이 움직여 가는 것이 보였소. 나는 두 팔을 내밀었소. 그러나 그녀의 모습은 보이지 않았소.

1771년 10월 20일

우리는 어제 이곳에 도착하였소. 공사는 몸이 불편하여 며칠 동안 집 안에 들어앉아 있을 모양이오. 그분이 그렇게 불친절하지만 않더라도 일이 순조롭게 되어갈 터인데.……아무래도 운명은 나에게 가혹한 시련을 줄 모양이오. 내가 기운을 내야지! 가벼운 기분으로 살아나가노라면 어떠한 일도 감당해나갈 수 있을 테지요! 가벼운 기분이라, 이렇게 써놓고 보니 가소로운 생각이 드오. 아아, 내가 조금이라도 그런 느긋한 기질을 타고났던들 천하에 가장 행복한 자가 되었을 것을. 이 무슨 꼴이란 말인가! 다른 친구들은 쥐꼬리만한 역량과 재주를 가지고도 우쭐거리며 내 앞에서 활개 치는 편인데 나는 어찌하여 내 능력이나 재질에 절망하고 있단 말인가? 이 모든 것을 저에게 베풀어 주신 하나님이여! 어찌하여 저에게 자신감과 만족감을 주시지 않습니까?

참자! 참아 나가자! 그러면 나아질 것이다. 친구여! 사실 당신 말이 옳소. 세상 사람들 틈에 끼어 매일같이 이리저리 쫓기며 그들이 하는 일들을 살펴보고 나는 적이 자기 자신과 쉽게 타협할 수 있게 되었소. 분명히 우리는 모든 것을 자기와 비교하고 자기를 모든 것과 비교하게 되어 있는 이상 행복이니 불행이니 하는 것도 우리가 자기 자신과 견주어 생각하는 대상 여하에 달려 있는 것이라오.

따라서 고독보다도 위태로운 것은 없을 거요. 우리들의 상상력은 높은 것을 추구하려는 본성으로 말미암아 문학의 공상적 이미지에 영향을 받아 어느새 인간의 서열을 만들어 버립니다. 거기서는 우리가 가장 낮은 위치를 차지하고 자기 이외의 것은 모두 자기보다 훌륭하게 보이고 다른 사람은 한결 완벽하게 보이는 거라오. 이것은 자연스러운 현상이오. 우리는 자신이 여러 모로 부족하다는 것을 너무나 종종 느끼고 있으며, 우리에게 모자라는 점을 남들이 갖고 있다고 보기 쉽소. 뿐만 아니라 우리는 우리가 갖고 있는 것까지도 모조리 그 사람에게 헌상해 버리고 게다가 일종의 안이한 이상화까지 해버리고 맙니다. 이리하여 만들어진 행복한 인간이란 다름 아닌 우리 자신들의 산물에 지나지 않는 것입니다.

이와는 반대로 자기에게는 여러 가지 약점이나 어려움이 있다고 하더라도 외곬으로만 일을 해나가면 비록 느릿느릿 갈망정 다른 사람들이 돛을 달고 노를 저어 가는 것보다 훨씬 더 멀리 가는 일이 종종 있는 법이라오. 그리하여 남과 같이 나란히 전진하거나 한 걸음 남보다 앞서게 되었을 때 비로소 자주적인 감정이 우러나는 법이라오.

11월 26일

나는 그럭저럭 이곳에 안주하게 될 것 같소. 무엇보다도 일감이 많이 있다는 것이 다행한 일이오. 그 다음은 새로운 등장인물들이 나에게 재미있는 연극을 보여 주는 점이라오. 그리고 나는 C백작하고 알게 되었소. 그분은 날이 갈수록 존경할 만한 인물이오. 박식하여 시야가 넓으면서도 차갑지 않고 마주 대하면 우정이나 애정이 넘쳐흐르는 분이오. 내가 그분의 어떤 부탁을 받고 일을 무사히 끝낸 후부터 나에게 관심을 갖게 되었소. 우리는 서로 의사가 통한다는 것을 여느 사람과는 거의 있을 수 없는 일인데 나하고는 이야기할 수 있다는 것을 처음 만나보고 그는 곧 알아차린 것 같소. 나를 대하는 그의 솔직한 태도는 역시 찬양할 만하오. 이 세상에서 다른 사람에게 흉금을 털어 놓는 위대한 인격에 접하는 일처럼 마음이 아늑하고 기분 좋은 일은 없는 법이라오.

12월 24일

이미 알고는 있었지만 공사는 불쾌하기 짝이 없는 인간이오. 나는 일찍이 그처럼 꼼꼼한 바보는 본 일이 없소. 꼼꼼하고 까다롭기가 마치 시누이 같소. 자기 자신에게 한 번도 만족해본 일이 없을 뿐 아니라 누가 무슨 일을 해도 역시 만족할 수 없는 위인이오. 나는 일을 단번에 후딱 해치우기를 좋아하고 일단 끝나면 그대로 내버려 두기가 일쑤라오. 그러면 그는 으레 그 문서 꾸러미를 내게 도로 내주면서 이렇게 말하는 것이오.

"그야 이래도 무방할 테지만 한 번 더 잘 읽어 보게. 반드시 좀더 좋은 표현이나 더 적합한 말이 생각날 걸세."

'그리고'라든가, 그 밖에 접속사 하나도 빠뜨려서는 안 된다는 거요. 내가 가끔 무심코 도치법이라도 쓰면 그는 눈의 가시로 생각하오. 관청식의 어법에 맞춰서 쓰지 않으면 복합 문장 같은 것은 전혀 알아보지 못하는 형편이오. 이런 사람과 함께 일해야 한다는 것은 분명히 뜻밖의 불행이오.

백작의 신임이 그나마 내게는 하나의 큰 위로가 되오. 백작은 며칠 전에 나에게 공사의 느리고 까다로운 성격에 대하여 불평을 말하면서 이런 위인은 자기 자신뿐만 아니라 남들까지도 괴롭힌다고 말하였소. 그러고는 다음과 같이 덧붙였소.

"하지만 우리는 험한 고개를 넘어야 하는 나그네가 된 셈치고 체념할 수밖에 없지. 그놈의 고개만 없다면 길은 한결 평탄하고 거리도 가까울 텐데……. 그러나 그 산봉우리는 불가불 넘어가지 않을 수 없단 말이야."

그런데 공사는 백작이 나에게 호의를 베풀고 있는 사실을 알았던 모양으로 몹시 못마땅하게 생각하고 기회만 있으면 내 앞에서 백작에 대한 악담을 하는 거요. 물론 나는 그 말을 반박한다오. 이렇게 되면 사태는 점점 더 험악해지게 마련이라오. 더구나 어저께는 나까지도 한데 묶어 꼬집는 바람에 화가 치밀었소.

"그런 세속적인 일에 백작은 매우 능란해. 일을 거침없이 척척 해치운단 말이야. 글도 잘 쓰고 그러나 모든 문장가들이 대체로 그렇듯이 기초적인 학식이 부족하지."

이렇게 말하고는 "어때? 한 대 얻어맞았지?" 하는 듯한 표정을 지어 보이는 것이었소. 그렇지만 그 따위 말이 나에게 통할 리 없소. 나는 그런 태도를 취하는 자를 누구보다도 경멸하니까. 나는 지지 않고 꽤 심하게 말다툼했소. 즉 백작은 그 인격으로 보나 학식으로 보나 존경할 만할 분이라고 말해 주고 나서 이렇게 덧붙였소.

"나는 그렇게 훌륭한 인격을 지니고 여러 가지 대상에 영향을 주면서도 일상생활의 범속한 일에 대해서까지 능란하게 처리할 수 있는 분은 아직 본 일이 없습니다."

그러나 내가 이렇게 말해도 공사한테는 마이동풍이라오. 이치도 닿지 않는 것을 가지고 그 이상 떠들어 보아야 기분만 잡쳐 쓴맛을 다시기 싫었기 때문에 나는 그만 물러나왔소.

하긴 이렇게 된 것도 모두가 당신들 모두의 책임이오. 당신들이 나를 설득하여 일하는 것이 제일이니 하고 이런 멍에를 씌워 놓은 탓이오! 일하라고 감자를 심거나 말에 곡식을 싣고 장에 팔러 다니는 사람보다 내 편이 더 나은 일을 하고 있다면, 이렇게 매여 있는 이 노예선 위에서 나는 앞으로 10년을 더 일할 용의가 있소.

이런 곳에서 밀치며 웅성거리는 불결한 패들의 허울 좋은 비참함, 그 지겨움! 한 발짝이라도 남보다 앞서겠다고 호시탐탐 노리고 있는 그들의 출세욕, 지나치도록 비참하고 처절한 노골적인 집념, 가령 어떤 여자의 경우를 예로 들면 그녀는 누구한테나 가문과 출생지를 자랑스레 이야기하는데 모르는 사람은 으레 그 따위 가문이나 출생지를 자랑하고 다니다니 어리석은 여자로군, 하고 여기지만 실상 그녀는 바로 이 근처에 있는 어떤 서기의 딸에 지나지 않는다

오. 나는 이런 파렴치한 행위를 뻔뻔스럽게 해치우는 족속들을 도
저히 이해할 수가 없소.

친애하는 벗이여! 자기 척도로 남을 재어 본다는 것은 어리석은
것임을 나는 더욱 절실히 느끼고 있소. 하긴 남이 무슨 짓을 하건 나
에게 무슨 상관이겠소? 우선 나 자신부터 할 일이 태산 같고 가슴이
이토록 벅차게 설레고 있는데……아아, 나는 다른 사람들이 자기
길을 가는 것을 방해할 생각은 없소. 만일 그들이 내가 나의 길을 가
는 것을 방해하지 않는다면 말이오.

내가 제일 못마땅하게 생각하고 있는 것은 이곳의 서로 얽어맨
사회생활의 갑갑함이오. 물론 나도 계급의 차별이 얼마나 긴요하며
그것이 나 자신에게 이득을 가져다 준다는 것도 남들만큼은 알고
있소. 그러나 이 땅덩어리 위에서 내가 조그마한 즐거움과 한 가닥
행복이나마 누릴 수 있는 터에 그런 것에 구애된다는 것은 참을 수
없는 일이오.

요즈음 나는 산책하는 길에서 B양과 알게 되었소. 이런 따분한
환경 속에서도 본디의 인간성을 별로 상실하지 않은 사랑스러운 여
자라오. 서로 이야기를 주고받는 동안에 우리는 좋아하게 되었소.
나는 그녀와 헤어질 때, 집에 찾아가도 괜찮으냐고 물었소. 그녀가
내 요청을 쾌히 응낙해 주기에 나는 적당한 기회를 고대하다가 그
녀를 찾아갔었소. 그녀는 이 고장 사람이 아니고 아주머니뻘 되는
일갓집에 와서 살고 있었소. 그 아주머니라는 늙은 마나님의 인상
은 별로 좋지 않았지만 나는 애써 경의를 표하고 그 마나님에게 거
의 말머리를 돌리곤 했소. 나는 반시간도 못 되어 대충 사정은 알게

되었지만 그것은 나중에 B양이 나에게 일러준 그대로였소. 그 아주머니는 늘그막에 만사가 여의치 않아 재산도 재주도 몸을 의탁할 곳도 없었으므로 오직 조상의 족보에만 의지하여 지체라는 울타리 속에서 숨어 살 수밖에 없었소. 그리하여 이층에서 그 고장 사람들을 내려다보는 이외엔 별로 다른 재미를 모르는 여인이었소. 그래도 젊었을 때는 꽤 미인이었던 모양으로 재미있게 장난 삼아 놀고 살다가, 처음에는 변덕스런 성격 탓으로 여러 젊은이들을 괴롭혔다는 거요. 중년이 되어서는 풀이 죽어 어떤 늙은 장교의 온순함이 맘에 들어 같이 살았다는 거요. 그 장교는 상당한 생활비를 치르며 40대를 그녀와 살다가 죽었고, 지금 그녀는 50대로 혼자 몸이 되었소. 만일 그렇게 사랑스런 조카딸이 없었더라면 아무도 상대해 주지 않았을 거요.

1722년 1월 8일

대체 무슨 인간들이 이럴 수가 있을까? 언제나 예의범절에 대해서만 관심을 두고, 연회석상 같은 데서 조금이라도 윗자리에 앉으려고 몇 해를 두고 실랑이를 벌이고 있으니 말이오. 이들은 달리 할 일이 없는 것도 아니오. 그런데 사소한 일들은 곧잘 시비를 하면서 정작 중요한 일들을 오히려 나중으로 젖혀 놓기 때문에 일은 산더미처럼 쌓여 있는 형편이라오. 지난 주일에는 썰매를 타다가 말썽이 생겨 모처럼 재미있게 놀자던 계획을 그르치고 말았소.

본디 석차(席次)라는 것은 문제가 안 되며 맨 윗자리에 있는 자

가 반드시 가장 큰 역할을 하는 일은 거의 없소. 그런 줄 모르고 있
으니 어리석은 녀석들이오! 이 넓은 세상에 국왕이 대신들에 의해
좌우되고 대신이 비서들에 의해 좌우되는 일이 얼마나 많소! 이 경
우에 제1인자가 누구란 말이오? 내가 생각하기는 남보다 시야가 넓
고 자기의 계획을 실현하기 위하여 남의 힘과 정열을 자기에게 집
중시킬 수 있는 수완이나 지략을 가지고 있는 사람이오.

1월 20일(로테에게)

사랑하는 로테여! 세찬 눈보라를 피해 이 누추한 시골 농가의 방
구석에 도망쳐 들어와 나는 당신에게 이 글을 쓰지 않을 수 없습니
다. 나는 쓸쓸한 보금자리인 D라는 읍에서 낯선 사람들 틈을 돌아
다니고 있는 동안 당신에게 편지를 쓸 생각이 전혀 나지 않았습니
다. 그런데 이 오막살이 속에서 고독하게 눈보라와 우박이 미친 듯
이 창문을 때리는 것을 보고 나는 먼저 당신을 생각하였습니다. 이
방에 들어서자마자 당신의 모습과 당신 생각이, 오오 로테, 갑자기
내 마음을 가득 메웠습니다. 신성하게 그리고 포근하게. 아, 그 행
복했던 첫 순간이 되살아 왔습니다.

마음 둘 곳 없이 떠도는 나의 모습을 당신이 보신다면 어떻게 생
각할까요? 로테여! 나의 모든 감각은 차차 메말라 가고 있습니다.
가슴이 벅차오르는 일이 조금도 없고 행복한 시간이란 한 순간도
없습니다. 허무합니다. 허무하기 짝이 없습니다!

말하자면 나는 요지경 속에서 난쟁이들과 말들이 눈앞에서 돌아

다니는 것을 보고는 이것은 혹시 내 착각이 아닐까 하고 자문해 보기도 한답니다. 하긴 나도 이들과 함께 연극을 하고 있습니다. 아니 오히려 꼭두각시처럼 연극을 하고 있습니다. 그리고 가끔 이웃 사람들의 나무 같은 손을 잡아 보고는 깜짝 놀라서 뒤로 물러서기도 합니다. 저녁때면 아침에 뜨는 해를 보려고 하지만 막상 잠자리에서 일어날 엄두가 나지 않습니다. 한낮에는 밤이 되면 달구경이나 할까 하고 생각하다가도 방 안에 죽치고 들어앉아 있습니다. 나는 아침엔 일어나고 밤에는 자야 하는 이유를 모르고 있습니다.

나의 생활을 이끌어 나가던 효모가 없어진 것입니다. 깊은 밤중에도 잠에서 깨어나 있게 하던 자극도 사라졌으며 아침이면 나를 눈뜨게 하던 자극도 없어졌습니다.

나는 이곳에서 좋은 여자 한 분을 발견하였습니다. B양으로 꼭 당신을 닮았습니다. 사랑하는 로테, 내가 이렇게 말하면 '원, 아첨의 말도 잘 하세요!' 하시겠지만 그건 빗나간 말은 아닙니다. 얼마 전부터 나는 제법 상냥해졌습니다. 그리고 위트도 풍부해졌습니다. 그러므로 이곳 부인네들은 나만큼 남의 칭찬을 잘 하는 사람은 없을 거라고 합니다.(그리고 거짓말도……아무렴요, 거짓말을 하지 않고는 배겨날 수가 없으니까요. 그렇지 않겠습니까?) B양의 이야기를 하려던 참이었소. 그녀는 생활 감정이 풍부하며 그 푸른 눈동자가 충분히 그것을 말해 줍니다. 자기의 지체 따위에 대해서는 오히려 무거운 짐으로 생각하고 있습니다. 지체가 그녀의 마음을 조금도 만족시켜 주지 않기 때문이겠지요. 그녀는 시끄러운 주위의 잡음으로부터 애써 빠져나가기를 바라고 있습니다. 우리는 둘이 순결한 행복에 풍만한 풍경을 머릿속에 그리며 몇 시간이고 즐겁게 보내곤 합니다. 아아, 그리고 물론 당신에 대한 이야기도 빼놓을 수 없지요. 그녀는 당신을 얼마나 칭찬했는지 모릅니다. 그것은 그녀의 마음속으로부터 스스로 우러나오는 찬사임에 틀림없습니다. 당신의 이야기를 몹시 듣고 싶어하며 당신을 사랑하고 있습니다.

아아, 나는 그 아늑한 방에서 당신과 마주 앉아 있고 싶습니다. 그러면 귀여운 아이들은 내 주위를 좋아라고 뛰어다니겠지요. 당신이 만일 너무 시끄럽다고 야단을 치시면 나는 그 애들을 한자리에 모아 놓고 무시무시한 옛이야기를 들려주어 얌전히 앉아 있게 하겠습니다.

태양은 눈으로 반짝이는 들과 산 저 너머로 사라지고 있습니다. 눈보라도 잠잠합니다. 이제 나는 새장 속에 갇힐 수밖에 없습니다.

2월 8일

일주일 전부터 줄곧 불쾌한 날씨가 계속되고 있지만 나는 오히려 기분이 좋다오. 그도 그럴 것이 내가 이 고장에 온 후로는 날씨가 좋으면 으레 누가 훼방을 놓아 하루를 망쳐 놓거나 혹은 불쾌한 꼴을 당하지 않는 날이 별로 없었기 때문이오. 그러므로 비가 오거나 눈보라가 치거나 서리가 내리거나 눈이 녹기나 하면, 잘됐다! 이런 날엔 방구석에 갇혀 있는 것이 밖에 나가는 것보다 못할 리가 없어. 그러니까 밖에 나간들 방구석에 있는 것보다 나을 것이 없지, 잘된 거야, 라고 나는 생각한다오. 아침에 맑은 날씨가 될 성싶으면

'이제 그 친구들이 또 하늘의 선물을 빼앗으려고 수선을 떨겠군!'
하고 입 속으로 중얼거리지요. 이들은 언제나 무엇이고 빼앗아야만
직성이 풀린다오. 건강, 명예, 오락, 휴양 등을 모조리 빼앗으려고만
하오. 그것은 대체로 우매하고 무지하고 고루한 데서 나오는 것으
로 그들의 주장을 들어 보면 제법 훌륭한 의견을 떠벌인다오. 나는
가끔 그렇게 난폭하게 서로의 창자 속을 휘젓지 말라고 그들 앞에
무릎이라도 꿇고 부탁하고 싶어진다오.

2월 17일

공사와 나 사이는 이제 막다른 골목에 다다랐나 보오. 그 사나이
한테 두 손 번쩍 들고 말았소. 그자가 일을 처리하는 꼴이나 사무처
리는 정말 어리석기 짝이 없어서 나는 잠자코 있을 수 없어 반대하
는 거요. 그리고 나는 내 나름대로 적당히 알아서 처리하기도 하오.
그러면 으레 그의 비위를 건드리게 마련이라오. 그래서 최근에 그
는 궁정(宮廷)에 내 일에 대하여 보고했던 모양이오. 덕택에 나는 대
신(大臣)의 책망을 듣게 되었다오. 뭐 대단할 것 없는 가벼운 책망이
었소. 그러나 책망은 어디까지나 책망이오. 내가 사직원을 내려는
참이었는데 마침 대신께서 사신(私信)* 을 보내왔소.

나는 이 편지 앞에 무릎을 꿇고 감사하고 싶을 정도로 그 고결하
고 현명한 마음씨를 우러러보지 않을 수 없었소. 대신은 나의 지나
치게 예민한 감수성을 훈계하면서도 나의 사무처리나 대인 관계나
사무상의 철저함에 대한 나의 과격한 견해를 청년다운 훌륭한 기백

※ 이 훌륭한 인물에 대한 존경심에서 여기서 이야기한 편지(대신의 사신)와 나중에 보내온 또 한 통의 편지 내용은 서간집에서 제
쳐 놓았다. 독자들이 아무리 환영할지라도 이런 지나친 행동은 용납될 수 없다고 생각되기 때문이다. [원주]

으로 존중하니 그것을 어느 정도 누그러뜨려 잘 살려서 아무쪼록 진가를 발휘함으로써 힘차게 일해나가라고 권고해 주었소. 덕택에 나도 일주일쯤 후엔 기력을 회복할 수 있었고 정신도 가라앉힐 수 있었소. 마음의 안정이란 무엇보다도 소중한 것으로 그것 자체가 하나의 기쁨이라고 할 수 있소.

친구여! 이러한 보석은 아름답고 값진 것이긴 하오. 그러나 쉬 부서지지만 않으면 얼마나 좋겠소?

2월 20일(알베르트에게)

사랑하는 그대들이여! 신의 축복이 그대를 두 사람 위에 내리시기를! 그리고 내게는 베풀어 주지 않았던 좋은 나날을 그대들에게 보내 주시기를!

알베르트 씨! 나는 당신에게 속아 넘어간 것을 오히려 고맙게 생각합니다. 나는 당신들이 결혼 날짜를 알려줄 것을 기다리고 있었습니다. 그리고 그날에는 로테의 초상화를 엄숙히 벽에서 떼어내서 휴지통에 집어넣을 심산이었습니다.

이제 당신네들은 명실공히 어엿한 한 쌍의 부부가 되었는데도 로테의 초상화는 아직껏 이 벽에 걸려 있습니다. 이렇게 된 이상 그대로 두기로 하겠습니다. 걸어 두어도 나쁠 것은 없겠지요?

그러니까 나도 당신네들과 함께 있는 것입니다. 말하자면 당신에게 폐를 끼치지 않으면서 로테의 가슴속에 들어 있는 셈이지요. 그렇습니다. 나는 그 속에서 이를테면 두 번째 자리를 차지하고 있는 격이지요. 나도 그 자리를 영원히 간직하고 싶습니다. 또 간직해야 할 것입니다. 아아, 만일 로테가 나를 잊어버리기라도 한다면 나는 필경 미치고 말 것입니다. 알베르트 씨! 이런 생각 속에는 지옥이 도사라고 있을 테지요.

알베르트 씨, 그럼 안녕히 계십시오! 그리고 그대 하늘의 천사여, 안녕, 로테여!

3월 15일

이 고장에서 나는 불쾌하기 짝이 없는 봉변을 당하였소. 나는 진절머리가 나오. 제기랄! 진정 메울 길 없는 불쾌감이오. 이것 역시 당신들의 책임이 아니겠소? 당신네들이 나를 부채질하고 떠다밀다시피하여 별로 마음에 내키지 않는 이 일자리를 차지하도록 했으니 말이오. 그러나 이제 나도 깨닫게 되었소! 따라서 당신들도 깨닫게 된 셈이오! 아예 내 과격한 사고방식이 일을 망쳤다고 탓하지 마오. 사랑하는 친구여! 여기 연대기(年代記) 필자들이 쓴 것과 같은 명백한 이야기를 적어 보내기로 하겠소.

C백작이 특별히 나를 아껴 주고 두둔해 준다는 이야기는 이미 아는 일이며 지금까지 당신에게 여러 번 해왔소. 그런데 나는 어제 그 백작댁의 회식에 초대를 받아 갔었소. 마침 이날 저녁에는 상류 계급의 신사 숙녀 여러분들이 백작댁에 모이기로 되어 있었소. 물론 나는 그런 줄 전혀 몰랐소. 그리고 나 같은 아랫사람은 감히 그 속에 끼일 수 없다는 것도 미처 생각지 못하였소. 아무튼 나는 백작댁에

서 식사를 함께 하였소. 그리고 식사가 끝나자 나는 큰 홀 안을 왔다갔다하면서 백작과 환담을 나누기도 하고 마침 그곳에 왔던 B대령과도 이야기를 나누었소. 이러는 동안 밤 연회의 시간이 다가왔소. 나는 어리석게도 아무것도 몰랐소.

그러자 매우 신분이 귀한 S부인이 남편과 잘 부화된 거위새끼 같은 딸을 거느리고 나타났소. 그 따님은 납작한 가슴팍에 값진 코르셋을 하고 있었소. S부인은 옆을 지나가면서 대대로 물려받은 거만스러운 귀족의 눈짓을 해가면서 거드름을 피우는 것이었소.

나는 워낙 이런 족속들에게는 반감을 갖고 있었기 때문에 물러갈 생각을 하고 백작의 천한 잡담에서 풀려날 때만을 기다리고 있었소. 그때 마침 그 B양이 들어왔소.

그녀를 만나면 언제나 가슴이 후련해지므로 나는 그냥 눌러 있기로 작정하고 그녀의 의자 뒤로 다가섰소. 그녀와 잠시 이야기를 하고 있는 동안에 나는 어쩐지 그녀의 말투가 전과 같이 명랑하지 못하고 난처한 듯한 표정을 짓는 것을 비로소 알아차렸소. 그것은 나로서는 전혀 뜻밖의 일이었소. 나는 이 여자도 다른 족속들과 마찬가지로구나! 하고 생각하니 은근히 화가 치밀어 그만 자리에서 뛰쳐나오려고 하였소.

그러나 나는 주춤하고 그냥 앉아 있었소. 첫째, 그녀에 대한 의심을 풀고 싶었고, 설마 하는 생각도 있었고, 혹시 그녀의 입에서 이해성 있는 말을 들어볼까 해서였소. 이리하여 잠시 머뭇거리는 동안에 손님들은 꾸역꾸역 모여들었소. 프란츠 1세의 대관식 때부터 전해내려 온 고풍스러운 의상을 몸에 걸친 F남작, 직책상 귀족

칭호를 받고 있는 궁중 고문관 R씨와 귀가 먼 그의 부인, 그리고 시대에 뒤떨어진 의상의 찢어진 곳을 요즘 유행하는 천으로 기워 입은 허술한 차림새의 J……. 이런 등등의 친구들이 떼 지어 몰려왔던 것이오.

나는 얼굴이 익은 몇몇 사람과 환담을 하였소. 그런데 모두들 의외로 입이 무거웠소. 나는 한동안 웬일인가 하고 생각에 잠기면서도 연신 B양에게 한눈을 팔고 있었다오. 그러자 내가 미처 눈치도 채지 못한 사이에 홀 한 구석에서 여자들이 서로 소곤거리는 소리가 들리더니 그것이 곧 남자한테로 전달되는 것이었소. S부인이 백작과 이야기를 나누더니(이것은 나중에 B양이 내게 들려준 말이지만), 백작이 나에게로 성큼성큼 다가와 나를 창가로 데리고 가서 이렇게 말하였소.

"자네도 알다시피 우리네 사회의 관습은 좀 이상해서 자네가 여기 끼어 있는 것이 못마땅한 모양이야. 나야 뭐 괜찮지만……."

나는 그 이야기를 가로막고,

"각하! 대단히 죄송하게 되었습니다. 진작 그런 줄 알아차렸어야 할 터인데 그만 모르고 실례하였습니다. 그러나 각하께서는 저의 실수를 너그럽게 이해해 주실 줄 믿습니다. 실은 아까부터 물러가려고 했는데 어쩌다 보니 정신이 없었나 봅니다."

하면서 미소를 지으며 인사를 했소.

백작은 내 손을 정답게 꽉 잡았소. 그것으로 그는 모든 말을 대신하고 싶었던가 보오. 나는 그 높은 분들의 모임에서 빠져나와 마차를 타고 M이란 곳을 향해 곧장 달렸소. 거기서 언덕 위로 해가 지는 광경을 바라보며 좋아하는 《호머》를 펼치고 오디세우스가 돼지를 기르는 일꾼들의 환대를 받는 멋진 대목을 읽어내려 갔소. 그것은 정말 훌륭한 장면이었소.

저녁때 식사하러 돌아와 보니 객실에는 아직도 몇 사람 남아서 한 구석에 책상보를 벗겨 내고 주사위를 던지고 있었소. 그러자 솔직한 아데린이 성큼 들어오면서 모자를 벗고 나에게 다가오더니 나직한 목소리로 말을 건네었소.

"아니꼬운 창피를 당했다지?"

"내가?"

"백작이 자네를 파티 석상에서 내쫓았다면서?"

"난 그 따위 파티는 원래 질색이야. 오히려 밖으로 빠져나올 수 있어서 한결 마음이 홀가분했어."

"자네가 별로 대수롭게 생각하고 있지 않으니 다행이네. 그렇지만 나는 은근히 화가 치미는걸. 벌써 어딜 가나 소문이 자자하네."

막상 그런 말을 듣고 보니 아닌 게 아니라 나도 배알이 뒤틀리기 시작하였소. 그제서야 나는 파티에 참석한 작자들이 나를 힐끔힐끔 쳐다본 것은 그 때문이었구나 싶어 전신에 피가 끓어올랐소.

그런데 오늘은 가는 곳마다 모두들 나를 딱하게 여기고 있는 거요. 더구나 전부터 나를 질시하고 있던 축들은 신바람이 나는 듯이,

"머리가 남보다 약간 뛰어났다고 해서 우쭐대며 세상물정을 무시 하려고 들더니 꼴좋게 당했구나."

하는 등 별별 험담을 다 늘어놓은 것이 아니겠소! 나는 그만 비수로 내 심장이라도 단숨에 꾹 찌르고 싶었소. 흔히 아무리 자립이

니 독립이니 하고 말하지만 비열한 자들이 유리해진 자기들 입장을 이용하여 이러니저러니 터무니없는 소문을 퍼뜨리는 꼴을 어떻게 감당하느냐 말이오. 그들이 떠드는 이야기가 조금도 근거 없는 것이라면 한쪽 귀로 흘러 버릴 수도 있을 테지만 말이오.

3월 16일

모두들 나를 초조하게 만들고 있소. 오늘 가로수 길에서 B양을 만났소. 나는 참지 못하고 먼저 말을 걸었소. 그리고 동행하는 사람들과 좀 떨어지자 그날 저녁에 그녀가 취한 태도를 공박하기 시작하였소.

"아이 참, 베르테르 씨! 제 심정을 빤히 알고 계실 텐데요. 저는 몹시 당황했어요. 그걸 그렇게 오해하시다니……. 홀에 들어갔을 때부터 저는 선생님 때문에 얼마나 애가 탔는지 몰라요. 저는 미리부터 모든 것을 짐작하고 있었어요. 선생님께 귀띔을 할까 하고 몇 번이나 별렀는지 몰라요. S부인과 T부인은 선생님과 한자리에 어울리느니 차라리 남편과 함께 자리를 뜨려고까지 했던 것을 저는 알고 있었어요. 그리고 백작 자신도 그분들의 기분을 상하게 해서는 안 된다고 생각하고 있었어요. 그런데 이렇게 말썽을 빚게 되다니요!"

"뭐라구요?"

하고 나는 반문하면서도 겉으로는 시치미를 떼고 있었소. 그저께 아데린이 하던 말이 용광로처럼 뜨겁게 나의 가슴을 휘저어 놓았던 것이오.

"저는 지금까지 얼마나 괴로웠는지 모르겠어요!"

상냥한 B양은 이렇게 말하면서 눈물을 글썽거렸소. 나는 더이상 자신을 억제할 수가 없어서 하마터면 그녀의 발밑에 몸을 내던질 뻔했소.

"속 시원히 말해 보세요."

하고 나는 큰소리로 외쳤소. 그녀의 두 볼에서는 눈물이 방울방울 흘러내렸소. 나는 정신이 얼떨떨했소. 그녀는 굳이 눈물을 감추려 들지 않고 손으로 닦으면서 말하였소.

"저의 숙모님도 잘 아시지요? 그분도 그 자리에 계셨어요. 어떤 눈초리로 그 광경을 바라보고 있었는지 아세요? 베르테르 씨! 저는 어제 밤새도록 꾸지람을 들었어요. 그리고 오늘 아침에도 선생님과의 교제에 대하여 설교를 들었어요. 선생님을 멸시하고 헐뜯는 것을 저는 잠자코 듣고 있을 수밖에 없었어요. 선생님을 변호하는 것도, 제가 생각하는 것도 반도 말할 수 없었어요. 그런 말은 입 밖에도 내지 못하게 하는걸요."

그녀의 말 한 마디 한 마디가 칼날처럼 내 가슴을 파고들었소. 그녀가 차라리 아무 말도 하지 않았더라면 얼마나 좋았겠소? 그녀는 그걸 눈치 채지도 못했소. 뿐만 아니라 그녀는 이렇게 덧붙였소. 앞으로 무슨 고약한 소문이 꼬리를 물고 일어날지 모른다는 거요. 그리고 전부터 비난의 표적이 되었던 나의 오만 불손한 태도가 벌을 받게 되어 모두들 고소해할 것이라나!

빌헬름이여! 그녀가 동정에 가득 찬 어조로 이런 말을 하는 것을

듣고 나는 때려 눕혀진 듯한 기분이 들었소. 그리고 아직도 내 마음
은 미칠 듯 들끓고 있소. 누구든지 나를 맞대고 당당히 비난을 퍼부
어 주었으면 싶소. 그렇게 되면 놈의 배를 칼로 푹 찔러줄 수가 있으
련만! 피라도 보면 기분이 한결 가라앉을 것 같소. 아, 나는 몇 번이
나 단도를 집어 들고 이 답답한 가슴에 숨을 들이키려고 했던가! 듣
건대 준마(駿馬)는 마구 몰아세워 잔뜩 흥분시켜 놓으면 본능적으로
핏줄을 물어뜯어 피가 흘러내리는 것을 보고 한숨 돌린다고 하는
이야기가 있소. 이와 마찬가지로 때때로 나는 내 핏줄을 잘라서 영
원한 자유를 누리고 싶은 생각이 드는구려.

3월 24일

　나는 궁정 당국에 사직원을 내었소. 아마 수리가 될 테지요. 미
리 당신네들의 양해를 구하지 않은 것을 용서해 주오. 나는 결국 이
곳을 떠나지 않을 수 없소. 당신네들이 나를 머무르게 하려는 까닭
은 다 알고 있소.

　그러니 우리 어머니에게 납득하도록 적당히 잘 말해 주시오. 나
는 내 몸 하나 주체하기도 어렵소. 내가 어머니를 도와 드리지 못하
여도 어머니는 양해하실 거요. 그렇지만 어머니가 애석하게 여기실
건 뻔한 일이오. 추밀 고문관(樞密顧問官)이나 공사(公使)를 목표로
내디딘 아들의 화려한 출세길이 갑자기 중단되어 도로아미타불이
된 셈이니 말이오. 경주에 나섰던 말이 다시 마구간으로 되돌아간
격이지요.

아무튼 이 문제에 대해서는 당신네들이 좋을 대로 해석하시오. 내가 유임할 수 있고 또 유임해야 할 것이라는 둥 마음대로 떠들어도 무방하오. 하여간 나는 떠나려오. 내가 가는 곳을 가르쳐 주겠소. 실은 ××공작이 나와 가까이 사귀기를 바라고 있소. 내 뜻을 듣고 그는 자기 영지에 가서 아름다운 봄철을 함께 지내지 않겠느냐고 제안해온 것이오. 모든 것을 내 의사에 맡기겠다고 약속해 주었소. 피차에 이해할 수 있는 처지므로 나는 운수를 하늘에 맡기고 그분과 함께 가려고 하오.

추 신
4월 19일

당신이 보내준 두 통의 편지는 고맙게 받았소. 내가 답장을 하지 않은 것은 궁정에서 사표를 수리할 때까지 보류해 두었기 때문이오. 나는 혹시 어머니가 대신에게 청탁이라도 해서 내 계획을 방해하지나 않을까 하여 은근히 불안했었소. 그러나 이제 만사가 뜻대로 해결되어 퇴관 허락이 내려졌소. 궁정 당국에서 퇴직을 허락하지 않았고 나한테 보내온 대신의 편지 내용에 대해서는 이야기하고 싶지도 않소. 만일 알리면 당신네들은 다시 새삼스럽게 한탄하고 떠들 것이오.

황태자께서는 석별금으로 25두카텐과 그 밖에 특별히 나에게 내리는 말씀이 계셨소. 나는 그만 감격하여 눈물을 흘렸다오. 따라서 내가 일전에 어머니에게 요구한 돈은 필요없게 되었소.

5월 5일

　내일 이곳을 떠날 작정이오. 가는 도중에 불과 6마일 떨어진 곳에 내가 태어난 곳이 있으므로 오래간만에 들러 꿈 많고 복되던 지난날을 회상해 볼까 하오. 아버지가 돌아가시고 나서 우리가 그 정든 고향을 등지고 지금의 참기 어려운 도시에 와서 눌러앉게 될 때 어머니가 나를 데리고 나온 바로 그 성문을 거쳐서 들어가려오.

　그럼 잘 있소, 빌헬름! 가는 도중에 소식을 전하기로 하겠소.

5월 9일

　순례자와 같은 경건한 마음으로 나는 고향을 돌아보았소. 그리하여 뜻하지 않은 여러 가지 감회에 사로잡히고 말았소. 마을 어귀에서 바로 15분 걸리는 곳에 있는 커다란 보리수 밑에 오자 나는 마차를 세우고 내려 마부에게 일러 마차를 먼저 보냈소. 추억을 하나하나 마음껏 되새기고 싶었기 때문이오. 나는 이 보리수 아래 우두커니 서서 일찍이 소년 시절에 내 산책의 목적지이자 종착 지점인 이곳을 회고해 보았소. 그 후 얼마나 많은 변화가 있었던가! 무턱대고 행복하기만 하면 그 무렵엔 언제나 미지의 세계를 동경하였소. 나는 그 세계에서 흡족한 마음의 양식을 얻을 수 있고 온갖 즐거움을 누릴 수 있으며, 필시 꿈을 찾아 헤매는 내 마음을 충족시킬 수 있으리라고 믿었던 것이오.

　이제 나는 그 광대한 세계에서 여기 이렇게 되돌아온 것이오. 아아, 벗이여! 그 많던 희망은 산산이 부서지고 다채롭던 설계는 여지

없이 허물어져 버렸구려! 앞을 내다보니 그토록 번번이 내 소원의
대상이던 산들이 눈앞에 가로놓여 있소. 그 옛날 나는 가끔 몇 시간
이고 여기 앉아서 아득한 그 산들을 그리워하고 멀리 어슴푸레한
정다운 숲이나 골짜기를 넋 잃고 바라보았던 것이오. 그리고 돌아
갈 시각이 되어도 나는 이 정든 곳을 떠나기가 얼마나 싫었는지 모
르오!

　이윽고 나는 거리 가까이 다가왔소. 눈에 익은 낡은 별장들은 아
직도 기억에 새로워 무척 정다웠지만 새로 지은 것들은 어쩐지 눈
에 생소하고 내가 없는 동안에 개축한 집들도 서먹서먹하였소. 나
는 성문을 지나 거리로 들어서자마자 옛날의 나 자신으로 돌아가는
것 같았소. 사랑하는 벗이여! 구구한 이야기는 하고 싶지 않소. 내
눈에는 그토록 매력이 있는 것도 막상 이야기를 하고 보면 한없이
단조로워지니 말이오. 나는 거리의 광장에 면한 옛 우리 집 곁에 있
는 여관에 들기로 하고 발길을 그리로 옮기면서 두루 살펴보았소.
성실한 늙은 여선생이 우리들 개구쟁이의 유년 시절에 곧잘 가두어
놓던 교실이 잡화점으로 변해 버렸소. 나는 그 어둠컴컴한 교실 속
에서 간신히 견디어 내던 불안과 눈물과 우울증과 의구심이 머릿속
에 떠올랐소. 한 발짝 떼어 놓을 때마다 내 마음을 끌지 않은 것은
하나도 없었소. 아마 성지를 순례하는 사람일지라도 이렇게 허다한
종교적인 추억이 서려 있는 곳에 직면하는 일은 없을 것이오. 그리
고 이토록 성스러운 감동에 넘쳐흐르는 일도 없을 거요. 이야기를
하자면 끝이 없지만 한 가지 더 적어 보겠소.

　나는 강을 끼고 어떤 저택이 있는 곳을 향해 내려갔소. 여기도

역시 일찍이 내가 즐겨 거닐던 곳으로 소년 시절에 납작한 돌을 던져 먼 데까지 물 위를 몇 번 튀는가를 경쟁하던 곳도 여기였다오. 생각하면 여기서 흘러가는 물줄기를 바라보며 나는 얼마나 신기한 예감에 사로잡혀 그 물줄기를 따라갔던가? 그리고 물줄기가 닿을 여러 나라에 대하여 얼마나 신비스러운 상상을 했던가? 나는 내 상상력이 다하여도 자꾸 앞으로만 달리면서 드디어는 자기 자신도 잊고 눈에 보이지 않는 먼 곳을 마음속에 그려 보았었소.

사랑하는 벗이여! 그 훌륭한 조상들도 극히 한정된 약간의 지식으로 얼마나 행복하게 살아왔던가! 그들의 생활 감정이나 그들의 시(詩)는 또 얼마나 순수하였던가! 오디세우스가 측량할 수 없는 바다니, 무한한 대지니 하고 말했을 때 그 말은 실로 진실하고 인간적이고 절실하고 친밀하고 신비적이었소. 내가 지금 지구가 둥글다고 초등학교 아이들도 다 알고 있는 이야기를 한들 그것이 대체 무슨 소용이 있단 말이오? 인간은 얼마간의 흙덩이만 있으면 그 위에서 얼마든지 즐거울 수 있소. 그리고 약간의 흙만 덮어 주면 그 밑에서 잠들기에도 흡족하오.

나는 현재 이곳 공작댁 수렵관에 와 있소. 집주인과는 앞으로 즐겁게 지낼 수 있을 것 같소. 그분은 성실하고 고지식한 사람이오. 그런데 그분을 에워싸고 있는 이상한 인간들의 정체를 나는 도무지 알 수 없소. 얼핏 보아 악한들은 아닌 듯싶은데 그렇다고 성실한 인간 같지도 않소. 하긴 가끔 성실한 듯이 보이기도 하지만 어쩐지 미덥지가 않소. 더구나 유감스럽게 생각하는 것은 공작께서 단지 귀로 들었거나 눈으로 읽은 일만으로 곧잘 이야기하는 점이오. 그것

도 다른 사람으로부터 배운 듯한 관점에서 말한단 말이오.

그리고 또 공작님은 내 이해력이나 재능을 내 마음씨보다 더 소중히 생각하고 있소. 그러나 이 마음씨야말로 내 유일한 자랑거리이며 이 마음만이 일체의 모든 힘, 모든 행복 그리고 모든 재앙의 원천이란 말이오. 아아, 내가 알고 있는 지식쯤 누구나 알 수 있는 것이지만 내 마음씨만은 나만이 가지고 있는 거요.

5월 25일

나는 어떤 계획을 가지고 있었소. 그러나 그것이 실천에 옮겨지기까지는 아무에게도 말하지 않으려고 했는데 지금에 와서는 흐지부지되어 버렸으니 말해도 괜찮겠지요. 나는 전쟁터에 나가려고 했었소. 이것이 내가 오랫동안 남몰래 가슴에 품고 있었던 생각이었소. 공작을 따라 여기까지 온 것도 주로 그 때문이었소. 공작은 ××에 근무하는 장군이오. 나는 공작과 함께 산책하는 도중에 내 계획을 이야기하였소. 그랬더니 공작께서 한사코 말리는 것이었소. 하기는 내가 전쟁터에 나가려는 것은 정열이 아니라 들뜬 기분으로 보였는지, 그분이 내 의도를 만류하는 여러 가지 이유에 귀 기울이지 않을 수 없었소.

6월 11일

당신이 뭐라고 하든 나는 여기 더 있을 수 없소. 여기 있다고 무

엇을 할 수 있겠소? 지루하기만 하오. 물론 공작은 나를 한껏 환대하고는 있소. 그러나 나는 이곳에서 마음을 안정시킬 수 없소.

따지고 보면 공작과 나는 별로 의사가 통하는 사이도 아니라오. 그는 어디까지나 이지적(理智的)인 인간, 그나마 평범하기 짝이 없는 이지적인 인간일 따름이오. 그러므로 이분과의 교제는 좋은 책을 읽는 것 이상의 흥미를 자아내지 못하오.

앞으로 한 주일만 더 머물러 있다가 역시 정처 없는 나그네 길을 떠날 예정이오. 내가 이곳에 와서 그나마 보람 있는 일을 했다면 그것은 고작 그림을 몇 장 그린 정도라오. 공작은 예술에 대하여 어느 정도의 감각은 갖고 있소. 만일 그가 시시한 학문적 지식이나 인습적인 학술 용어에 얽매이지 않았다면 한결 날카로운 감수성을 지닐 수 있었을 거요. 내가 한결 상상력을 발휘하여 자연이나 예술에 대해 여러 가지로 설명해 주어도 그는 판에 박은 학술 용어를 내세워 그것으로 대뜸 해결되는 줄 생각하고 있을 때면 나는 곁에서 안타깝기만 하오.

6월 16일

그렇소, 나는 단지 이 지상의 나그네에 불과하오. 이 세상의 한낱 순례자에 지나지 않소. 그런데 당신네들은 그 이상 가는 존재일까요?

6월 18일

어디로 갈 작정이냐고? 당신이니까 몰래 밝혀 두리다. 아직도 두 주일은 여기 그대로 머물러 있으려고 하오. 그리고 나서 ××지방의 광산에나 가볼까 하오. 그러나 결국 그것은 하나의 허울 좋은 구실이오. 오직 로테의 곁으로 되돌아가고 싶은 것이 진심이오. 나는 나 자신을 비웃으면서도 그 마음이 원하는 대로 해주는 수밖에 없소.

7월 29일

아니, 그것으로 괜찮소. 모든 것이 그것으로 괜찮소. 가령 내가 그녀의 남편이라면! 아아, 나를 만드신 하나님이시여! 만일 당신이 그런 복을 저에게 마련해 주셨다면 저는 한평생 끊임없이 감사의 기도를 올렸을 것입니다. 저는 항의하는 것이 아닙니다. 제가 이토록 눈물겨워함을 용서해 주소서! 저의 이런 슬픈 소원을 용서해 주소서!

그녀가 나의 아내가 된다면! 이 세상에서 가장 사랑하는 그녀를 내 가슴속에 안을 수 있다면! 그러나 알베르트가 그녀의 날씬한 몸을 껴안고 있다고 생각하면, 빌헬름이여, 나는 전신이 오싹해지오.

그런데 이런 말을 해도 괜찮을지 모르겠소. 해서 안 될 게 뭐요. 빌헬름! 나는 생각하고 있소. 그녀는 나와 결합하는 편이 알베르트의 아내가 되는 것보다는 훨씬 행복할 것이라고 생각하오! 그는 그녀의 내면적인 소망을 남김없이 채워줄 수 있는 그런 인간은 못 되오. 우선 감수성에 일종의 결함—이것은 당신이 어떤 의미로 해석

하든 무방하오—이 있소. 마음의 공감이 없는 사람이오. 그렇소! 이
를테면 좋아하는 책을 읽고 나와 로테가 다같이 커다란 감명을 받
은 대목에 가서도 공감을 느끼지 못할 거요. 그 밖에 제삼자의 어떤
행위에 대하여 느꼈던 감탄에 대해서도 역시 마찬가지라오. 사랑하
는 빌헬름이여! 그러나 그는 로테를 진심으로 사랑하고 있소. 그만
한 사랑이면 무슨 보상이든 못 받겠소!

　상종할 수 없는 어떤 인간이 훼방을 놓았소. 나의 눈물은 메말라
버렸소. 기분도 산란하오. 그럼 잘 있소, 사랑하는 벗이여!

8월 4일

　이런 꼴은 나만이 당하는 것이 아니오. 인간은 누구나 희망에 속
고 기대에 어긋나게 마련이오.

　나는 보리수 아래에 사는 선량한 마나님을 찾아갔었소. 맏아들
녀석이 밖으로 뛰어나오면서 나를 반가이 맞아주었소. 녀석이 좋아
라 소리치는 바람에 어머니도 따라 나왔소.

　그런데 몹시 초췌해 보였소. 느닷없이 한다는 소리가,

　"선생님, 나는 어쩌면 좋아요? 우리 한스가 죽었답니다."

　하지 않겠소? 한스란 막내아들이지요. 나는 어안이 벙벙하여 잠
자코 있었소.

　"그리고 바깥주인도……."

　하고 마나님은 말을 이었소.

　"스위스에서 돌아오셨지만 빈털터리였어요. 남의 도움을 받지

못했더라면 구걸하면서 올 뻔했어요. 오는 길에 전염병에 걸렸지
뭐예요."

나는 위로의 말이 얼른 입에서 나오지 않아 어린애에게 몇 푼 쥐
어 주었소. 그러자 마나님이 접시에 사과 몇 개를 내놓기에 받아 가
지고 슬픈 추억이 서린 그 고장을 총총히 떠났소.

8월 21일

내 마음은 손바닥을 뒤집듯 돌변하기가 일쑤라오. 때로는 인생
의 즐거움이 다시 찾아올 듯싶은 서광이 비치기도 하오. 아아! 이것
은 오직 한순간에 지나지 않지만! 내가 묵상에 잠겨 있노라면 이런
생각이 머릿속에 저절로 떠오르곤 하오. 만일 알베르트가 죽기라도
하면 어떻게 될까? 아마 그녀는……. 그렇소. 아마 그녀는……. 하
고 생각하는 것이오. 이렇게 환상을 뒤쫓다가 끝내는 심연 언저리
까지 와서는 그만 몸서리치면서 한 발짝 뒤로 물러선다오.

성문을 지나 내가 처음으로 로테를 데리고 무도회에 가기 위해
마차로 지나가던 길을 걸어가 보니 그새 얼마나 많이 변했는지 모
르겠소! 모든 것은 이곳저곳 자취도 없이 사라져 버렸소! 그 당시의
흔적은 찾아볼 길이 없고, 그 무렵의 내 가슴의 고동은 잠잠하기만
하오. 마치 어떤 전성시대의 영주가 임종에 임하여 사랑하는 아이
들에게 남기고 간 견고하고 휘황찬란한 석광이 완전히 잿더미가 되
고 지금은 폐허에서 망령이 되어 돌아다니는 것 같은 느낌이오.

9월 3일

때때로 나는 이상하게 생각하오. 내가 그토록 열렬히 또 일편단심으로 끔찍이 사랑하여 그녀 외에는 아무것도 아랑곳하지 않고 아무것도 거들떠보지 않으며, 또 아무것도 지니고 싶지 않은데, 대체 나 이외의 다른 사나이가 어떻게 그녀를 사랑할 수 있으며 또 사랑해도 괜찮단 말이오?

9월 4일

정말 그렇소. 계절이 가을로 접어들자 내 마음도 그리고 내 주위도 자연히 가을을 닮아 가오. 내 마음의 나뭇잎은 누렇게 물들고 내 주위의 나뭇잎들은 벌써 다 떨어져 버렸소.

언젠가 내가 이 고장에 왔을 때 당신에게 어느 농가의 머슴에 대한 이야기를 써 보낸 일이 있지 않소? 이번에 나는 발하임에서 그 사나이에 대해 수소문을 해보았소. 모두들 그는 일하던 집에서 쫓겨났다고 할 뿐 그 밖의 일에 대해서는 시치미를 떼는 것이었소. 그런데 어제 나는 어떤 마을을 향해 걸어가는 도중에 우연히 그 친구를 만나게 되었소. 나는 곧 말을 걸어 그 후의 소식을 물어보고 그의 이야기에서 전보다 더 큰 감동을 받게 되었소. 아마 내가 되풀이하여 그의 이야기를 당신에게 들려준다면 내가 감동받은 까닭을 쉽게 알 수 있을 것이오.

그러나 그런 이야기를 미주알고주알 늘어놓은들 무슨 소용이 있겠소. 나는 왜 자기 자신을 괴롭히는 이러한 일들을 가슴 깊이 몰래 간직해 두는지 모르겠소. 나는 왜 당신에게까지도 걱정을 끼치는지 모르겠소. 무엇 때문에 언제나 당신이 나를 가엾게 여기고 나를 책망하는 기회를 던져 주는지 알 수 없소. 이것은 아마 내가 타고난 운명인가 보오. 처음에 그 사나이는 좀 겁먹은 듯한 표정으로 서글픈 듯이 내 물음에 마음 내키지 않는 답변을 하다가 곧 제정신을 차리고 내 인간됨을 알아차리기라도 한 것처럼 한결 솔직하게 자기의 잘못을 털어 놓고 불우한 입장을 내게 하소연하는 것이었소.

벗이여! 나는 그의 말 한 마디 한 마디를 여기 되도록 자세히 적어 당신의 판단을 기다리고자 하오. 그는 이렇게 고백하였소. 아니 오히려 추억에 따르는 일종의 쾌감과 행복감까지 느끼면서 이야기를 했다고 하는 편이 더욱 적절한 말일 것 같소.

주인 마나님을 사모하는 정은 날로 그의 가슴에 사무쳐 나중에는 자기가 무슨 짓을 하고 있는지 분간도 못 할 지경에 이르렀다는 거요. 그의 말을 그대로 적으면 어떤 쪽으로 머리를 돌려야 할는지 모르게 되고, 먹을 수도 마실 수도 그리고 잠잘 수도 없었다는 거요. 아예 목구멍이 콱 막혀 버렸다나요. 나중에는 해서 안 될 일을 하게 되고 해야 할 일을 하지 않았다는 거요. 흡사 마귀한테라도 홀린 것만 같던 어느 날, 주인마누라가 이층 방에 혼자 있는 것을 알고 뒤쫓아 올라갔대요. 아니 오히려 어떤 힘에 끌려갔다고 하는 편이 더욱 적절할 거요. 주인 마나님이 자기의 청을 들어 주지 않아 그만 완력으로 정복하려고 했다지 뭐요.

어찌하여 그런 마음을 먹게 되었는지 알 수 없다는 거요. 마나님에 대한 자기의 사랑은 어디까지나 성실했으며 자기는 그녀와 결혼하여 일생을 함께 보내고 싶은 생각만이 가장 큰 희망이었다는 것은 하나님을 증인으로 내세울 수 있다고 했소. 한참 이야기를 하고 나서는 아직 할 말이 많으나 말문이 막히는 듯 더듬거리기 시작하였소. 그러나 끝내 수줍은 얼굴을 하고 그 마나님이 자기의 정다운 표시를 받아 주었을 뿐만 아니라 그녀에게 가까이 할 수 있게 허용해 주었다는 사실을 고백하였소. 그는 몇 번 침묵을 지킨 끝에 자기가 이런 말을 하는 것은 결코 주인 마나님을 나쁜 사람으로 책잡으려는 것이 아니라 여전히 그녀를 사랑하고 또 존경하기 때문이라는 거요.

그리고 이런 이야기는 한 번도 남에게 한 일이 없지만 자기가 고약하고 어리석은 인간은 결코 아니라는 것을 당신이 믿어 주었으면 해서 이야기했을 따름이라고 되풀이하여 열심히 변명을 하였소.

벗이여! 나는 여기서 내가 언제나 입버릇처럼 부르는 나의 옛 타령을 다시 하겠소.

나는 당신에게 그가 내 앞에 서 있던 모습을, 지금도 역시 내 눈 앞에 서 있는 그대로 보여 주고 싶소! 어찌하여 내가 그의 운명에 대해 동정을 갖게 되었는지, 또한 공명하지 않을 수 없었는지 당신이 이해할 수 있도록 모든 것을 생생하게 이야기할 수 있었으면! 하지만 그럴 필요가 없을 것 같기도 하오. 당신이 내가 어떤 경우에 놓여 있는지 알고 있을 뿐만 아니라 나 자신에 대해서도 잘 알고 있을 것이므로, 내가 특히 불행한 모든 사람들에게 마음이 끌리는 까닭을 당신은 알고도 남을 터이니 말이오.

이 편지를 다시 읽어 보고 나는 아직 이야기의 결말을 내리지 않았다는 것을 알게 되었소. 그러나 그런 결말 따위는 곧 짐작이 갈 거요. 그 마나님은 사나이로부터 몸을 지키려고 했소. 때마침 그녀의 오라버니가 나타났던 것이오. 그 오라비라는 자는 벌써 이 머슴을 미워하여 내쫓을 궁리를 하고 있었다오. 그도 그럴 것이 이 누이에게 자식이 없는 이상 유산은 당연히 자기 자식들 몫으로 차례가 오게 마련인데, 누이가 재혼이라도 하게 되면 그것이 송두리째 날아가 버리기 때문에 그것이 걱정되었던 거요. 그리하여 그 오빠 되는 자는 즉석에서 머슴을 내쫓고는 설사 누이가 나중에 그 머슴을 용서하는 한이 있더라도 다시는 집에 발을 들여 놓지 못하도록 일을 크게 떠벌여 놓은 모양이오.

지금 주인 마나님은 다른 머슴을 두었는데 이 사나이 때문에 오라비와 옥신각신했다는 거요. 주인 마나님이 그 사나이와 결혼한다는 소문은 확실한 모양이오.

"그렇게 되면 나는 살아 있으면서 창피도 모르게 보고 있을 수는 없습니다."

하고 그는 말했던 것이오.

이 이야기에는 조금도 과장이 없소. 문장을 수식하지 않고 도리어 삼가하여 이야기했을 뿐이오. 게다가 도덕적인 용어를 섞어 가며 썼기 때문에 이야기가 조잡하게 된 느낌이 없지 않소.

그러므로 그의 애정과 성실성과 정열은 결코 시적으로 꾸민 이야기가 아니오. 그건 살아 있는 이야기요. 그러한 사랑은 우리가 흔히 무식하다든가 미개하다고 부르는 계급에 속하는 사람들의 가슴속에 가장 순수하게 살아 있는 것이라오. 그런데 이른바 우리들 교양인은—사실 교양의 희생물에 지나지 않는 거요! 제발 이 이야기를 좀더 진지한 마음으로 읽어 주시오. 오늘 나는 이 편지를 쓰고 한결 마음의 안정을 얻게 되었소. 내 필적으로 보아서 알 수 있겠지만 여느 때처럼 성급하게 갈겨쓰지 않았소. 사랑하는 벗이여! 그것을 읽고 생각해 주기 바라오. 이 이야기가 동시에 당신 친구의 이야기라는 것을 알아야 하오. 그렇소. 나의 과거도 그랬고 또 나의 장래도 그럴 것이오. 그러나 나는 그 불쌍한 사나이가 지닌 결단력의 반도 갖고 있지 못하오. 나를 감히 그와 견주어 말할 엄두조차 나지 않소.

9월 5일

　　로테는 공무로 시골에 출장 가 있는 남편에게 간단한 편지를 썼소.

　　사랑하는 당신에게! 될 수 있는 대로 빨리 돌아오세요.
　　저는 하루가 천추 같은 마음으로
　　당신이 돌아오기를 손꼽아 기다리고 있어요.

　　그러나 이때 그의 한 친구가 찾아와서 알베르트는 어떤 용무 때문에 빨리 돌아오지 못할 것이라는 소식을 전하였소. 로테가 남편에게 보낼 이 편지는 써놓은 채 그대로 두었기 때문에 오늘 저녁에

내 눈에 띈 것이오. 나는 이 편지를 읽고 미소를 지어 보였소. 그녀가 왜 웃느냐고 묻기에,

"상상력이란 신이 주신 선물이군요." 하고 나는 대꾸하였소. 그리고 이렇게 덧붙였소. "나는 이 편지를 나에게 쓰신 것이라고 멋대로 상상해 보았지요."

그녀는 갑자기 입을 다물어 버렸소. 내 말이 비위를 건드린 모양이었소. 나도 입을 봉하고 잠자코 있었다오.

9월 6일

나는 로테와 처음 춤을 출 때 입었던 간소한 푸른 야회복을 다시는 입지 않기로 결심했소. 나로서는 용이한 일이 아니었지만 결단을 내린 거라오. 아주 낡아서 볼품 없게 되었기 때문이오. 그래서 이번에 깃과 소매까지도 전의 것과 똑같게, 그리고 노란 조끼와 바지까지 곁들여서 한 벌 새로 지었소.

하지만 역시 같은 멋은 나지 않소. 어째선지는 모르지만 아마 차차 시일이 지남에 따라 몸에 배면 마음에 들 테죠.

9월 12일

로테는 며칠 동안 알베르트를 마중하러 외지에 나가 있었소. 오늘 내가 그녀의 방에 들어갔더니 그녀가 나를 맞이하였소. 나는 기쁨에 넘쳐 그녀의 손에 키스를 하였소.

한 마리의 카나리아가 경대 위에서 날아와 그녀의 어깨에 앉았소.

"새로 사귄 친구에요." 하고 그녀는 말하면서 그 카나리아를 자기 손 위에 앉히는 것이었소. "아이들에게 선물로 주려고 해요. 너무나 귀여워요! 이걸 좀 보세요. 빵을 주면 날개를 파닥거리고 얌전히 쪼아 먹어요. 뿐만 아니라 저하고 키스도 곧잘 해요. 자, 이것 좀 보세요!"

로테가 입을 들이대자 귀여운 카나리아는 귀염성 있게 그녀의 예쁜 입술에 주둥이를 갖다대는 거요. 마치 행복한 걸 느끼기라도 하는 듯이 말이오.

"선생님에게도 입을 맞추도록 해드려야지……."

하고 로테는 카나리아를 내게 넘겨주었소. 그리하여 그 작은 주둥이는 그녀의 입에서 내 입으로 옮아 왔소. 입술을 쪼아 대는 감촉은 마치 넘쳐흐르는 환락의 숨결 같기도 하고 무슨 예고 같기도 하였소.

"이 새의 키스는 뭔가를 요구하는 것만 같군요. 애무만으로는 불만인가 보오. 먹이를 바라는 눈치요."

하고 나는 말하였소.

"모이를 내 입에서 곧잘 받아먹어요."

그녀의 대꾸였소. 그녀는 빵 조각을 몇 개 입에 물고 받아먹도록 하였소. 입술은 천진스러운 미소를 짓고 사랑의 기쁨에 넘치는 것만 같았소.

나는 그만 외면하고 말았소. 그녀가 그래서는 안 되는 일이었소! 그런 순결한 행복으로 충만된 광경을 보여줌으로써 내 상상력을 자극하는 건 금물이 아니겠소? 인생이 무의미하여 허탈 상태에 있는 내 마음을 굳이 일깨워줄 게 뭐란 말이오! 그렇다고 왜 그녀가 그래 서는 안 된단 말인가! 그녀는 그만큼 나를 신뢰하고 있는 거요. 내가 얼마나 로테를 사랑하고 있는지 그녀 자신이 잘 알고 있기 때문이오.

9월 15일

빌헬름! 이 세상에 남아 있는 가치 있는 것은 퍽 적은데 그것에 대해서조차 아무런 지각이나 감각을 갖지 못한 자가 있다는 것을 생각하면 나는 울분에 미칠 지경이오. 당신은 성(聖) ××촌의 그 성 실한 목사댁에서 내가 로테와 함께 호두나무 그늘에 앉아 있던 일 을 기억할 거요. 그것은 참으로 훌륭한 호두나무였소!

그 나무 덕분에 목사댁이 얼마나 정답고 얼마나 서늘했는지 모 르오! 그 멋진 나뭇가지들, 나는 곧잘 몇십 년 전으로 거슬러 올라 가 나무를 심은 성실한 목사의 생각을 해보았소.

학교 선생은 할아버지로부터 전해들은 어떤 목사의 이름을 이야 기해 주었소. 요컨대 매우 훌륭한 분이었다는 거요. 그래서 나는 그 호두나무 아래 서기만 하면 성스러운 마음으로 그분에 대한 추억에 사로잡히곤 하였소. 아닌 게 아니라 그 학교 선생은 어제 호두나무 가 잘린 데 대하여 우리가 이야기를 주고받을 때 눈에 눈물이 글썽 해 있었소. 그 호두나무는 잘렸던 것이오! 나는 미칠 것만 같았소. 그 나무에 맨 처음 도끼를 들이댄 짐승 같은 작자를 죽이고만 싶었 소. 가령 이런 나무가 두세 그루 울타리 안에서 성장하다가 그 중에서 한 그루가 늙어서 말라 죽기만 해도 슬퍼서 못 견디는 내가 그 꼴을 보고만 있어야 한다니…….

사랑하는 벗이여! 그런데 여기 한 가지 흥미 있는 일이 있소! 인간의 감정이란 신기한 거요! 온 마을 사람들이 불평을 하고 있는 형편이오. 나는 그 목사 부인이 버터와 달걀, 그 밖에 진상품이 적어진 것으로 자기가 그 고장에 얼마나 큰 상처를 입혔는지 알게 되었으면 좋겠소. 실은 바로 그 새로 온 목사(우리들의 노목사는 세상을 떠났소)의 부인이 바로 그 나무를 베게 한 장본인이었다오. 비쩍 마른 병약한 여자로 아무도 자기에게 호감을 갖지 않으니까 자연히 세상일에 대해서도 차디찬 눈초리로 바라보게 되었던 것이오. 주제넘게도 학자가 되겠다고 성서 원본 연구에 몰두하여 이즈음 참여하고, 라바테르(1741~1801, 취리히 태생의 열광적인 신학자)의 광신적인 태도에 대하여는 으스대며 멸시하는 둥 완전히 버린 건강 때문인지 신이 창조한 이 땅 위에서 즐거움이란 하나도 모르고 사는 여자라오. 그러니 남의 소중한 호두나무쯤 얼마든지 잘라 버릴 수 있지 않겠소? 나는 정말 어처구니가 없었소. 생각해 보오. 잎이 떨어지면 뜰 안이 지저분하고, 잎이 무성할 때에는 햇빛을 가로막고, 호두에 마을 아이들이 돌을 던지고, 이 모든 것이 그녀의 신경을 건드려 케니 코트(1718~1783. 영국의 신학자로서 특히 구약성서의 원전(原典) 비판으로 업적이 큼)나 젬레르(1725~1791. 경건파의 신학자), 미햐엘리스(1717~1791. 프로테스탄트의 신학자)를 비교 검토하려고 해도 깊이 생각할 수 없다는 거요. 마을 사람들 가운데서는 특히 늙은이들이 불만이 큰 듯하기에 나는 물어보았소.

“여러분들은 왜 보고만 있었습니까?”

“이 고장에서는 촌장님 마음대로인 걸요. 달리 도리가 있어야지
요.”

하고 그들은 대답하는 것이었소.

한 가지 재미있는 것은 그런 심술 때문에 목사는 수프 맛이 떨어
질 지경이었는데 이번에는 그 심술을 이용하여 한몫 보려고 촌장
과 공모하여 나무 값을 나누자고 했소. 그러나 재무국에서 이 사실
을 알고 관청에 바치라고 지시했다는 거요. 그럴 수밖에 없는 것이
호두나무가 서 있는 땅의 대지는 옛날부터 재무국에 속해 있었기
때문이오. 이리하여 호두나무는 드디어 경매로 처분하게 되었던
거요.

어쨌든 그 호두나무는 쓰려졌소. 내가 만일 영주라면 촌장이고
목사 마누라고 재무국이고……. 그렇소, 만일 영주라면 내가 관리
하는 영토 내의 나무 따위에 신경을 쓰겠소.

10월10일

나는 로테의 검은 눈동자를 바라보기만 해도 즐거워 못 견디겠
소. 그런데 이 얼마나 복통할 일이오. 알베르트 그 친구는—내가 기
대한 것과는 전혀—내가—바랐던 만큼—믿었던 만큼……. 어쨌든
그 친구는 그다지 행복하게 보이지 않소. 나는 편지에 물론 이 따위
작대기를 죽죽 긋는 짓을 하고 싶지 않았소. 그렇지만 표현할 길이
없소. 이것으로는 충분히 알 것으로 믿고 있소.

　오씨안이 내 마음속에서 '호머'를 몰아내고 말았소. 이 영웅은 진정 신비한 세계에 나를 몰아넣었소! 나는 무럭무럭 피어나는 안개에 싸여 어스름 달빛 속에 조상들의 혼령을 꾀어내는 비바람에 흩날리면서 광야를 넘어가고 있소. 저 산 너머에서 숲을 울리며 흘러내리는 여울물 소리에 섞여 동굴에서 새어나오던 혼령의 신음 소리가 사라져 가는가 하면 싸움터에서 죽어간 용감한 용사의, 이끼 끼고 풀이 무성한 네 개의 묘석 옆에서 애도하는 처녀의 흐느끼는 울음 소리가 들려온다오.

　이윽고 나는 백발이 성성한 방랑 시인의 모습을 눈앞에 그려 보오. 그는 광막한 벌판에서 조상들의 무덤을 찾다가 그 묘석을 발견하고, 비탄에 젖어 물결이 넘실거리는 바다에 숨으려는 정다운 저녁별을 바라보았소. 이 영웅 시인의 가슴속에는 지난날의 일이 생생하게 되살아나오! 그 무렵엔 아직 용사들의 위험한 앞길에는 부드러운 빛이 비치고 꽃다발에 장식되어 개선하는 전함을 달이 훤히 비춰 주었던 것이오! 그의 이마에는 깊은 고뇌가 아로새겨졌소. 마지막으로 혼자 뒤에 남은 이 영웅은 피로에 지친 채 무덤을 향하여 비틀거리며 걸어갔소. 그리고 죽은 사람들의 망령을 앞에 두고 괴로움 속에 타오르는 환희를 한아름 안고 차디찬 대지에서 바람에 나부끼는 무성한 풀들을 내려다보며 이렇게 외쳤다오.

　"일찍이 아름답던 나의 모습을 아는 길손은 언젠가 찾아올 것이다. 그리고 물으리라. '그 노래하던 핑가르의 훌륭한 아드님은 어디 있느냐고?' 그의 발길은 내 무덤 위를 스쳐서 지나갈 것이다. 그는 이 땅 위에서 헛되이 나를 찾아 헤맬 것이다!"

아아, 벗이여! 충성스런 경호무사와 같이 검을 빼들고, 서서히 죽어 가는 생명의 고뇌에서 나는 영주인 오씨안을 단번에 해방시켜 주고 싶소. 그리하여 자유를 얻은 이 산과 같은 사람의 뒤를 쫓아가고 싶소.

10월 19일

아아, 이 공허! 내가 가슴 가득히 느끼는 이 무서운 공허! 한 번만이라도, 그렇소, 꼭 한 번만이라도 좋으니 그녀를 끌어안을 수 있다면 이 공허는 완전히 메워질 수 있으리라고 생각하오.

10월 26일

그렇소, 사랑하는 벗이여! 한 인간의 존재란 보잘것없는 것, 정말 보잘것없는 것임을 나는 분명히 알게 되었소. 여자 친구 한 사람이 로테를 찾아왔소. 나는 옆방으로 책을 가지러 갔었소. 그러나 읽고 싶은 생각은 조금도 나지 않았소. 하릴없이 무엇이든 끄적거려 보려고 붓을 들었소.

그녀들이 이야기하는 나직한 목소리가 귀에 들려왔소. 누구는 결혼하게 되고 또 누구는 중병에 걸려 있고 하는 따위의 자질구레한 사건에 대하여 이야기하고 있었소.

"그분은 기침이 심하대. 뼈만 남았대나 봐. 그리고 가끔 까무러

치고……. 아마 얼마 못 살 거야.”

하고 로테의 친구가 말하였소.

“××도 병세가 위독하다면서?”

하고 로테가 묻자 그 친구가 대답하였소.

“온몸이 퉁퉁 부었대.”

이런 이야기를 듣고 내 줄기찬 상상력은 이 불쌍한 환자들의 병상으로 나를 안내하였소. 나는 두 눈으로 분명히 그들을 보는 것 같았소. 그들은 이 세상을 하직하는 것을 얼마나 애통하게 여기겠소. 그들은 얼마나……. 빌헬름이여! 저 여자들의 말투는 마치 전혀 얼굴도 모르는 사람이 죽었다는 소문이라도 퍼뜨리는 것 같았소. 나는 그 방을 두루 살펴보았소. 주변에 널린 로테의 옷가지며 알베르트의 서류, 그리고 눈 익은 가구들과 잉크 스탠트까지 새삼 유심히 바라보며 생각해보았소.

‘너는 대체 이 집에서 무어란 말이냐? 하긴 너의 친구인 로테와 알베르트는 너를 존경은 하더구나. 너는 그들을 곧잘 즐겁게 해주고. 그리고 너는 이 친구들이 없으면 살아가지 못할 것으로 알고 있다. 그러나 네가 가버리면, 이 단란한 가정을 떠나면 어떻게 되지? 네가 없다고 해서 그들의 운명에 공백을 느낄까? 느낀다면 대체 얼마 동안이나?’

아아, 인간이란 이다지도 허망한 것이오. 자기의 존재를 확신할 수 있으며 자기가 현존하고 있다는 실감을 가질 수 있는 유일한 곳, 사랑하는 사람들의 추억이나 영혼 속, 그 속에서까지도 인간은 사라져 버려야 하는가? 그나마 삽시간에…….

10월 27일

인간의 관계가 이렇게까지 냉정해질 수 있다는 것에 내 가슴은 찢어질 듯이 아프오. 아아, 사랑도 즐거움도 인정도 환희도 이 편에서 주지 않는 한 저편에서도 주려고 하지 않소. 그리고 자기의 가슴은 행복에 가득 차 있어도 눈앞의 상대방이 냉담한 얼굴을 하고 감동을 느끼지 않는다면 행복을 서로 나눌 수는 없소.

10월 27일 저녁

내 몸 속에는 이렇게 힘이 있으나 로테를 사모하는 마음이 이 모든 것을 한입에 삼켜 버리오. 그러나 그녀가 없으면 모두가 무(無)로 돌아가오.

10월 30일

나는 여태까지 수백 번은 로테의 목에 매달릴 뻔했을 거요! 이렇게 사랑스러운 그녀의 몸짓을 종종 보면서도 손을 댈 수 없다니, 이 안타까운 심정은 하나님만이 알고 있을 거요. 잡으려고 손을 내미는 것은 인간이 지닌 가장 자연스러운 충동이 아니겠소? 어린이들은 무엇이든 눈앞에 보이면 손부터 내밀지 않소? 그런데 내 꼴은?

사실 나는 다시 잠에서 깨어나지 않기를 바라면서 잠자리에 드는 경우가 많소. 그러다 이튿날 아침에 눈을 뜨고 햇빛을 다시 보고는 낙심하곤 한다오. 아아, 나는 차라리 변덕스러운 성격이 되어 모든 것을 날씨 탓으로, 제삼자의 탓으로 혹은 잘못된 계획의 탓으로 돌릴 수만 있다면 이 불만스런 무거운 짐도 절반은 덜게 되련만……

슬픈 일이오! 나는 모든 것이 내 죄인 줄 너무나 뚜렷이 느끼고 있소. 어쨌든 내 마음속에 모든 비극의 원인이 들어 있는 것만은 사실이오.

일찍이 모든 행복의 씨가 내 마음속에 숨어 있었던 것처럼 지금은 모든 불행의 씨가 숨어 있음을 나는 분명히 느끼오. 일찍이 넘쳐흐르는 아름다운 감정의 물결 속을 떠돌아다니면서 한 걸음 앞으로 내디딜 때마다 천국이 열리고 하나의 복된 세계를 통째로 따뜻이 품던 나와 지금의 나는 같은 사람이 아니겠소? 그러나 이 마음은 이제 죽어 버렸소. 이제는 어떠한 감동도 느낄 줄 모르며 눈물도 메말라 버렸소. 내 감각은 차가운 눈물로 기운을 되찾을 수도 없고 내 이마엔 불안한 주름살이 잡혀 가오.

나의 외로움은 깊고 나는 생활의 유일한 즐거움을 잃었기 때문이오. 내 주위에 많은 세계를 창조해 내던 그 고귀한 생명력을 잃었기 때문이라오.

창문 밖으로 멀리 언덕을 내려다보고 있으면 아침 해가 안개를 헤치며 솟아올라와 고요한 풀밭을 비춰 주고 유유히 흘러가는 시냇

물이 기슭에 늘어선 벌거숭이 버드나무 사이를 누비며 나에게 다가
오고 있소.

아, 그러나 이렇게 아름다운 자연도 내 눈에는 니스를 칠한 한 장
의 그림처럼 굳어진 것으로 보이오. 어떤 기쁨조차도 한 방울의 즐
거움마저 빨아올려 내 머릿속에 부어넣을 수도 없소.

마치 메마른 우물처럼 빈 물통 모양 사내대장부가 신 앞에 우두
커니 서 있을 따름이오! 머리 위에서는 하늘이 청동색으로 빛나고
대지가 메말라갈 때 농부가 비를 청하듯이 나는 땅 위에 엎드려 신
에게 눈물을 달라고 몇 번이나 기도를 올렸는지 모르오.

그러나 아아, 내가 그토록 목마르게 요청하였는데 신은 결코 비
도 햇빛도 주시지 않소. 이제 되돌아보면 괴롭기만 한 그 시절이 어
찌하여 그렇게 행복했을까? 그것은 내가 끈기 있게 성령이 찾아오
기를 기다리고 신이 나에게 주시는 환희를 마음속 깊이 고맙게 받
아들였기 때문이 아니었을까요?

11월 8일

로테는 나에게 절제하지 않는다고 책망했소. 아아, 그 태도는 얼
마나 사랑스러웠는지! 나의 절제하지 않는 생활 태도란 내가 한 잔
의 포도주에 거나해지면 곧잘 한 병쯤은 다 들이켜 버리는 버릇을
가리키는 것이오.

"이 로테를 생각해서라도 그렇게 하지 마세요!"

하고 그녀는 말하였소.

"로테를 생각해서?" 나는 이렇게 말을 하고 다음과 같이 덧붙였소. "그런 말을 내게 할 필요가 있을까요? 나는 생각하고 있어요. 아니 생각하고 있다뿐이겠어요! 당신은 내 머리 속에서 한시도 떠난 적이 없어요. 오늘도 나는 며칠 전에 당신이 마차에서 내리던 바로 그 장소에 앉아 있었는걸요."

그녀는 나를 이런 이야기에 깊이 끌어들이지 않으려고 화제를 돌렸소. 친애하는 벗이여! 나는 제정신이 아니오. 그녀는 나를 마음대로 휘두를 수 있게 되었소.

11월 15일

빌헬름! 진실에서 우러난 당신의 진정한 동정과 호의에 가득 찬 충고에 대하여 고맙게 생각하오. 그러나 너무 걱정 마오. 나도 힘닿는 데까지 견디어 보려오. 이제는 지칠 대로 지쳤지만 아직도 밀고 나갈 힘은 충분히 갖고 있소. 당신도 알다시피 나는 종교를 매우 숭상하고 있소. 종교가 고달픈 사람들에게 지팡이가 되고, 많은 병자들에게 강장제가 된다는 것을 나는 잘 알고 있소. 그러나 과연 종교는 누구에게나 그런 작용을 할 수 있을까? 또 그런 작용을 해야만 할까? 이 세상에는 설교를 들었건 안 들었건 종교의 작용을 받지 않은 사람이나 또 앞으로도 받지 않을 사람이 수두룩하다는 것을 당신은 눈으로 보고 있을 거요.

그런데 나에게는 종교가 그런 역할을 해야만 한다는 말인가요? 하나님의 아들조차 주님이 그에게 보내는 자들만이 그의 주위에 모이게 된다고 말하지 않았는가? 만일 내가 주께서 보낸 인간이 아니라면 어찌 될까? 그리고 만일 하나님께서 나를 그 곁에 매어 두실 생각이 있으시다면 어떻게 될까? 제발 오해는 하지 마오. 또 내 꾸밈없는 말을 제발 조롱이라고 보지 말기 바라오. 나는 내 심정을 곧이 곧대로 당신에게 털어 놓았을 뿐이오. 그렇게 하지 않을 바에는 나는 도리어 잠자코 있었을 거요. 그러지 않아도 나는 이런 문제에 대하여 중언부언하고 싶지 않소. 그것은 나뿐만 아니라 아무도 잘 알지 못하는 일이니까요.

결국 자기 처지를 감내하고 자기의 잔을 마셔 버리는 것이 이른바 인간의 운명이 아니겠소? 그리고 이 잔은 하늘에 계신 하나님의 아들에게도 쓰라린 고배가 아닐 수 없었거늘 내가 어찌 허세를 부려 마치 달콤하기라도 한 듯한 표정을 하겠소? 또 그럴 필요가 어디 있겠소?

나는 모든 존재가 유(有)와 무(無)의 중간에 끼어서 떨며 과거가 번개처럼 미래의 어두운 심연 위에 번뜩이고, 그 주위의 온갖 것이 소멸되어 가며 나와 더불어 세계가 몰락해 가는 이 무서운 순간에, 어찌하여 나는 자신을 부끄러워할 필요가 있겠는가? 아무리 몸부림쳐도 자기의 힘이 모자람을 절실히 느끼고 안간힘을 쓰며 "나의 하나님, 나의 하나님! 어찌하여 나를 버리시나이까?" 하고 부르짖는 것이 자기만을 의지할 수밖에 없는 막다른 낭떠러지에 쫓기어 자기를 상실하고 끝없이 몰락되어 가는 인간의 소리가 아니겠소? 그런데 내가 그런 부르짖음을 부끄럽게 여겨야 하겠소? 또 하늘을 한 필의 피륙처럼 둘둘 말아 버릴 수 있다는 하나님의 아들조차 피할 수 없는 그런 순간을 겁낼 필요가 있겠소?

로테는 자기 자신과 나를 아울러 파멸시키는 독소를 스스로 만들고 있는 줄 미처 모르고 있소. 나는 입맛을 다시면서 나를 파멸로 인도하기 위해 그녀가 내미는 잔을 기꺼이 들이키오. 자주? 아니, 자주라고는 할 수 없지만 때때로 나를 쳐다보는 그녀의 정다운 눈초리와 내가 스스로 나타내는 감정의 표시를 곧잘 받아들이는 따뜻한 그녀의 호의, 그리고 그녀의 얼굴에 떠오르는 나의 인내에 대한 동정 등은 결국 무엇을 뜻하는 것이겠소.

어제 내가 떠나올 때 그녀는 내게 손을 내밀고 말하였소.

"안녕히 가세요. 사랑해요, 베르테르 씨!"라고. "사랑해요!"라고 나를 부른 것은 이것이 처음이었소. 이 한 마디 말이 내 뼈에 사무쳤소. 그리하여 나는 몰래 입 속으로 그 말을 몇백 번이나 되풀이하였는지 모르겠소.

밤에 잠자리에 들 때에도 계속 중얼거리다가 나는 "안녕히 주무세요. 사랑하는 베르테르 씨!" 하고 그만 소리치고 말았소. 그러고는 혼자 히죽 웃어 버렸소.

11월 22일

나는 '로테를 저에게 맡겨 주소서!' 하고 하나님께 기도를 드릴 수는 없소. 그러나 그녀는 역시 내 사람처럼 생각되오. 나는 '그녀를 저에게 돌려 주소서!' 하고 기도 드릴 수도 없소. 그녀는 이미 남의 소유니까 말이오. 나는 가슴이 쓰라린 나머지 궤변을 늘어놓고

있는 거라오. 마음 내키는 대로 내버려 두면 계속해서 반대 명제(反
對命題)의 연달은 기도가 되풀이될 테죠.

11월 24일

로테는 내가 괴로움을 얼마나 참고 있는가를 알고 있소. 오늘 따
라 그녀의 눈초리는 내 가슴을 깊숙이 꿰뚫어보는 것이었소. 오늘
도 그녀를 찾아갔더니 그녀는 혼자였소. 나는 아무 말도 하지 않았
소. 그녀는 나를 쳐다보았소. 나는 그러한 그녀의 자태에서 사랑스
러운 아름다움을 느끼는 것은 아니었소. 그렇다고 훌륭한 내면적인
광채를 발견한 것도 아니었소. 그런 것은 내 눈에서 모조리 사라졌
소. 그 대신 그녀는 훨씬 더 희한한 눈초리로 내 심혼을 꿰뚫는 것
만 같았소. 깊고 깊은 관심과 더할 바 없이 상냥스런 동정이 가득
서려 있는 눈빛이었소.

나는 그때 왜 그녀의 발밑에 몸을 내던지지 않았는지 모르겠소.
그리고 나는 왜 그녀의 목에 끝없이 키스의 세례를 퍼부어 보답하
지 않았는지 모르겠소. 그녀는 몸을 피해 피아노 앞에 가서 앉았소.
그리고 피아노를 치면서 흘러나오는 멜로디에 맞춰 나지막이 아름
다운 노래를 부르는 것이었소.

나는 그렇게 매력 있는 입술을 여태까지 본 일이 없소. 그녀의
입술은 마치 달콤한 피아노의 멜로디를 들이마시는 듯 열려 있었으
며 은밀한 반향(反響)이 그 순결한 입술에서 메아리치는 것만 같았
소—아니, 이런 말로도 모자랄 정도였소!

나는 더 참을 수 없어 그만 경건히 고개를 숙이고, '하늘의 혼령들이 감돌고 있는 입술이여! 나는 감히 입술을 맞댈 생각은 하지 않으련다.' 하고 맹세하였소. 그러면서도 한편으로는 결코 단념할 수 없었소. 아, 역시 이런 생각이 장벽처럼 내 마음속에 도사리고 있소—그 행복을 맛볼 수 있다면 파멸하여 그 죄를 짊어져도 좋다고. 그런데 그것이 어찌하여 죄란 말이오?

11월 26일

나는 가끔 나에게 이렇게 타이르기도 하오.

'너의 운명은 비참하기 이를 데 없다. 그러므로 남들이 아무리 불우하다고 하더라도 그나마 너보다는 행복하다. 너만큼 괴로움을 당하는 자는 이 세상에 아무도 없다.'

그리고 나는 옛 시인의 작품을 읽어 보오. 나는 내 마음속을 뻔히 들여다보는 듯싶소. 나는 이렇게 많이 참고 견디어야 한다! 아아, 인간은 옛날에도 이처럼 비참하였을까?

11월 30일

아무래도 나는 이제 제정신으로 돌아가지 못하는 것일까! 어디를 가나 마음을 불안하게 만드는 일에만 부딪치게 되니 말이오. 아, 운명이여! 아, 인간이여!

한낮에 나는 개울을 따라 걸어갔었소. 나는 이즈음 입맛을 잃어

버렸소. 그리고 모든 것이 처량하기만 하오. 산마루에서 습하고 차디찬 저녁 바람이 불어오고, 골짜기에 비구름이 몰려 왔소.

멀리서 남루한 푸른 옷차림의 사나이가 보였소. 바위 틈을 기어 다니며 약초라도 찾고 있는 모양이었소. 내가 가까이 가자 발소리를 듣고 힐끗 돌아보았소.

나는 그 사나이의 얼굴에서 흥미를 느끼게 되었소. 고요한 슬픔이 그 얼굴 전체에 풍기고 아울러 선량한 인간미도 엿보였소.

검은 머리는 핀으로 묶어 두 다발로 둥그렇게 묶고, 남은 부분은 굵게 땋아 등 뒤로 늘어뜨리고 있었소. 내가 그의 일에 참견을 해도 못마땅하게 여기지 않을 듯싶어 무엇을 찾고 있느냐고 물어보았더니,

"꽃을 찾고 있는뎁쇼, 얼른 눈에 띄질 않습니다."

그는 한숨을 쉬며 이렇게 대답하였소.

"그야 계절이 다 지났으니 그럴밖에 없지요."

하고 나는 미소를 지으면서 말하였소.

"꽃은 많이 피어 있거든요."

하면서 그는 내가 서 있는 데로 성큼 내려왔소.

"우리 집 뜰에는 장미하고 인동덩굴 두 가지 종류가 있습죠. 하나는 아버지가 주셨는데 둘 다 잡초처럼 우거졌어요. 벌써 이틀째나 그놈을 찾아다니고 있는데 찾을 도리가 없군요. 이 근처에도 언제나 꽃이 피어 있었어요. 노란꽃, 파란꽃, 붉은꽃들 말씀이에요. 그리고 용담초에는 예쁜 꽃이 피거든요. 그런데 하나도 눈에 보이지 않는군요."

나는 그의 말투로 보아 어쩐지 꺼림칙한 생각이 들어 이렇게 넌지시 떠보았소.

"그런데 꽃은 무엇에 쓰려는 거요?"

그의 얼굴에 야릇한 미소가 잔물결을 이루더니,

"선생님만 알고 계십쇼. 애인에게 꽃다발을 갖다 주기로 약속했거든요."

하고 입에 손가락을 갖다대는 것이었소.

"그거 좋지요."

하고 내가 부채질을 하니, 그는 이렇게 말했소.

"그런데 말씀예요, 우리 애인은 뭐 없는 게 없어요. 부자거든요."

"그렇더라도 당신의 꽃다발만한 게 어디 있겠소."

"그녀는 말씀예요. 보석도 있고요 또 왕관도 갖고 있습죠."

"대관절 누구요?"

"네덜란드 정부에서 저에게 봉급만 지불해 주었더라면……." 하고 그는 딴전을 부리면서 말을 계속하였소. "저도 이런 사람은 되지 않았을 겁니다. 한때는 정말 좋았어요. 그러나 인젠 틀렸어요."

그는 멀리 하늘을 쳐다보며 눈물을 글썽거렸소. 그러한 그의 눈동자가 모든 것을 대변해 주는 것이었소.

"그때 퍽 행복했겠군요?"

하고 내가 물었소.

"아무렴요. 그날이 다시 돌아오면 얼마나 좋겠습니까! 그때 참 좋았지요. 물 속에서 꼬리치는 물고기처럼 즐겁고 재미있었어요."

마침 그때 한 노파가,

"하인리히!" 하고 소리치며 이쪽으로 쫓아왔소. "하인리히! 그 새 어디 갔었니? 이 어미가 얼마나 찾아다녔는데그래. 어서 밥 먹으러 가자."

"아들이신가요?"

나는 노파에게 다가가면서 물어보았소.

"네, 불쌍한 아이랍니다. 하나님은 저희들에게 무거운 십자가를 주셨나 봐요."

하고 노파는 대답하는 것이었소.

"얼마나 오래 되었나요?"

"이렇게 조용해진 것은 한 반 년 전부터예요. 이만하기가 다행이지요. 그 전에는 꼬박 한 해 동안 미쳐 지냈으니까요. 정신 병원에 넣어 사슬에 매어 뒀었답니다. 지금은 아무한테도 행패는 부리지 않아요. 다만 말끝마다 임금과 폐하만 찾아서 탈이에요. 전에는 정말 상냥하고 온순한 아이였어요. 살림도 곧잘 도와주었지요. 글씨도 잘 쓰고요. 그런데 난데없이 우울증이 생기더니 지독한 열병 끝에 그만 미쳐 버리더군요. 그러나 지금은 보시는 바와 같이 그만한 편이에요. 말씀드리기에 뭣하지만……."

나는 청산유수처럼 쏟아지는 노파의 말을 가로막고 물어보았소.

"그런데 아들의 말을 들으면 한때 매우 행복하고 즐거웠던 모양인데, 그건 어느 때의 이야긴가요?"

"실없는 소리예요."

노파는 민망한 듯이 미소를 머금고 말하였소.

“미쳤을 때의 이야기를 한 거예요. 글쎄 그걸 언제나 자랑 삼고 있지 뭐예요. 정신 병원에 들어가서 자기가 어떤 몰골을 하고 있었는지 알지도 못하면서 말예요.”

노파의 이 말은 내 마음을 날벼락 치듯 하였소. 나는 지폐 한 장을 노파의 손에 쥐어 주고 총총히 그곳을 떠났소.

“내가 행복했을 때!”

하고 나는 중얼거리며 곧장 시내로 발걸음을 재촉하였소. ‘네가 물고기처럼 꼬리치며 즐거웠던 시절!’ —하늘에 계신 하나님이시여! 인간은 지각이 나기 전이 아니면, 그리고 지각이 난 뒤에는 일단 그 지각을 다시 잃어버린 후가 아니면, 행복할 수 없도록 당신은 숙명적으로 정해 놓으셨나요?

가엾은 사나이여! 나는 차라리 그대의 슬픔과 너를 괴롭히는 정신 착란을 부러워한다! 너는 희망에 넘쳐 사랑하는 공주를 위하여 꽃을 꺾으러 다니는구나. 이 추운 겨울철에 꽃이 눈이 띄지 않는다고 슬퍼하며 왜 꽃을 찾을 수 없는지 모르고 있다.

그런데 나는, 희망도 목적도 없이 밖에 나왔다가 다시 마찬가지 꼴을 하고 되돌아갈 뿐……. 그러나 너는 네덜란드 정부에서 봉급만 지불해 주었던들 자기는 훌륭한 사람이 될 수 있었다고 망상하고 있구나. 너는 행복한 인간이야! 자기가 불행하게 된 것을 세상이 훼방을 한 탓으로 단순히 생각할 수 있으니까, 너는 느끼지 못하고 있는 것이다—네가 비참하게 된 원인이 파괴된 자기 마음속에 있으며 너를 미치게 한 머릿속에 있음을……. 그리고 너는 이 지상의 어떤 임금도 그녀를 소생시킬 수 없다는 것을 느끼지 못하고 있다.

병든 사람이 약수를 찾아 먼 길을 떠났다가는 오히려 그 때문에 병이 도져 고통을 받게 되었다고 해서 이를 비웃는 인간이나 혹은 마음의 상처를 입고 양심의 가책에서 벗어나 고민을 없앨 양으로 그리스도의 무덤을 찾아 순례의 길을 떠난 사람을 보고 비웃는 인간이 있다면, 그 인간은 비참하게 죽어도 마땅하오. 찢어진 발바닥을 끌며 길 아닌 길을 더듬어 가는 한 걸음 한 걸음이 능히 상처 입은 영혼을 쓰다듬어 주는 한 방울의 약이 되어 괴로운 하루의 나그네 길을 견디어낼 때마다 허다한 고뇌에서 벗어나 안식을 누리게 되는 법이라오.

그것을 어찌 감히 망상이라고 단정하느뇨? 그대들 보료 위에 도사리고 앉아 입만 나불거리는 자들이여! 망상! 아아, 하나님이시여! 당신에게는 내 눈물이 보이시겠지요. 당신은 인간을 이렇게 가난하게 만드시고도 모자라 이 보잘것없는 인간이 당신에게 품고 있는 쥐꼬리만한 신뢰마저 앗아 가려는 형제들까지 덤으로 보내 주셔야 했습니까! 만물을 사랑하시는 하나님이여! 병을 고치는 초근목피나 포도송이에의 신뢰심은 우리를 에워싼 삼라만상 속에 우리가 언제나 필요로 하는 힘, 병을 낫게 하는 힘을 당신이 숨겨 두신 데 대한 신뢰심이 아니고 무엇이겠습니까?

정체를 알 수 없는 하나님 아버지시여! 한때 저의 마음을 즐거움으로 가득 채워 주시더니 이젠 저를 외면하시는 아버지시여! 하나님 아버지시여! 저를 불러들이소서. 이 이상 침묵하지 마소서! 당신의 침묵은 목마른 이 영혼에겐 참을 도리가 없나이다. 그리고 생각지도 않던 아들이 뜻밖에 돌아와 그 아버지의 목에 매달려,

"아버지! 제가 다시 돌아왔습니다. 여행을 도중에서 그만두었다고 책망하지 마십시오. 아버지의 뜻을 받아 좀더 참고 견디어야 했을 터이지만 이렇게 되돌아왔습니다. 세상은 어디를 가나 마찬가지더군요. 신고와 노동 뒤에 비로소 보수와 즐거움이 따르게 마련입니다. 그러나 저에게 그것이 무슨 소용이 있겠어요? 저는 아버지가 계신 곳이 제일 좋아요. 저는 아버지가 보시는 앞에서 괴로움과 즐거움을 나누렵니다."

하고 부르짖을 때, 인간이라면 그리고 아버지라면 어찌 이를 탓할 수 있겠나이까?

그런데 하늘에 계신 사랑하는 아버지시여! 이 아들을 쫓아내려고 하시나이까?

12월 1일

빌헬름! 내가 요전 편지에 써 보낸 그 행복하고도 불행한 사나이는 전에 로테의 아버지 밑에서 서기 노릇을 하였다오. 남몰래 로테를 사모하여 혼자 냉가슴을 앓던 끝에 그것을 고백했다가 그만 쫓겨나 드디어 미치고 말았다는 거요. 이 이야기에 나는 얼마나 큰 충격을 받았는지 모르겠소. 다만 이 싱거운 글에서나마 내 심정을 짐작해 주기를 바라오. 알베르트는 태연스럽게 이 이야기를 내게 들려주었소.

아마 당신도 태연스럽게 이 편지를 읽어나갈 테지요.

12월 4일

부탁이오, 벗이여. 나는 이제 그만이오. 나는 더 이상 참을 수 없소! 나는 오늘 로테의 곁에 있었소―앉아 있었소. 그녀는 피아노를 치고 있었소. 다채로운 멜로디엔 온갖 정열이 넘쳐 흘렀소! 모든 것이!―당신은 어떻게 생각하오? 그녀의 어린 동생은 내 무릎 위에 앉아 인형에 옷을 입혀 주고 있었소. 내 눈에는 눈물이 글썽하였소. 내가 고개를 숙이니 그녀의 결혼 반지가 눈에 띄었소. 내 눈에서는 눈물이 마구 쏟아져 내렸소. 그때 갑자기 그녀는 꿈결 같은 감미로운 옛 곡조를 치기 시작하였소. 그것은 실로 돌발적이었소. 겨우 어떤 위로의 감정이 내 마음을 쓰다듬기 시작하였소. 그리고 지난날의 일이며 몇 번이나 이 곡을 듣던 때의 일이며 그 밖에 우울과 분노와 물거품으로 돌아간 희망에 대한 추억에 사로잡혀 나는 방 안을 왔다갔다하였소. 서러움이 북받쳐 가슴이 미어질 것만 같았소.

"제발 그 피아노 좀 그만둬 줘요."

나는 벅차오르는 감정을 못 이겨 그녀의 곁으로 다가서며 말하였소. 그녀는 곧 손을 멈추고 나를 바라다보더니,

"베르테르 씨!"

하고 미소를 지어 보이며 말했소. 그 미소는 내 가슴속에 고스란히 스며들었소.

"베르테르 씨! 몸이 무척 나쁘신가 보군요. 평소 그렇게 좋아하던 곡도 마음에 안 들어 하시니……. 그만 댁으로 돌아가세요. 부탁이에요. 제발 마음을 진정시키세요."

나는 뿌리치다시피하고 밖으로 나와 버렸소. 오오, 하나님이시

여! 당신은 이 비참한 꼴을 알고 계시겠지요. 이제 끝장을 보게 해 주십시오.

12월 6일

로테의 모습이 언제나 눈앞에 어른거리오. 눈을 떴을 때나 꿈을 꾸고 있을 때나 한결같이 내 마음 구석구석을 차지하고 있소. 눈을 감으면 여기 마음의 눈길이 쏠리는 머릿속에 그녀의 검은 눈동자가 나타나곤 하오. 바로 여기에! 나는 그대로 표현할 수 없소. 어쨌든 눈을 감으면 그녀의 모습이 나타나곤 하오. 그녀의 눈은 흡사 바다와 같이, 혹은 깊은 호수와 같이 내 눈앞에, 또는 내 머릿속에 고요히 나타나 내 감각을 독점해 버리오.

흔히 반신(半神)이라고 일컫는 이 인간의 몰골을 보시오! 어느 때보다도 힘을 필요로 하는 순간에 그 힘이 결핍되곤 하지 않소?

기뻐서 하늘을 날아오를 듯싶을 때나 슬픔에 못 이겨 땅에 주저앉을 때나 한결같이 절대자의 품속에 용해되기를 바라는 순간에 덜미를 잡혀 무겁고 냉철한 의식 속으로 다시 끌려들어가는 것이 아니겠소?

엮은이로부터 읽는 이에게

우리들의 벗 베르테르가 세상을 떠나기 전 며칠 동안에 겪은 특기할 만한 일에 대하여 그 자신들이 쓴 자필의 기록이 많이 남아 있었으면 하고 편자(編著)는 얼마나 바랐던 것일까요? 편지의 서술에 의해 그 자신의 편지의 진행이 중단되는 것을 되도록 피하고 싶었던 것입니다.

그래서 나는 그의 신상에 대해 잘 알 만한 사람들을 통하여 상세한 이야기를 수집해 보려고 애썼습니다. 신상에 관한 것이라야 실상 간단하여 그에 대한 이야기 중 몇 가지 사소한 점을 제외하면 모두가 이구동성으로 일치되는 것이었습니다. 다만 그와 밀접한 관계가 있던 사람들의 마음씨에 대해서는 의견도 달랐고 판단도 구구하였습니다.

이에 우리가 편자의 입장에서 취할 바 태도는 되도록 얻어 들은 이야기를 충실히 전하고 고인이 죽기 전에 남기고 간 편지를 중간에 삽입하여 비록 몇 줄 안 되는 종이 쪽지라도 발견된 것은 소홀히 하지 않는 것입니다. 비록 대수롭지 않은 행위라 할지라도 그것이 비범한 사람들의 소행일진대 그 진정한 동기를 찾아내기가 더욱 어려운 일이고 보면 그렇게 할 수밖에 없습니다.

베르테르의 가슴속에는 쌓이고 쌓인 욕구 불만과 이에 따르는 불쾌감이 점점 깊이 뿌리를 박고 서로 얽히고 설켜서 나중에는 그의 심신 전체를 사로잡고 말았던 것입니다. 그의 정신 상태는 균형을 유지하지 못하고 파괴되고, 마음속의 흥분과 격정은 타고난 천성에 갖추어진 힘을 모조리 무너뜨리고 더할 바 없는 불길한 결과를 일으켰습니다. 드디어 일종의 허탈감이 그에게 남겨지게 되었던 것입니다. 그는 오늘날까지 온갖 고뇌와 싸워 왔습니다. 그리하여 그 허탈감에서도 애써 벗어나려고 하였지만 가슴 깊이 도사린 불안

때문에 그의 정신력, 즉 쾌활한 성격이나 예리한 감수성까지도 좀 먹어 들어갔던 것입니다.

그리하여 남들과 어울려도 곧 우울한 표정을 짓게 되고, 따라서 불행해지고, 이렇게 불행하여짐에 따라 그는 점점 편벽한 사람이 되어갔다는 것입니다. 이것이 알베르트의 친구들이 이야기한 한결같은 내용이었습니다.

그들의 말에 의하면, 베르테르는 오랫동안 갈망해 오던 행복을 손에 넣은 고결하고 온건한 알베르트의 인격과 그 행복을 계속 유지해 나가려는 태도를 판별하지 못했다는 것입니다. 이를테면 베르테르는 날마다 자기의 전 재산을 탕진하고 저녁때만 되면 궁색해 하는 사나이였다는 것입니다. 한편 알베르트로 말하면 단시일 내에 좀처럼 성격이 변하는 사람이 아니며 언제나 베르테르가 존경하여 마지않던 그런 꿋꿋한 성격의 소유자였습니다. 그는 누구보다도 로테를 가장 사랑하고 로테를 자랑스럽게 여겼기 때문에 로테가 더할 바 없이 훌륭한 여자라는 것을 누구에게나 인정받으려고 했다는 사실을 상기할 때 조금이라도 아내에게 의아한 눈치가 보이면 곧 해명하려고 했다거나, 또 그 경우에 단순한 수법이긴 하지만 그 소중한 보물을 아무하고도 나눠 갖기를 꺼려했다고 해서 조금도 탓할 수는 없지 않겠습니까?

혹시 베르테르가 아내와 함께 있으면 알베르트는 곧 아내의 방에서 나오곤 했다는 사실을 친구들도 저마다 인정하고 있지만, 그것은 어디까지나 자기 친구로서의 베르테르가 싫다거나 아니꼬워서가 아니라 자기가 곁에 있으면 베르테르가 조금이라도 거북해할 것이라고 생각한 나머지 취한 태도라는 것이었습니다.

로테의 아버지는 늘 병석에 누워 있었으므로 그는 로테에게 마차를 보내어 만나도록 했습니다. 로테는 그 마차를 타고 떠났습니다. 그것은 첫눈이 내려 사방이 은빛 세계가 된 어느 아름다운 겨울날이었습니다.

이튿날 아침 베르테르는 로테를 뒤쫓아갔습니다. 혹시나 알베르트가 그녀를 데리러 오지 않게 된다면 자기가 집까지 전송해줄 생각이었습니다.

활짝 갠 날씨도 그의 어두운 마음은 어찌할 도리가 없었습니다. 그는 일종의 압박감에 억눌려 있었으며 슬픈 환영이 그에게서 떠나지 않았습니다. 그리고 그의 마음은 오직 비통한 생각을 이것저것 뒤쫓고 있을 따름이었습니다.

그는 언제나 불만 속에서 지냈으며 남들도 언제나 위태로운 상태에 놓여 있는 것으로 생각하였습니다. 그리하여 알베르트와 로테의 원만한 부부 사이를 자기가 망쳐 놓았다는 생각에서 자기 자신을 책망해 왔던 것입니다. 한편 여기에는 알베르트에 대한 일종의 어렴풋한 반감도 내재되어 있었던 것입니다.

그는 길을 가면서도 이에 대한 생각을 잊지 않았습니다.

"그래, 그렇고 말고." 하고 그는 중얼거렸습니다. "그것을 정답고 친밀하고 만사에 애정이 깃든 사나이라고 할 수 있을까? 차분하고 언제나 변함이 없는 성실한 관계라고 할 수 있을까? 싫증이 난 거야! 그리하여 냉담해진 거야! 알베르트는 보잘것없는 일에 소중한 아내 이상으로 정신을 팔고 있지 않은가? 그는 자기가 누리고 있는 행복을 정당히 평가하고 있을까? 로테에게 응분의 존경을 바치고 있을까? 그는 로테를 소유하고 있다. 암, 소유하고 있고 말고. 그것은 더 말할 필요도 없는 것이다. 그것은 말하지 않아도 벌써…… 알고도 남는 사실이다. 그런 생각에는 이제 익숙해졌다. 그럼에도 불구하고 그런 생각을 하면 미칠 것만 같다. 죽을 것만 같다. 그런데 알베르트는 나와의 우정을 그대로 유지하고 있을까? 내가 로테를 좋아한다고 해서 자기 권리가 침해되는 것으로 보고 있지나 않을까? 그리하여 로테에 대한 나의 애착을 동시에 자기에 대한 무언의 공격이라고 생각하고 있지나 않을까? 나는 잘 알고 있다. 나는 그것을 분명히 느끼고 있다. 그는 나와 만나기를 꺼려한다. 나를 멀리하고 싶은 거야. 나라는 존재가 눈에 거슬리는 것이다.”

그는 몇 번이고 빨라지는 걸음을 멈추었습니다. 때로는 오던 길을 되돌아가려고도 하였습니다. 그러나 역시 발길을 앞으로 내딛고는 깊은 생각에 잠기기도 하고 혼잣말을 중얼거리기도 하면서 결국 자기의 의사와는 전연 딴판으로 수렵관에 도착하고 마는 것이었습니다.

현관에 들어선 그는 노인과 로테의 안부를 물었습니다. 웬일인지 집안 공기가 좀 뒤숭숭해 보였습니다. 큰아들의 말에 의하니 발하임에서 농부 한 사람이 타살을 당하는 불상사가 일어났다는 것이었습니다.

이 소식은 베르테르에게 별로 큰 자극을 주지 않았습니다. 그가 방문을 열고 들어서자 로테는 노인을 열심히 달래고 있었습니다. 병을 무릅쓰고 범행의 실지 검증을 하기 위해 가보려고 했기 때문입니다. 범인은 아직 밝혀지지 않았고 피해자는 이른 아침에 현관문 앞에서 발견되었습니다. 여러 억측이 있었는데, 피살자는 어느 과부집의 머슴으로 그 과부는 전에도 다른 머슴을 고용하고 있었는데, 뭔가 옥신각신 다투다가 그 머슴은 집에서 뛰쳐나갔다는 것이었습니다. 이런 이야기를 들은 베르테르는 그 자리에서 펄쩍 뛰면서 큰소리로 외쳤습니다.

"정말입니까? 곧 가봐야겠군요. 한시도 지체할 수 없는 일입니다!"

그는 곧 발하임을 향해 발길을 재촉했습니다. 그는 자기가 전에 자주 환담을 나누던 그 머슴이 일을 저질렀다고 단정하였던 것입니다.

시체가 놓여 있는 주막으로 가려면 예의 보리수 사이를 지나야 하는데, 전에는 그렇게 좋던 그 일대가 어쩐지 무시무시하기만 하였습니다.

그 문지방은 피에 물들어 있었습니다. 그 앞에서 이웃에 사는 아이들이 곧잘 모여와 떠들며 놀기도 하였던 것입니다. 인간의 가장 아름다운 감정이라고 할 수 있는 사랑과 성실이 폭력과 살인으로 돌변한 것입니다. 커다란 보리수는 잎이 다 떨어지고 서리가 내려 있었습니다. 묘지의 야트막한 담을 에워싸고 무성한 울타리를 이루고 있던 아름다운 생 울타리가 벌거숭이가 되고 앙상한 나뭇가지 사이로 눈에 덮인 비석이 내다보였습니다.

주막 앞에는 마을 사람들이 모여서 웅성거리고 있다가 베르테르가 가까이 다가서자 별안간 소리를 질렀습니다. 멀리 무장한 경관의 무리가 보였던 것입니다. 범인을 잡아온다고 모두들 야단법석이었습니다. 베르테르는 그리로 머리를 돌렸습니다. 역시 예측이 들어맞았던 것입니다. 범인은 바로 그 과부를 끔찍이 사랑하던 머슴이었습니다. 베르테르는 며칠 전만 해도 누적된 분노와 절망에 싸여 여기저기 헤매는 그를 만난 일이 있었습니다.

"어떻게 그런 끔찍한 일을 저질렀나? 이 불쌍한 사람아!"

하고 베르테르는 소리치면서 그 사나이에게 다가갔습니다. 사나이는 베르테르를 보고 잠자코 있다가 침착한 어조로 이렇게 말하였습니다.

"아무도 그 여자를 차지하진 못할 겁니다. 아무도 감히 못 합니다."

사나이가 주막 안으로 끌려들어가자 베르테르는 곧 그곳을 떠나고 말았습니다. 그는 무섭고 강한 충격을 받아 몸도 마음도 뒤흔들리고 혼란에 빠졌습니다. 여태까지의 슬픔과 불만과 허탈감이 한순간에 날아가 버렸습니다. 이어서 그 사나이를 구제하려는 말할 수 없는 욕구가 그를 휩싸고 말았습니다. 그는 사나이를 정말 불행한 사람이라고 동정하고, 범인임에는 틀림없으나 죄가 없다고 생각하였습니다. 그리고 입장을 바꾸어 자기의 처지로서 깊이 생각해보고 다른 사람들에게도 납득시키려는 마음에서 범인을 변호하고 싶어 이미 열렬한 변론이 입 끝에서 감돌고 있었습니다. 그는 수렵관을 향해 발길을 재촉하는 도중에도 주무관에게 할 이야기를 처음부터 끝까지 입속으로 되뇌고 있었던 것입니다.

방에 들어서니 알베르트가 와 있었습니다. 그를 보자 베르테르는 불쾌하기 짝이 없었지만 마음을 진정시키고 주무관에게 범인을 옹호하는 열변을 토했습니다. 주무관은 머리를 옆으로 두세 번 저었습니다. 베르테르가 모든 힘과 정열과 열성을 기울여 인간이 인간을 변호할 수 있는 데 필요한 모든 어휘를 총동원하여 소신을 피력하였지만 말할 것도 없이 주무관은 그것에 의해 마음이 조금도 움직이지 않았습니다.

도리어 주무관은 베르테르에게 말할 기회도 다 주지 않고 심하게 반박하기 시작하였습니다. 살인자를 옹호하다니 될 말이냐고 베르테르를 책망하는 것이었습니다. 이어서 그런 것이 통한다면 모든 법률은 무효가 되고 말 것이며, 국가의 질서는 완전히 파괴되어 버린다고 덧붙였습니다. 그리고 끝으로 이런 사건의 처리에 있어서 자기는 책임자로서 만사가 질서정연하게 되어 나가도록 힘써야 한다는 것이었습니다.

그러나 베르테르는 굴복하지 않고 혹시 그 사나이가 도망치도록 협조하는 자가 있더라도 너그럽게 보아 달라고 주무관에게 거듭 간청하였습니다.

그러나 주무관은 이것마저 거절하였습니다. 드디어 알베르트도 주무관의 편을 들기 시작하였습니다. 이리하여 베르테르는 결국 지고 말았습니다. 주무관이,

"안 될 말이야. 그런 사나이는 살려둘 수 없어!"

하고 두세 번 말하자 베르테르는 무서운 고뇌의 표정을 짓고 그곳을 떠났습니다. 주무관의 이 말이 그에게 얼마나 큰 충격을 주었는지 모릅니다. 그것은 그의 서류 가운데 들어 있는 다음과 같은 쪽

지를 보고 짐작할 수 있었습니다. 이 쪽지는 분명히 그날 쓴 것으로
보입니다.

불쌍한 사나이여! 너는 끝내 구원을 받을 수 없다. 나는 잘 알고
있다. 우리는 똑같이 구원받지 못한다는 것을…….

알베르트가 나중에 주무관 앞에서 범인에 대하여 한 말은 베르
테르를 몹시 불쾌하게 만들었습니다. 그 말 가운데는 베르테르에
대한 반감도 은근히 비치고 있었던 것입니다. 하긴 곰곰이 생각해
보면 주무관과 알베르트의 말은 지당할지도 모른다고 영리한 베르
테르는 일단 수긍하기도 하였습니다. 그러나 자기가 그들의 견해를
인정한다면 자기의 인격 자체를 송두리째 부정해야만 할 것같이 생
각되었던 것입니다.

이에 관련된 쪽지도 그의 서류 속에서 발견되었는데 그것은 그
와 알베르트와의 모든 관계를 단적으로 말해 주고 있습니다.

그는 훌륭하고 선량한 사람이다. 그러나 이런 말을 되풀이하
여 자기 자신에게 아무리 말해 본들 무슨 소용이 있으랴! 다만
내 오장육부를 쥐어뜯게 할 따름이다. 나는 결코 공정한 입장
에 설 수도 없다.

포근한 저녁, 눈이 녹기 시작한 날씨라 로테는 남편과 함께 걸어
서 집에 돌아왔습니다. 도중에 그녀는 가끔 뒤를 돌아보았습니다.

아마 베르테르가 동행이 되어 주지 않아서 못내 서운했던 모양입니다. 남편은 베르테르의 이야기를 하기 시작하였습니다. 그는 공정한 입장에서 베르테르를 비난하였습니다. 베르테르의 불행한 정열에 대하여 언급하면서 되도록 그와 멀리 하고 싶다고 말했습니다.

"나는 우리들을 위해서라도 그렇게 되기를 바라오. 제발 부탁이오. 당신에 대한 그의 관심을 다른 데로 돌려 너무 자주 찾아오지 않도록 해주구려. 남들의 눈도 있지 않소? 벌써 여기저기서 소문이 파다하게 나돌기 시작하였소."

로테는 잠자코 듣고만 있었습니다. 이런 아내의 침묵이 알베르트에게는 못마땅하였던지 그 후로는 아내에게 일체 베르테르의 이야기를 입 밖에 내는 일이 없었습니다. 그리고 간혹 아내가 베르테르의 이야기를 하게 되면 애써 침묵을 지키거나 화제를 다른 데로 돌리는 것이었습니다.

베르테르가 그 불쌍한 사나이를 살리려고 애쓴 헛된 노력은 마치 꺼져 가는 등불의 마지막 불꽃이었다고나 할까. 그는 날로 고뇌와 절망 속으로 빠져 들어갈 따름이었습니다. 게다가 범인 자신이 현재 범행을 완강히 부인하고 있으므로 경우에 따라서는 베르테르 자신이 반대 증인으로서 소환될지도 모른다는 말을 듣고서는 거의 실신할 뻔하였습니다.

전에 베르테르가 근무 생활 중에 그가 겪은 모든 불쾌한 일들—공사와의 불화에서 싹튼 아니꼬운 감정, 그가 저지른 모든 과오, 비위가 상하던 여러 가지 모욕 등이 그의 마음속을 오락가락하였습니다. 이 모든 두통거리 때문에 일에 손에 잡히지 않는 것도 당연하다고 그는 생각하였습니다. 그는 세속적인 일에 손을 대려고 하여도 좀처럼 실마리를 잡을 수 없는 무력한 사람이니 장래의 희망은 모두 끊어지고 말았다고 생각했습니다. 이리하여 그는 자기의 변덕스러운 감정이나 사고방식, 그리고 끝없는 정열에 완전히 몸을 내 맡기고, 사랑하는 여자와의 슬픈 교제를 언제까지나 끊지 못하고 드디어는 그녀의 안정된 생활마저 교란시키고 희망도 목적도 없는 일에 무리하게 정력을 다 바치고는 날로 비참한 종말을 향해 줄달음치고 있었던 것입니다.

그의 정신적 혼란과 정열, 그의 그칠 줄 모르는 몸부림과 끈질긴 노력, 삶에 대한 권태, 이 모든 것에 대하여는 그가 남긴 몇 통의 편지가 가장 유력한 증거가 될 터이므로 여기 수록하려고 합니다.

12월 12일

사랑하는 빌헬름! 나는 지금 마귀에게 쫓기고 있는 것으로 생각하는 불행한 사람들과 똑같은 위기에 놓여 있소. 그런데 때때로 무엇인가 나를 사로잡고 놓지 않는 것이 있다오. 그것은 불안도 아니고 욕심 같은 것도 아니오. 영문 모를 그 무엇이 내 마음속에서 난동을 부리는 거라오. 그리하여 이놈이 내 가슴을 갈기갈기 찢어놓고 내 목을 졸라매는 거요. 그 괴로움! 그 쓰라림! 그럴 때면 나는 인간을 적대시하는 이 계절의 밤의 풍경 속을 헤매입니다.

어젯저녁에는 밖에 나오지 않고는 못 배길 지경이었소. 갑자기 눈이 녹아내리는 날씨가 되어 강물이 범람하고 개울마다 넘쳐 발하임 아래쪽에 있는 골짜기는 물에 잠겨 버렸다는 이야기를 들었소. 그 골짜기를 나는 전부터 무척 좋아했는데…….

밤 열한 시가 넘어서 나는 집을 뛰쳐나갔소. 눈앞에는 어마어마한 광경이 나타났소. 바위 위에서 아래를 내려다보았더니 사나운 물줄기가 달빛 속에 소용돌이치고 밭도 목장도 생 울타리도 온통 물에 뒤덮여 그 널따란 골짜기 상류부터 하류까지 바람결에 물결이는 성난 바다처럼 되어 버렸소! 이윽고 먹장구름에 숨어 있던 달이 나타나자 눈앞에 가로 놓인 물바다는 처절할 정도로 달빛에 반사되어 소용돌이치며 울부짖는 것이었소. 나는 그만 온몸에 소름이 오싹 끼치면서 억제할 길 없는 그리움에 사로잡히고 말았소.

아, 나는 두 팔을 벌리고 심연을 향하여 길게 숨을 들이켰다오. 깊이! 깊이! 그리하여 내 고뇌와 슬픔을 물 속에 물결과 함께 흘려보내고 씻어 버리려는 환희에 싸여 나는 넋을 잃고 말았다오.

아아, 그러나 발을 이 땅 위에서 떼고 이 모든 괴로움을 송두리째 끊어 버릴 수는 없었소. 내 모래 시계의 모래는 아직 다 없어진 것은 아니오. 나는 그것을 알고 있소. 아아, 빌헬름이여! 저 질풍으로 구름을 갈가리 찢어 대홍수를 일으키기 위하여는 나는 나의 인간적 존재쯤은 기꺼이 내던지고 싶었소. 아아! 이런 큰 환희는 언젠가 얽매인 몸에도 주어지지 않는 것일까?

나는 어느 무더운 날 로테와 함께 산책하던 길에 잠깐 쉬어 간 일이 있는 버드나무 그늘을 슬픈 마음으로 내려다보았소. 역시 거기도 물이 범람하여 그 버드나무도 거의 알아볼 수 없을 정도였소!

빌헬름, 로테네 목장과 수렵관은 어찌 되었을까 하고 나는 생각했소. 그리고 우리들의 정자(亭子)는 지금쯤 사나운 물결에 휩쓸려 볼품없이 파괴되었을 것이오! 마치 감옥에 갇힌 사람들이 자기 집 가축의 우리나 목장이나 혹은 영달하는 꿈을 꾸듯이 과거의 햇살이 온몸에서 반사되었던 것이오. 나는 그 자리에 한동안 서 있었소!

나는 이제 나 자신을 탓하지 않소. 나에게 손수 목숨을 끊을 만한 용기가 있으니까……그럴 마음만 먹는다면. ─그렇지만 나는 지금 여기서 죽음이 가까운 가엾은 목숨을 한순간이라도 길게 펀케 하려고 남의 집 울타리에서 나뭇가지를 긁어 문 앞에 서서 빵을 구걸하는 노파 같은 몰골을 하고 앉아 있었소.

어찌된 영문일까? 사랑하는 벗이여! 나는 나 자신에 대하여 놀라고 있소. 로테에 대한 나의 사랑은 어디까지나 신성하고 순결하며 남매 사이와 같은 것이 아니겠소? 일찍이 내가 그녀에게 망측한 욕망을 품은 일이 있었던가? 나는 맹세하지는 않겠소마는……그런데 이 어인 꿈일까? 이렇게 상반되는 작용을 어떤 불가사의한 힘의 조화로 돌리는 것은 온당한 태도라고 보오.

지난밤에 일어난 일이었소. 나는 생각만 해도 전신이 떨리오. 나는 로테를 가슴에 꼭 껴안고 사랑을 속삭이는 그녀의 입술에 키스 세례를 퍼부었다오. 내 눈길은 그녀의 황홀한 눈빛을 정신없이 보고 있었소. 하나님이여! 지금도 나는 이 벅찬 환희를 가슴 가득한 그리움으로 되생각하고 말할 수 없는 행복을 느낀다고 해서 벌을 받아야 할까요?

　―로테여! 나는 막바지에 도달했소. 감각은 혼란에 빠지고 벌써 일주일 전부터 나는 사고의 능력을 상실하고 있소. 눈에는 눈물이 흥건히 괴어 있고 어디를 가나 기분이 언짢기만 하오. 그런가 하면 어디를 가도 기분이 좋기도 하오. 나는 아무것도 기대하지 않으며 또 아무것도 요구하지 않소. 이제 나는 떠나가는 것이 좋을 것 같소.

　이런 정경 속에서 베르테르는 목숨을 버리려는 결심을 점점 굳혀 갔던 것입니다. 그리하여 로테의 곁에 돌아온 후에도 그 결심은 그의 마지막 기대이자 희망이었습니다. 그러나 지나치게 성급하게 굴거나 경솔한 행동은 삼가야 한다고 다짐하였습니다. 확신을 갖고 냉철한 결단을 내려 그 결의를 실천에 옮겨야 한다고 자기 자신에게 타일렀습니다. 그의 회의나 마음의 갈등은 빌헬름에게 보내는 편지의 서두라고 짐작되는 한 장의 종이쪽지에서 찾아볼 수 있습니다. 그의 서류 속에서 발견되었는데 날짜는 씌어 있지 않았습니다.

　그녀의 생존, 그녀의 운명, 그리고 내 운명에 대한 그녀의 동정은 잿더미가 된 내 머릿속에서 아직도 최후의 눈물을 빚어내고 있소. 장막을 쳐들고 그 안에 발을 들여놓으면 일은 끝나는 거요! 그런데 어찌하여 나는 이렇게 주저하고 겁을 내는 것일까? 그 속이 어떤 곳인지 몰라서 그럴까? 한번 가면 다시 돌아올 수 없는 길이기 때문일까? 어쨌든 정체를 알 수 없는 곳에는 혼란과 암흑

만이 있다고 생각하는 것이 우리의 정신 작용의 특징인 것 같소.

그는 끝내 비애와 점점 정이 들고 친숙해졌던 것입니다. 그리하여 그의 결심은 드디어 확고부동하여 돌이킬 수 없게 되었습니다. 이에 대해서는 그가 친구에게 보낸 다음과 같은 이중의 뜻이 담긴 편지가 다만 증언을 해줄 뿐입니다.

12월 20일

빌헬름! 그 말을 그렇게 해석해 주어서 고맙게 생각하오. 확실히 당신의 말이 맞소. 나는 이제 가는 것이 좋을 것 같소. 당신네들한테로 돌아오라는 제의는 그대로 받아들일 수 없소. 나는 조금 더 빙둘러서 가고 싶소. 더욱이 추위가 계속되고 길이 좋아질 것같이 생각되기 때문이오. 당신이 나를 데리러 온다니 대단히 고맙긴 하오. 그러나 두 주일만 기다려 주오. 그 동안에 내가 편지로 자세한 것을 알려 주려고 하오.

무엇이든 다 익기 전에는 따지 않는 것이 좋다오. 두 주일 전과 후는 상당히 차이가 있으니 말이오.

우리 어머니에게는 아들을 위해 기도하시도록 말씀드려 주오. 동시에 내가 어머니에게 여러 가지 걱정을 끼쳐 죄송하게 생각한다는 말도 전해 주오. 기쁘게 해주어야 할 사람들을 도리어 슬프게 하는 것이 나의 운명인가 보오. 그럼 잘 있소. 친애하는 벗이여! 하늘이 당신에게 축복을 내리시기를……

이즈음의 로테의 심경에 어떤 변화가 일어났는지, 남편에 대하여 그리고 가엾은 베르테르에 대하여 어떻게 생각하고 있었는지, 그것을 말로 표현하기는 어려울 것 같습니다. 그러나 그녀의 성격으로 미루어 보아 짐작이 가지 않는 것도 아닙니다. 아름다운 마음씨를 가진 여자라면 그녀의 마음씨를 추측하여 그녀와 거의 똑같이 느낄 수도 있을 것입니다.

어쨌든 이것만은 분명한 사실일 것입니다. 즉 그녀는 베르테르를 멀리 할 수 있는 가능한 모든 조치를 취해야겠다고 혼자서 결심했으리라는 것입니다. 만일 그러기를 망설였다면 그것은 진정으로 베르테르를 아끼는 마음에서였을 것입니다. 그러한 결심이 베르테르에게 얼마나 쓰라린 일이며 거의 실천에 옮기기 어렵다는 것을 그녀는 잘 알고 있었습니다. 그러나 요즘 그녀는 좀더 단호한 태도를 취해야 할 처지에 놓여 있었던 것입니다.

이러한 관계에 대하여 그녀는 언제나 침묵을 지켜 왔지만 남편 역시 그런 일에 대해서는 입을 떼려고 하지 않았습니다. 때문에 그녀로서도 남편의 이런 심정에 못지않는 굳은 결의를 자기도 하고 있다는 것을 실행함으로써 남편에게 증명해 주려고 애쓰고 있었습니다.

여기 마지막으로 실린 편지를 베르테르가 친구에게 쓴 그날은 크리스마스 전인 일요일이었지만, 저녁에 그는 로테를 찾아갔습니다.

그녀는 마침 집에 혼자 있었습니다. 그녀는 어린 동생들을 위해 크리스마스 선물로 사온 몇 가지 장난감들을 정리하고 있었습니다. 베르테르는 그녀에게 아이들이 퍽 기뻐할 것이라고 말하고 이어서 어린 시절의 이야기를 하였습니다. 즉 갑자기 문이 열리며 촛불과 과자와 사과 등으로 장식된 크리스마스 트리가 나타나면 천국에라도 간 듯이 황홀해지던 시절 말입니다. 그녀는,

"선생님도……." 하면서 당황한 듯한 표정을 아름다운 미소로 지워 버리는 것이었습니다. 그리고 다음과 같이 말을 이었습니다. "선생님도 얌전히만 굴면 선물을 받게 돼요. 긴 초와 그 밖에 다른 것도……."

"얌전하게 굴라니, 어떻게 하라는 거요?" 하고 베르테르는 커다란 소리로 반문하였습니다. "대관절 어떻게 하라는 거요, 로테!"

"목요일 저녁이 바로 크리스마스 이브니까 아버지와 아이들이 한자리에 모여 각각 선물을 받게 돼요. 그때 선생님도 오세요. 하지만 그 전엔 안 돼요."

베르테르는 그만 가슴이 뜨끔하였습니다.

"제발 부탁이에요. 그렇게 하기로 일단 결정했어요. 제 마음을 진정시켜 주시려거든 그렇게 해주세요. 부탁이에요. 이대로 가다가는 아무래도 안 되겠어요."

그는 로테에게서 시선을 돌리고 한동안 이리저리 돌아다니며, '이대로 가다가는 안 된다.' 고 입 속으로 가만히 중얼거렸습니다. 로테는 그 말 한 마디가 베르테르를 얼마나 무서운 외곬으로 몰아 넣었는지를 곧 알아차리고, 여러 가지 질문을 던져 그의 관심을 딴 데로 돌리려고 하였습니다. 그러나 보람은 없었습니다.

"좋아요, 로테! 두 번 다시 당신을 만나지 않겠습니다!"

하고 베르테르는 큰 소리로 대답하였습니다.

“그건 또 무슨 말씀이에요? 베르테르 씨! 앞으로 얼마든지 만나실 수 있잖아요? 또 만나 주셔야 하고요. 다만 정도껏 해주십사 할 뿐이에요. 선생님은 왜 그런 과격한 성격과 무엇이든 뿌리를 뽑고야 말려는 정열을 갖고 태어났을까요? 진정하세요, 네? 제발 부탁이에요.”

그녀는 이렇게 말하고 나서 베르테르의 손을 잡고 다음과 같이 덧붙였습니다.

“정도껏 해주세요! 선생님의 인격이나 학식이나 재능이 선생님에게 얼마나 커다란 보람을 제공해 주는지 잘 아시지 않아요? 대장부다워야 해요! 선생님에게 동정이나 베푸는 것이 고작인 저 같은 여자에게 이런 슬픈 애착을 가지실 필요가 어디 있어요?”

베르테르는 이를 악물고 처참한 얼굴로 그녀를 쳐다보았습니다. 그녀는 말을 계속하였습니다. 그녀는 베르테르의 손을 잡고 있었습니다.

“잠시라도 좋으니 마음을 진정시켜 주세요. 선생님은 자기 자신을 속이고 스스로 몸을 망치려고 하세요. 왜 하필 저라야 해요? 이미 딴 남자의 소유가 된 저라야만 하는 이유가 있어요? 저는 걱정이에요. 저를 소유할 수 없다는 것 자체가 선생님으로 하여금 그런 소원을 품게 하지 않았나 싶어서요.”

베르테르는 정신이 나간 듯한, 매우 못마땅한 눈초리로 그녀를 쳐다보면서 아까부터 그녀가 잡고 있던 자기 손을 슬그머니 뺐습니다.

“역시 현명하시군! 알베르트가 알려준 꾀인 모양이지요? 굉장히

약은 방법이군요!"

"누구나 할 수 있는 말이에요. 이 넓은 세상에 왜 선생님의 마음에 드는 여자가 한 사람도 없겠어요? 마음먹고 찾아보세요. 반드시 있을 거예요. 저희들은 벌써부터 선생님께서 고집스런 생각에 사로잡혀 계신 것을 잘 알고 있어요. 선생님 자신을 위해서도 그렇지만 저희들을 위해서도 얼마나 걱정이 되는지 몰라요. 용단을 내리세요. 어디 여행이라도 하시면 틀림없이 기분이 풀리실 거예요. 정말이에요. 훌륭한 상대자를 찾아내어 데리고 돌아오세요. 그리하여 진정한 우정에서 우러나는 행복을 함께 누렸으면 좋겠어요."

하고 그녀는 말했습니다.

"그런 이야기는 인쇄하여 여기저기 가정교사에게 배부해 주고 권장하는 것이 어떨까요? 로테! 조금만 더 나를 이대로 가만히 내버려 두시오. 곧 만사가 끝날 터이니……."

하고 베르테르는 차디찬 미소를 띠면서 말하였습니다.

"베르테르 씨! 그럼 크리스마스 이브까지는 이리로 찾아오지 말아 주세요. 네?"

베르테르가 대답을 하려는데 마침 알베르트가 방으로 들어섰습니다. 서로 계면쩍은 인사를 나누고 어색하게 나란히 서서 한참 방 안을 이리저리 서성거렸습니다. 베르테르는 싱거운 이야기를 몇 마디 던지다가 그만두어 버렸습니다. 알베르트도 역시 마찬가지였습니다. 그는 아내에게 전에 부탁해둔 일을 몇 마디 물어보고 로테가 아직 일을 처리하지 못했다고 말하자, 한두 마디 이야기를 더 건네는 것이었습니다. 그 말투가 베르테르에게는 차디차게, 아니 매우

냉혹하게 들렸습니다. 그는 방에서 나오려고 하였으나 그럭저럭 여덟 시까지 망설이며 머물러 있었습니다. 그는 불쾌감과 불만감이 점점 더 심하여 결국 식사 준비를 하는 기미를 보고 모자와 단장을 집어 들었습니다. 알베르트는 식사를 함께 나누자면서 붙잡았으나 베르테르의 귀에는 인사치레로만 보여 고맙다고 쌀쌀하게 한 마디 던지고는 밖으로 나와 버렸습니다.

그는 집으로 바로 돌아왔습니다. 젊은 하인이 불을 켜들고 안내하려고 하자 그의 손에서 불을 받아들고 혼자 자기 방에 들어가 끝내 크게 울음을 터뜨리고 말았습니다. 그는 흥분한 나머지 뭐라고 혼잣말을 중얼거리며 방 안을 왔다갔다하다가 옷을 입은 채 자리에 쓰러졌습니다. 열한 시쯤 해서 하인이 구두를 벗기려고 방에 들어와보니 여전히 쓰러진 채 있었습니다. 베르테르는 하인에게 구두를 벗기게 한 다음, 내일 아침에는 자기가 부를 때까지 방에 들어오지 말라고 하였습니다.

12월 21일 월요일 아침, 그는 로테에게 다음과 같은 편지를 썼습니다. 그 편지는 그가 죽은 뒤 그의 책상 위에서 발견되어 로테에게 전달되었던 것입니다. 그는 여러 가지 사정으로 이 편지를 단번에 내려쓰지 않고 끊어서 쓴 것 같습니다. 나는 이 편지를 순서대로 군데군데 삽입해 나가려고 합니다.

로테여! 드디어 결심하였습니다. 나는 죽으려고 합니다. 나는 이 편지를 되도록 낭만적인 과장을 빼고 냉정한 마음으로 당신을 마지막으로 만나게 될 바로 그날 아침에 쓰고 있습니다.

당신이 이 편지를 읽을 무렵에는, 사랑하는 로테여! 나는 이미 차디찬 무덤 속에 들어가 있을 것입니다. 그 무덤은 생애의 마지막 순간까지 당신과 이야기를 나누는 것보다도 더 큰 즐거움을 모르던 불행한 사나이의 굳어 버린 시체를 덮고 있을 것입니다.

어젯밤엔 무척 무서웠습니다. 그러나 아, 자비로운 밤이기도 하였습니다. 죽으려는 결심이 확정된 것은 바로 어젯밤 일이었습니다.

어제 내가 흥분한 나머지 당신을 뿌리치다시피하고 집에 돌아왔을 때 그 모든 일이 내 마음속에서 고개를 치켜들었습니다. 그리하여 당신의 곁에서 희망도 즐거움도 맛볼 수 없는 나의 존재가 소름이 끼치도록 싫어졌을 때 나는 내 방에 들어가서 넋 없이 무릎을 꿇고 외쳤습니다. 오오! 하나님이시여, 당신은 저에게 마지막 위안으로 쓰디쓴 눈물을 주셨습니다. 무수한 계획과 무한한 기대에 나는 미친 듯하였습니다. 이윽고 마지막으로 죽어 버리자는 최후의 결단 하나가 확고부동하게 내 마음을 차지하게 되었습니다.

나는 자리에 누웠습니다. 아침에 잠에서 깨어나 맑은 정신으로 죽자는 생각만이 굳게 완전한 힘을 가지고 내 마음속에 굳혀졌습니다. 이것은 결코 절망이 아닙니다. 이것은 내가 끝까지 참고 견디다가 당신을 위해 희생되는 것을 뜻할 뿐입니다. 그렇습니다. 로테! 나는 끝내 잠자코 있어야 할까요? 아닙니다. 우리들 세 사람 중에서 한 사람은 없어져야 합니다. 그러므로 내가 그 한 사람이 되려는 것입니다. 오오, 사랑하는 로테여! 갈가리 찢어진 나의 가슴속에서는 남몰래 이런 생각이 미친 듯이 떠올랐습니다.

'당신의 남편을 죽일까? 당신을? 아니, 나를? 역시 내가 가야지?'

당신이 어느 아름다운 여름철 해질 무렵에 혹시 산에 오르게 되면 내가 그토록 즐겨 그 골짜기로부터 자주 걸어올라 오던 일을 생각해주시오. 그리고 내 무덤을 바라보고 그 위에 무성한 풀들이 저무는 햇살을 받아 바람에 나부끼는 광경을 보아 주시오. 이 편지를 쓰기 시작하였을 때는 마음이 한결 가라앉았는데 지금 나는 어린애처럼 울고 있습니다. 이 모든 일들이 머릿속에 생생하게 떠오르기 때문입니다.

베르테르는 아침 열시 경에 하인을 불러 이삼 일 후에 여행을 떠날 테니 옷을 손질하고 짐을 꾸릴 준비를 해놓으라고 일렀습니다. 그리고 빚이 있는 데는 잊지 말고 계산서를 청구하고, 빌려준 몇 권의 책도 찾아오도록 하였습니다. 그리고 매주 얼마씩 원조해온 몇몇 가난한 사람들에게는 두 달치를 한몫에 각각 배당한 액수대로 선불하도록 지시했습니다.

그는 식사를 자기 방으로 가져오도록 하고 식사가 끝나자 곧 말을 몰아 주무관을 찾아갔으나 주무관은 외출하고 없었습니다. 그는 깊은 상념에 잠긴 채 정원을 이리저리 거닐었습니다. 죽기 전까지는 모든 추억을 가슴 깊이 간직하려는 듯한 표정이었습니다.

그런데 아이들이 베르테르를 가만히 둘 리가 없었습니다. 그의 꽁무니를 쫓아다니면서 마구 덤벼들며, 내일하고 그 다음 내일, 그리고 또 한 밤만 자면 크리스마스 선물을 받으러 로테 누나한테 간다고 떠들어댔습니다. 그러고는 얼마나 좋은 선물일까 하고 상상력을 마음껏 펼치며 재잘거리는 것이었습니다.

"내일, 그리고 또 내일하고, 한 밤만 더 자면……!"

하고 베르테르는 큰소리로 말하면서 아이들에게 뜨거운 키스를 해주었습니다. 이윽고 떠나려는데 제일 어린 사내아이가 베르테르의 귀에다 입을 대고 소곤거렸습니다. 그 아이의 귀엣말인즉, 형들이 예쁜 연하장을 썼다는 것이었습니다. 아주 큼지막하게 한 장은 아빠에게 쓰고, 또 한 장은 로테 누나와 매부한테 쓰고, 그리고 베르테르 아저씨한테도 설날 아침에 한 장 드릴 작정이라고 보고하였습니다. 이 말에는 베르테르도 그만 입을 딱 벌리고 말았습니다.

그는 애들에게 각각 돈을 얼마씩 쥐어 주고 아버님께 인사를 여쭈어 달라고 말한 다음 말을 타고 눈물을 글썽이며 그 자리를 떠났습니다.

그는 오후 다섯 시쯤에 집으로 돌아왔습니다. 하녀에게 밤중까지 불을 꺼뜨리지 말라고 당부하고, 하인에게는 아래층에 있는 책이나 속옷은 아래층에서 트렁크에다 넣고, 옷은 자루에 넣어서 머리 쪽을 꿰매 두라고 일렀습니다.

그리고 나서 얼마 후에 로테에게 보내는 다음과 같은 구절의 마지막 편지를 쓴 것으로 보입니다.

당신은 내가 찾아오리라고는 미처 예상치 못했을 것입니다. 당신 말대로 나는 크리스마스 이브에나 비로소 만날 수 있으리라

고 생각했을 것입니다. 오오 로테! 그러나 오늘이 아니면 영원히
만날 기회는 없습니다. 크리스마스 이브에 당신은 이 편지를 손
에 들고 온몸을 부들부들 떨면서 가련한 눈물로 그것을 적실 것
입니다. 나는 단행하겠습니다. 아니 단행하지 않을 수 없습니다.
아아, 일단 결심을 하고 나니 얼마나 마음이 후련한지 모르겠습
니다.

  한편 로테는 이상한 감정에 사로잡히게 되었습니다. 베르테르와
마지막 이야기를 나누고 나서 그녀는 그와 헤어지는 것이 얼마나
어려운 일이며, 동시에 베르테르도 자기와 헤어지는 것이 얼마나
가슴 아픈 일인가를 절실히 느끼게 되었습니다.
  크리스마스 이브까지는 베르테르가 오지 않을 것이라는 말을 알
베르트에게도 슬쩍 비쳤습니다. 그런데 알베르트는 볼일이 있어서
이웃에 사는 어떤 고관(高官) 집에 말을 타고 가서 그날 밤은 거기서
묵고 와야만 했습니다.
  그러므로 로테는 혼자 있었습니다. 그녀의 곁에는 동생들도 없
었습니다. 그녀는 자기의 입장을 곰곰이 생각해보았습니다. 그리하
여 그녀는 현재 남편과 영원히 결합되어 있다는 사실을 새삼스럽게
깨달았습니다. 남편의 사랑과 성실성, 그리고 온순하고 믿음직스러
운 인품에 대하여는 알고도 남는 바였습니다. 따라서 자기도 진심
으로 남편을 받들고 있다는 사실에 변함이 없었습니다. 성실한 아
내라면 그에게서 인생의 행복을 마음껏 누릴 수 있도록 하늘이 미
리 정해준 것만 같았습니다. 그녀는 남편이 자기 자신과 아이들에

게 언제까지나 소중한 존재임을 절실히 느꼈던 것입니다.

한편 그녀로서는 베르테르도 소중한 존재가 아닐 수 없었습니다. 처음 사귀게 되었을 때부터 서로 의사가 상통하였으며, 오랫동안 교제해 오는 동안에 일어난 모든 일들이 그녀의 가슴속에 지울 수 없는 추억을 남겼던 것입니다. 그녀가 흥미 있게 느끼거나 생각한 것을 모두 베르테르와 공감하는 버릇이 생겨 만일 그가 자기에게서 영원히 떠나 버린다면 그녀의 마음속에는 메울 수 없는 구멍이 뚫릴 것 같았습니다.

아아, 이럴 때 베르테르가 자기 오빠라도 되었으면 그녀는 얼마나 행복했을까? 아니 그와 자기 친구를 결합시킬 수만 있어도 그와 알베르트의 사이를 종전대로 회복시킬 수 있으련만! 그녀는 자기의 친구들을 하나하나 짚어 보았습니다. 그러나 저마다 어딘가 난점이 있어서 베르테르와 어울릴 만한 친구는 하나도 찾아낼 수 없었습니다.

이렇게 여러 모로 생각해보는 동안 그녀는 비로소 베르테르를 자기 소유로 하고 싶은 것이 자기가 은밀히 바라고 있는 진정한 소원임을 뚜렷이 의식한 것은 아니지만 깊이 느끼게 되었습니다. 동시에 자기는 그를 차지할 수 없으며, 또 차지하여서도 안 된다고 자기 자신에게 타이르는 것이었습니다. 그리하여 그토록 순결하고 아름다운 마음씨를 지니고 언제나 쾌활하게 처신하던 그녀도 이제는 행복에 대한 기대를 잃고 일종의 우울증에 걸리고 말았습니다. 가슴은 죄어들고 먹구름이 눈을 덮었습니다.

어느덧 여섯 시 반쯤 되었을 때 그녀는 베르테르가 계단을 올라오는 소리를 들었습니다. 이어서 그의 발자국 소리와 자기를 찾는 목소리가 또렷이 귓전에 울려 왔습니다. 그녀는 가슴이 두근거렸습니다. 전에는 그가 찾아왔다고 해도 이런 일은 한 번도 없었습니다. 그녀는 그와 만나지 않는 것이 좋을 것 같았습니다. 그가 방에 들어서자 그녀는 당황하여 흥분한 어조로 말하였습니다.

"약속을 어기셨군요."

"나는 아무것도 약속한 일이 없는데요."

하고 베르테르는 대답하였습니다.

"약속은 안 했어도 저의 청을 들어 주셔야 하잖아요?" 하고 그녀는 항의를 하고 이렇게 말하였습니다. "저는 우리 두 사람의 평온을 위해 그렇게 청을 드렸던 거예요."

막상 이렇게 말하면서도 그녀는 자기가 무엇을 지껄이고 있는지 분명히 알 수가 없었습니다. 그리고 베르테르와 단둘이 있는 것을 피하려고 하녀를 시켜 친구들을 몇 명 부르러 보냈을 때에도 대체 자기가 무슨 짓을 하고 있는지 잘 분간할 수 없었습니다. 베르테르는 갖고 온 몇 권의 책을 내놓고 다른 책은 없느냐고 물었습니다. 그녀는 친구들이 어서 와주었으면 싶기도 하고, 아예 오지 않았으면 싶기도 하였습니다.

이윽고 하녀가 돌아와서 두 친구분이 다 볼일이 있어서 오기 어렵겠다는 전갈을 하였습니다. 로테는 하녀에게 바로 다음 방에서 뭔가 일하라고 이를까도 하였지만 다시 생각해보고 그만두었습니다.

베르테르는 방 안을 서성거리고 있었습니다. 그녀는 피아노로 미뉴에트를 치기 시작하였습니다. 그러나 어쩐지 잘 쳐지지 않았습니다. 그녀는 마음을 가다듬고 여느 때와 마찬가지로 소파에 앉은 베르테르의 곁에 가서 태연스럽게 걸터앉았습니다.

"뭐, 적당한 읽을거리라도 없습니까?"

하고 그는 물었습니다. 베르테르의 손에는 아무것도 들려 있지 않았습니다.

"왜, 선생님이 오씨안의 시를 몇 편 번역한 것이 있잖아요? 저 서랍 속에 들어 있어요. 저는 아직 읽어 보지 않았아요. 선생님이 읽어 주셨으면 하구요. 그러나 그 뒤 좋은 기회를 가질 수도 만들 수도 없었어요."

베르테르는 빙그레 웃으면서 그 원고를 꺼내어 손에 들었을 때 온몸이 자르르하였습니다. 그리고 읽으려니까 눈물이 먼저 주루룩 흘러내렸습니다. 그는 자리에 앉아 읽기 시작하였습니다.

어스름 밤하늘의 별이여! 너는 서녘에서 찬란히 반짝이며
빛나는 이마를 구름 밖으로 추켜들고
의젓이 언덕을 넘어가누나!
너는 무엇을 찾기에 거친 벌판을 눈여겨보느뇨?
사나운 바람도 자고, 멀리서 계곡 물의 속삭임이 들려온다.
출렁이는 물결은 바위를 희롱하고
파리 떼 윙윙거리며 벌판을 날아간다.
너 눈부신 빛이여! 무엇을 찾느뇨?
너는 눈웃음을 치며 흘러가는구나.

흐르는 물결은 기꺼이 너를 껴안고
사랑스런 머리칼을 씻어 주누나.
잘 가거라, 고요한 별빛이여!
어서 나타나거라, 너 오씨안의 혼이 깃든 별빛이여!
너는 힘차게 나타나누나. 세상을 떠난 벗들이 눈에 선하여라.
그들은 생존해 있던 지난날처럼 로라의 황야에 모여드누나.
핑가르는 안개에 젖은 기둥처럼 나타나고,
부하들이 그를 에워싸고 있네.
보라! 노래하는 시인들을…….
백발이 성성한 울린, 체구가 당당한 리노,
사랑스러운 가인(歌人) 알핀,
그리고 그대 고요히 탄식하는 미노나, 그대들 나의 친구여!
셀마 성의 축제일 이후 그대들은 얼마나 변하였느뇨!
그날 산들거리는 봄바람이 언덕을 넘어와 고요히 속삭이는
푸성귀를 번갈아 흩날리는 듯 서로 다투어 노래했었지.
그때 미노나는 아름다운 얼굴을 하고 나타났네.
지그시 감은 눈에는 눈물이 괸 채,
그녀 머리칼은 언덕에서 불어오는 심술궂은 바람결에 휘날리고
그녀가 아름다운 노래를 부르자 용사들의 가슴은 슬픔에 젖어
그들은 몇 번이고 살가르의 무덤을 바라보고,
살결 하얀 콜마의 어두운 집도 때때로 굽어보누나.
슬프다, 아름다운 노래를 부르던 콜마는
그 언덕 위에 버림을 받았나니, 아름다운 목소리로 탄식하는구나!

살가르는 온다고 약속했으니, 누리엔 어둠 깔렸어라.

듣거라, 언덕 위에 홀로 앉아 있는 콜마의 저 노랫소리를……

콜 마

밤이로다! 나는 홀로 비바람이 몰아치는

이 언덕에 버림을 받았노라.

바람은 산속에서 울고 냇물은 울부짖으며

바위 위를 흘러내린다.

이 언덕에 버림을 받은 나에게는 비를 피할 움막도 없구나.

달아! 어서 구름을 헤치고 나오너라.

별이여! 나타나 다오. 너의 빛으로 나를 인도하여라.

사랑하는 나의 사람에게로.

이제 그는 줄을 푼 활을 옆에 놓아 두고,

사냥개들이 킁킁거리는 곁에서 사냥에 지쳐 쉬고 있으리라.

그러나 나는 여기 개울가 바위 위에 홀로 앉아 있노라.

물결 소리, 비바람 소리만이 소란을 피울 따름,

사랑하는 그대의 목소리는 들리지 않는구나.

어찌하여 나의 살가르는 어서 오지 않느뇨?

벌써 기약을 잊었느뇨?

저기엔 바위와 나무, 여기엔 콸콸 흐르는 물결

밤이 깊어 오면 그대는 이곳에서 만나자고 했건만,

아아, 나의 살가르는 어디서 헤매느뇨?

그대 오시면 저 오만한 아버님과 오라비를 버리고
나와 함께 도망치려 했건만…….
오랜 세월을 두고
그대와 나는 적이었건만, 그대와 나는 이토록 정답도다.
아아, 살가르여!
내 목소리 골짜기를 울리며 헤매이는 그대에게 들리도록!

살가르여! 이렇게 외치는 사람은 나요.
여기 나무도 바위도 있소.
내 사랑 살가르여! 여기 내가 있소.
그대는 어이하여 오기를 망설이느뇨?
보라! 저기 달이 나타났다오. 냇물은 골짜기에 반짝이고
잿빛 바위들이 언덕 위에 솟아 있건만
그 봉우리에 그의 모습은 보이지 않고.
그가 온다고 앞장서서 꼬리치는 사냥개 한 마리 없네.
나만 홀로 여기 앉아 있어야 하누나!
저 아래 벌판에 누워 있는 사람은 누구이뇨?
혹시 사랑하는 그대일까? 아니면 내 오라비일까?

오오, 벗이여, 말하여 다오. 그대들은 대답이 없구나!
내 가슴은 이토록 설레는데, 아아, 그대들은 이미 죽었도다.
그대들의 칼은 싸움터에서 벌겋게 물들었도다.
오오, 오라비여! 어찌하여 나의 살가르를 죽였느뇨?

오오, 살가르여! 어찌하여 나의 오라비를 죽였느뇨?

그대들 둘이 다 내게는 소중한 분이었건만……

오오, 그대들은 언덕 위 수많은 기사들 중에서도

유난히 뛰어났었지.

싸움터에는 얼마나 용감하였던가!

대답해 다오. 내 목소리를 들으라.

내 사랑하는 이여, 그리운 오라비여!

아아, 그러나 그대들은 말이 없구나! 영원토록 말이 없어라!

그대들의 가슴은 흙덩이처럼 차갑구나!

아아, 언덕배기 바위에서,

비바람 몰아치는 산봉우리에서 말하여 다오. 망령들이여!

말하여 다오. 어찌 내가 두려워하리.

—그대들은 어디로 쉬러 갔느뇨?

산속 어느 동굴에서 그대들을 찾을 수 있느뇨?

바람결에 귀를 기울여도 가냘픈 목소리 하나 들리지 않고

언덕 위 비바람에 귀를 기울여도 아무 대답도 들을 수 없구나.

나는 탄식하며 여기 앉아 있노라.

나는 눈물을 머금고 아침을 기다리노라.

어서 무덤을 파헤쳐 다오, 그대들 죽은 자의 벗들이여!

그리하여 내가 갈 때까지 기다려 다오.

나의 목숨은 꿈결처럼 사라져 가노라.

어찌 나 혼자 비겁하게 살아남을 것인가?

여기 나는 친구와 함께 살리라.

바위에 부딪쳐 울부짖으며 흐르는 냇가에서.
밤이 언덕 위에 찾아오고
바람이 벌판에 몰아칠 때
나의 넋은 그 바람을 타고 그리운 친구들의 죽음을
서러워하리라.
사냥꾼들은 움막에서 내 목소리를 듣고,
두려워하면서도 귀가 솔깃하리라.
돌아간 친구들을 서러워하는 내 목소리는 감미롭고
아름답게 울리므로.
둘 다 내게는 사랑스러웠노라.
내게는 몹시도 소중한 분이었노라.
이것이 그대의 노래였노라. 오오, 미노나여!
상냥하고 수줍은 아가씨여!
우리들은 콜마를 위해 눈물 흘리고
마음은 어둠 속을 헤매었노라.
그 노랫소리 그리움에 떨고
리노의 가슴에선 불꽃이 튀었노라.
그러나 그들은 이미 좁은 무덤 속에 잠들고,
그들의 목소리는 셀마 성에서 사라졌노라.
두 용사들이 쓰러지기 전에 울린은 사냥에서 돌아와
언덕 위에서 둘이 다투어 부르던 노래를 들었노라.
부드럽고 서러운 그들의 노래를, 두 사람은 용사 중의 용사,
용감한 모라르의 죽음을 슬퍼하는 노래를……

그의 영혼은 핑가르의 그것과 같았노라.

그의 칼은 오스카르의 그것과 같았노라.

그러나 그는 싸우다 죽었도다.

어버이는 슬픔에 잠기고 누이는 눈물을 흘렸노라. 용감한

모라르의 누이 미노나의 눈에서는 눈물이 비오듯 하였노라.

미노나는 울린의 노래가 들려오자 물러갔노라. 비바람을

예측하고 아름다운 얼굴을 구름 속에 감추는

서녁 하늘의 달과도 같이…….

나는 그 구슬픈 노랫소리에 울린과 함께 류트를 탔노라.

리노의 노래

바람도 비도 사라졌도다.

하늘은 맑게 개고 구름은 흩어졌도다.

멈출 줄 모르는 태양은 피해 가면서 언덕 위를 비추어 주고,

혼탁한 산여울은 빨갛게 물들고 골짜기를 치닫는도다.

너 흐르는 물결이여! 아름답구나, 너의 지저귐 소리.

그러나 내 귀에 들려오는 저 목소리는 더욱 아름답구나.

저 알핀의 목소리는…….

그는 죽은 이들을 슬퍼하고 있도다.

그는 늙어서 머리는 수그러지고 눈두덩은 불그스레하구나.

알핀이여! 너 슬기로운 가인(歌人)이여! 어찌하여 말없이 언덕

위에 홀로 섰느뇨?

숲속을 스쳐가는 바람결처럼 저 멀리 거친 해변의 물결처럼

어찌하여 그대는 서러워만 하느뇨?

알핀의 노래

리노여! 나의 눈물은 죽은 자들을 애도하고

나의 노래는 무덤 속에 잠든 자들을 서러워한다.

언덕 위에 서 있는 그대의 모습은 날씬하기가 이를 데 없고

거친 벌판에서 아이들이 에워싼 그대 얼굴은

아름답기 짝이 없구나.

그러나 그대도 모라르처럼 쓰러지고 말 것이다.

그대의 무덤 옆에는 이윽고 애도하는 벗들이

모여 앉을 것이며, 언덕은 그대를 잊을 것이다.

그대의 활은 시위도 메기지 않은 채 방안에 걸려질 것이다.

오오, 모라르여! 그대는 언덕 위의 노루처럼 재빠르고,

밤하늘의 불길처럼 사나웠도다.

그대의 분노는 폭풍우 같았고,

그대의 칼은 능히 황야의 번갯불일 수 있었도다.

그대의 목소리는 비 내린 후의 산여울이었고,

아득한 언덕 위의 우레 소리였도다.

수많은 전사들이 그대의 손에 쓰러지고,

그대의 분노의 불길은 그들을 삼켰도다.

그러나 그대가 싸움터에서 돌아왔을 때

그대의 이마에는 평화가 깃들어 있었도다.

그대의 얼굴은 소나기가 내린 후의 태양과 같았고,

고요한 밤하늘의 달과 같았도다.

그대의 가슴은 폭풍이 그친 뒤의 호수처럼 고요했도다.
이제 그대의 집은 비좁기 그지없고,
그대의 잠자리는 어둡기 한이 없구나.
나는 단지 세 걸음으로 그대의 무덤을 잴 수 있노라.
오오, 위대한 지난날의 그대여!
이끼 낀 네 개의 망두석이 그대의 유일한 기념물이로다!
잎이 떨어진 나무여! 바람에 나부끼는 푸성귀들이
사냥꾼들에게 모라르의 무덤을 가리키고 있네.
그대에게는 죽음을 슬퍼하는 어머니도 없고,
사랑의 눈물을 뿌릴 애인도 없구나.
그대를 낳은 분은 세상을 떠났고,
모르그란의 딸도 이미 숨졌도다.

거기, 지팡이에 의지하고 있는 자 누구뇨?
늙어서 백발이 성성한 머리를 이고,
눈물로 눈자위가 붉게 물든 자 누구뇨?
오오, 모라르여! 그대밖에는 자식이 없는
바로 그대의 아버지로다!
그는 싸움터에서 그대의 명성을 들었도다.
적이 그대에게 쫓겨 사방으로 흩어져 갔다는 소문을 들었도다.
아아, 그러나 그의 상처에 대해서는 미처 못 들었던가?
통곡하라! 모라르의 아버지여, 통곡을 하라!
그러나 당신의 아들은 그 통곡 소리를 듣지 못하리.

죽은 자는 깊이 잠들고 그 흙 베개는 얕으니라.
외쳐도 들리지 않고 불러도 잠을 깨지 않으리.
오오, 그 어느 날 무덤에도 밝은 아침이 찾아와
잠든 자에게 외칠 것인가? '어서 잠을 깨라' 고.
안녕! 세상에서 가장 고귀한 자여!
그대 싸움터의 정복자여!
그러나 이제 싸움에서 그대를 찾아볼 수 없고
우거진 숲이 그대의 검에 번쩍이는 날이 없으리.
그대는 자손도 두지 않았건만
노랫소리가 그대의 이름을 전하고
후세 사람들은 듣게 되리라, 그대의 이야기를……
싸움터에서 쓰러진 그대 모라르의 이야기를……

용사들은 소리 내어 슬퍼하였노라. 그 가운데에서도
아르민의 찢어질 듯한 한숨 소리가 가장 컸노라.
이는 아들의 죽음을 생각해서였으니, 아르민은 젊은 나이에
싸움터에서 쓰러진 아들의 죽음을 다시 생각하였노라.
이름만 갈마르의 영주 카르모르도 용사 아르민의
곁에 앉아 있었노라.
"어찌하여 아르민은 슬피 우느뇨?"
하고 그는 말을 이었노라.
"울어야 할 까닭이 무엇인고?"
즐거운 노랫소리 들려오지 않느뇨?

그 노래는 호수에서 피어올라 산골짜기에 퍼지는 안개와 같고
그 물기는 능히 꽃봉오리를 피어나게 하리.
그러나 이윽고 태양이 솟아오르면 안개는 걷히게 마련이로다.
그대는 어찌하여 그토록 슬퍼하느뇨?
아르민이여! 바다로 둘러싸인 고르마의 지배자여!
“나는 슬픔에 젖어 있노라.”
그도 그럴 것이 내 슬픔의 내력은 결코 짧지 않노라.
카르모르여! 그대는 아들도 잃은 적이 없고
꽃다운 따님도 잃은 적이 없도다.
용감한 아들 콜가르는 아직 생존해 있고
아리따운 딸 아닐라도 살아 있도다.
그대 집안의 나무에는 잎이 무성하도다.
오오, 카르모르여!
그러나 아르민은 그 집 마지막 자손이었노라.
오오, 내 딸 다우라여!
너의 잠자리는 캄캄하기만 하구나!
너는 무덤 속에 영원히 잠들었구나!
너는 언제 잠에서 깨어나 아름다운 노래를 부를 것인가?
불어 다오, 가을 바람이여!
불어라, 어두운 벌판을 몰아치거라.
숲속을 흐르는 거센 물결이여! 줄기차게 흘러라.
비바람이여! 울부짖어라, 떡갈나무 가지에
오오, 달이여!

구름장을 헤치고 너의 파란 얼굴을 나타내어라.
나의 자식들이 죽어간 그 무서운
밤을 나에게 생각나게 하여라.
용감한 아린달이 쓰러지고
귀여운 다우라가 숨진 그 밤을 나에게 상기시켜 다오.
다우라여, 나의 귀여운 딸아! 너는 아름다웠노라!
푸라의 언덕 위에 걸린 달처럼 아름답고, 내리는 눈처럼 희고
숨쉬는 산들바람처럼 향기로웠노라!
나의 아들 아린달이여!
그대의 활은 억세고 그대의 창은 날쌔고
그대의 눈초리는 파도 위의 서릿발.
그대의 방패는 폭풍 속의 불기둥이었노라.
전쟁으로 이름을 떨친 아르마르가 찾아와
다우라의 사랑을 구하자,
그녀는 오래 거절하지 못하더라.
이들의 미래를 염려해 주는 벗들의 소망은 아름다웠도다.
그러나 오드갈의 아들 에라트는
형이 아르마르의 손에 죽음을 당하자
원한을 품고 뱃사공으로 가장하여 찾아왔나니,
파도를 헤쳐 가는 그의 배는 아름답기 그지없고
백발을 띤 위엄 있는 얼굴엔 침묵이 감돌았도다.
"아름다운 아가씨여! 아르민의 귀여운 딸이여!
저 바다 한복판 바위 기슭과 나무에서

붉은 열매가 반짝이는 곳

거기 아르마르 그대를 기다리고 있다네. 나는 왔노라.

사나운 바다 건너 그의 애인을 인도하려고……."

라고 그가 말하자 곧 처녀는 그를 따라섰도다.

그리고 아르마르의 이름을 부르며 소리쳤도다.

그러나 응답하는 것은 오직 바위뿐.

"아르마르여! 그리운 그대여, 사랑하는 그대여!

어찌하여 그대는 나를 이토록 괴롭히느뇨?

아르나르트의 아들이여, 들으라!

그대를 부르는 것은 다우라로다."

배신자 에라트는 고소(苦笑)를 머금고 뭍으로 도망쳤도다.

"아린달! 아르민! 다우라를 구해줄 자는 어디 있느뇨!"

하고 그녀는 아버지와 오라비를 소리 높이 부르니

그 목소리 바다를 건너왔도다.

그때 사냥에 신이 나 언덕을 뛰어내려온 나의 아들,

아린달의 허리춤에서는 화살이 철썩거리고

손에는 활이 쥐어 있었고 주위에는 털이 거무스름한

사냥개 다섯 마리가 꼬리치고 있었도다.

그는 담이 큰 에라트를 기슭에서 발견하자, 곧 덜미를 잡아

떡갈나무에 얽어매고 허리를 친친 감았도다.

붙잡힌 에라트는 바람결에 신음 소리를 내고

아린달은 다우라를 데려오려고 조각배를 바다에 띄웠도다.

아르마르는 격분한 나머지 뛰어와

잿빛 깃털을 매단 화살을 쏘았나니

윙 하고 날아간 화살은 너의 가슴에 박혔구나.

오오, 아린달이여! 나의 아들이여!

배신자 에라트 대신에 네가 죽었구나!

조각배는 바위에 닿고 그는 저기 쓰러졌도다.

오오, 다우라여! 그대의 발밑에 오라비의 피가 흘렀도다.

그대는 얼마나 원통했던가?

조각배가 파도에 산산이 부서지자

아르마르는 바다에 뛰어들었도다, 죽든 살든

다우라를 살리기 위해……

돌개바람이 물결 위로 휘몰아치자

아르마르는 영원히 물 속에 가라앉아 버리고

다시는 떠오르지 않았도다.

나는 들었노라, 파도에 씻기는 바위 위에서

내 딸의 울음소리를……

몸부림치며 외치는 그 소리를 듣고서도

이 아버지에게는 딸을 구할 기력이 없었도다.

나는 밤새껏 바다 기슭에 서서 희미한 달빛 속에 딸의 얼굴을

보았노라, 나는 밤새도록 딸의 울음소리를 들었노라.

바람 소리 거세고 비는 산허리를 때리는,

동이 틀 무렵엔 그 울음소리가 한결 약해지더니

바위 틈의 수풀을 스치고 지나가는

저녁 바람인 양 숨겨 버렸도다.
가지가지 슬픔을 안은 채 그녀는 죽어 가고
이 아르민만을 홀로 남기고!
싸움터에서 내 패기는 꺾기고
처녀들 사이에서 내 위신은 땅에 떨어졌도다.

산에 회오리가 불어닥칠 때
북풍이 거센 파도를 말아 올릴 때
나는 울부짖는 바다 기슭에 하염없이 앉아
그 무서운 바위를 바라보노라.
기울어지는 달그림자 속에 나는 때때로 보노라.
자식들의 넋을……
희미한 달빛 속을
그들은 슬프게도 다정스레 짝을 지어 떠돌아다니노라.

　로테의 눈에서는 눈물이 흘러내렸습니다. 그녀의 답답한 가슴을 씻어 주는 눈물과 함께 베르테르의 시 낭독은 그만 중단되었습니다.
　그는 원고지를 집어던지고 로테의 손을 꽉 쥐고 흐느껴 울었습니다. 로테는 다른 손으로 손수건을 꺼내어 눈을 가렸습니다. 두 사람은 크게 감동하였던 것입니다. 그리하여 이들은 그 고귀한 사람들의 운명 속에서 자신들의 불행을 찾아보고 서로 공감하여 눈물과 눈물이 한데 엉켜 흘렀습니다.
　베르테르의 입술과 눈은 로테의 팔에서 불타올랐습니다. 동시에

그녀는 온몸이 찌르르하였습니다. 그녀는 몸을 피하려고 하였습니다. 순간 괴로움과 동정심이 납덩이처럼 그녀를 휩싸고 온몸을 가눌 수가 없었습니다. 그녀는 한숨을 몰아쉬며 정신을 차려 흐느끼면서 다음을 계속 읽어 달라고 부탁했습니다.

그녀의 목소리는 마치 하늘에서 들려오는 듯하였습니다. 베르테르는 온몸이 덜덜 떨리면서 가슴이 찢어질 듯하였습니다. 그는 종이쪽지를 다시 집어 들고 더듬거리며 읽기 시작하였습니다.

봄바람이여! 어찌하여 너는 나를 깨우느뇨?

너는 정답게 소곤거리는구나.

"나는 하늘의 물방울로 그대를 적셔 주노라."라고.

그러나 내가 시들어 버릴 때도 가까웠노라.

내 잎사귀들을 떨어뜨릴 폭풍우는 가까이 불어오도다.

내일이면 찾아오리라.

일찍이 내가 젊고 아름답던 지난날의 나를 본 나그네가……

그는 나를 찾아 벌판을 헤매리라.

그러나 나를 찾아내지 못하리.

이 시구의 거센 힘이 베르테르의 마음을 압도하고 말았습니다. 그는 절망에 사로잡힌 채 로테 앞에 몸을 내던졌습니다. 그리고 그녀의 두 손을 붙잡아 자기의 눈두덩과 이마에 눌러대었습니다. 그러자 베르테르의 무서운 계획에 대한 예감이 그녀의 머리를 스치고 지나갔습니다. 그녀의 감각은 혼란 상태에 빠졌습니다. 그녀는 베르테르의 두 손을 자기 가슴에 대고 슬픈 표정을 지으며 그에게 몸을 굽혔습니다. 빨갛게 상기된 두 사람의 뺨과 뺨이 서로 닿았습니다. 그들에게는 이 세계가 송두리째 멀리 사라져 버렸습니다. 베르테르는 팔로 그녀의 허리를 휘감아 그녀를 껴안고 떨고 있는 그녀의 입술에 미친 듯이 키스를 퍼부었습니다.

"베르테르 씨!"

하고 그녀는 얼굴을 돌리면서 숨 막히는 듯한 외마디 소리로 외쳤습니다.

"베르테르 씨!"

그녀는 맥 풀린 손으로 자기의 가슴에서 그를 떠다밀었습니다.

"베르테르 씨!"

그녀는 고귀한 감정이 깃들인 침착한 어조로 외쳤습니다. 베르테르는 거역할 수 없어 그녀를 팔에서 풀어 주고 힘없이 그녀 앞에 쓰러졌습니다. 그녀는 뿌리치듯 일어나 애정인지 분노인지 분간할 수 없는 산란한 마음으로 온몸을 떨면서 이렇게 말하였습니다.

"베르테르 씨! 이것으로 마지막이에요. 이제 다시는 만나지 않겠어요."

그러고는 그 불쌍한 친구에게 애정이 넘치는 눈길을 보내면서 옆방으로 뛰어들어가 문을 잠가 버렸습니다. 베르테르는 그녀의 등 뒤에서 두 팔을 내밀기는 하였으나 차마 그녀를 붙잡지는 못하였습니다. 그는 소파에 머리를 기대고 땅바닥에 쓰러진 채 실신한 사람처럼 반시간이나 그대로 있었습니다. 그러다가 웬 인기척에 그는 다시 제정신으로 돌아왔습니다. 하녀가 식사 준비를 하려고 들어왔던 것입니다. 베르테르는 방 안을 이리저리 서성거렸습니다.

하녀가 사라지자 조그마한 옆방 문 앞에 가서 나직한 목소리로 불렀습니다.

"로테! 로테! 꼭 한 마디만 하겠소. 작별 인사만이라도."

그녀는 잠자코 있었습니다. 베르테르는 한동안 기다려 보았습니다. 그는 거듭 간청을 하고 간청을 하고 다시 기다렸습니다. 이윽고 그는 훌쩍 문어귀에서 떨어져 나오면서,

"안녕, 로테! 영원히 잘 있어요!"

하고 소리쳤습니다.

그는 거리의 성문까지 걸어왔습니다. 문지기는 전부터 얼굴을 아는 처지라 아무 말 없이 그를 통과시켜 주었습니다. 하늘에서는 진눈깨비가 쏟아지고 있었습니다.

베르테르는 11시경이 되어서 다시금 성문을 두드렸습니다. 그가 집에 돌아왔을 때 하인은 베르테르가 모자를 밖에 두고 온 것을 알아차렸습니다. 그러나 쓸데없는 참견을 할 엄두가 나질 않아 잠자코 주인의 옷을 벗겼습니다. 옷은 흠뻑 젖어 있었습니다. 모자는 며칠 후 골짜기가 내려다 보이는 언덕 허리의 바위 위에서 발견되었습니다. 비가 쏟아지는 캄캄한 밤에 굴러떨어지지 않고 바위 위로 어떻게 그가 올라갈 수 있었는지 이상하게 여겨집니다.

베르테르는 침대에서 한숨 푹 잤습니다. 이튿날 아침에 시키는 대로 하인이 커피를 끓여 가지고 방에 들어가 보니 그는 글을 쓰고 있었습니다. 그것은 로테에게 보내는 다음과 같은 편지였습니다.

드디어 마지막입니다. 아침에 내가 눈을 뜨는 것도 이것이 마지막입니다. 이 눈은 아아, 이제 더는 햇빛을 볼 수 없을 것입니다. 오늘은 날씨가 흐리고 안개까지 끼어 있어 태양이 가려져 있습니다……자, 슬퍼해 다오. 자연이여! 너의 아들, 너의 친구, 너의 애인이 마지막 순간에 이르고 있다.

로테! 이것이 마지막 아침이라고 자기에게 다짐해 보는 이것은 무엇이라 표현할 수 없는 심정입니다. 어렴풋한 꿈결에 가깝다고나 할까? 마지막 아침! 로테, 나는 이 마지막이라는 의미를 알 수 없습니다. 나는 지금 이렇게 기운이 넘치고 있지 않습니까? 그런데 내일이면 수족을 축 늘어뜨리고 바닥에 누워 있을 것입니다.

죽음─그것은 무엇을 의미할까요? 이 죽음에 대하여 무슨 설명을 한다고 해도 그것은 한낱 잠꼬대에 불과할 것입니다. 나는 사람들이 죽는 것을 여러 번 보았습니다. 인간의 능력이란 극히 제한되어 있어 삶의 처음과 끝에 대해서는 전혀 알 도리가 없는 것입니다.

나는 아직도 나의 것입니다. 아니, 당신의 것입니다. 그렇지요. 아아, 사랑하는 로테여! 그런데 이 몸뚱이가 한순간에 헤어지고……떨어져 버리다니……. 그것도 영원히…….

그런 일이, 로테! 그런 일이 있을 수 있을까요? 어떻게 내가 없어져 버릴 수 있단 말이오? 우리는 이렇게 엄연히 살아 있지 않나요? 그런데 사라져 버리다니……그것은 대체 무엇을 의미하는 것일까요? 그것은 어디까지나 말에 불과합니다. 하나의 공허한 목 울림에 불과하지요. 그러므로 나에게는 아무런 반응도 주지 않습니다. 죽음! 로테! 내가 차디찬 흙 속에 묻히다니……그 갑갑한 곳에, 그 어두운 곳에……

나에게는 여자 친구 한 사람이 있었습니다. 그녀는 나의 고독한 소년 시절부터 내게는 무엇보다도 소중한 존재였습니다. 그런데 그녀가 죽었습니다. 나는 유해를 따라 묘지까지 갔었습니다. 구덩이에 관을 내려 놓고 밑에서 밧줄을 뺐습니다.

첫 번째 삽이 흙을 떠 얹으니까 관 뚜껑이 불안한 듯이 둔한 소리를 내었습니다. 그러나 계속하여 삽질을 하는 동안 그 둔한 소리는 점점 약해졌습니다. 결국 관은 다 묻혀 버리고 말았습니다. 나는 그만 무덤 옆에 쓰러져 버렸습니다. 나의 가장 깊은 내면 세계가 덜미를 잡혀 휘청거리고 결박을 당하고 갈가리 찢겨졌습니다

그리하여 나는 어떤 일이 일어났는지 또 앞으로 어떤 일이 일어날지 전혀 알 도리가 없었습니다. 죽음! 그리고 무덤! 이런 말들을 나는 이해할 도리가 없습니다.

아아, 어제 일을 용서하십시오! 거듭 용서하시오! 그것이 내 인생의 마지막 순간이어야 할 것인데! 오오, 나의 천사여! 처음으로, 생전 처음으로 의심의 그림자도 없이 나의 깊은 마음속을 꿰뚫어 당신은 나를 사랑한다! 나를 사랑한다는 기쁨의 정이 내 마음의 맨 밑바닥으로부터 활활 타올랐습니다. 당신의 입술에서 흘러나온 그 거룩한 불꽃은 아직도 내 입술에서 타고 있습니다. 그리고 뜨거운 환희가 내 가슴속에 넘쳐흐르고 있습니다. 용서하시오! 나를 용서해 주시오!

아아, 나는 당신이 나를 사랑하고 있는 줄 분명히 알고 있었습니다. 그 정이 어린 첫 눈길에서 처음 나눈 악수에서 나는 그것을 알게

되었습니다.

그러나 내가 당신과 떨어져 있을 때나 알베르트가 당신 곁에 있는 것을 보았을 때 나는 다시 열병 같은 의혹으로 기가 죽었습니다.

당신은 그 거북한 회합에서 나에게 말을 건넬 수도 손을 내밀수도 없었을 때 당신은 나에게 한 송이 꽃을 보내 주셨다는 사실을 기억하십니까? 아아, 그 꽃송이 앞에 나는 무릎을 꿇고 밤새도록 묵묵히 앉아 있었습니다. 당신의 사랑을 나에게 입증하는 꽃이었으니까요. 그러나 아아, 그런 인상도 이제 사라져 버리고 말았습니다. 마치 믿음이 두터운 신자에게 증거로서 보여준 신의 은총에 대한 감격이 신자의 마음에서 점점 희미해지듯이……

이 모든 것은 허무한 것입니다. 그러나 어제 내가 당신의 입술에서 맛보고, 지금 내 가슴속에서 불타오르고 있는 이 생명은 영원히 사라지지 않을 것입니다. 당신은 나를 사랑하고 있습니다! 나는 이 팔로 당신을 껴안고 이 입술이 당신의 입술에 부딪쳐 바르르 떨었던 것입니다. 당신은 나의 것입니다! 그렇습니다. 로테! 영원토록.

알베르트가 당신의 남편이라는 것은 무엇을 의미할까요? 남편! 그것은 다만 이 세상에서의 이야기가 아닐까요? 이 세상에서 내가 당신을 사랑하고 알베르트의 품에서 당신을 빼앗는다는 것은 죄가 될 테지요. 죄? 좋습니다. 나는 그 형벌을 나 자신에게 내리려고 합니다. 나는 그 죄가 가져다주는 천국의 기쁨을 남김없이 맛보고 생명의 향유(香油)와 권능을 내 가슴속에 들이켰습니다. 당신은 이 순간부터 나의 것입니다. 암, 그렇고 말고!

오오, 로테여! 나는 먼저 갑니다. 나의 아버지 곁으로 그리고 당신의 아버지 곁으로 가서 하소연 하렵니다. 아마 하늘에 계신 아버지는 당신이 올 때까지 나를 위로해 주실 테지요. 당신이 오면 나는 뛰어가 당신의 손을 잡고 전능하신 하나님이 보시는 앞에서 당신을 포옹하고 당신 곁을 떠나지 않으렵니다.

나는 꿈을 꾸고 있는 것이 아닙니다. 환상을 그리고 있는 것도 아닙니다. 마지막 무덤길에 와서 내 마음은 더욱 맑아졌습니다. 우리는 언젠가는 저세상에 가게 마련입니다. 저세상에 가서 다시 만나게 될 것입니다! 당신의 어머니도 만날 테지요. 나는 당신의 어머니를 반드시 찾아내렵니다. 아아, 그리하여 그 어머님께 내 심정을 모조리 털어 놓으렵니다! 당신을 꼭 닮으신 어머님께…….

밤 11시경에 베르테르는 하인에게 알베르트가 돌아왔느냐고 물었습니다. 하인은 그가 말을 끌고 저쪽으로 가는 것을 보았다고 대답했습니다. 그러자 베르테르는 다음과 같은 내용의 쪽지를 하인에게 주었습니다.

여행을 하려고 하는데 권총을 빌려 주실 수 없을까요? 부디 안녕히 계시기를 …….

사랑스러운 로테는 그 전날 밤을 거의 뜬눈으로 보냈습니다. 그녀가 두려워하던 일이 드디어 일어나게 된 것입니다. 그것도 예견할 수도 짐작할 수도 없는 그러한 형태로 일어나고 말았던 것입니다. 평소에는 그렇게 맑게 흘러내리던 피가 마치 열병에라도 걸린 듯이 부글부글 끓어오르고 오만 가지 생각으로 하여 아름다운 심장은 뒤죽박죽이 되었습니다. 그녀가 가슴 깊이 느끼고 있는 것은 베르테르의 포옹에서 일어난 불길이었을까요? 아니면 그의 뻔뻔스런 태도에 대한 분노였을까요? 이도 저도 아니라면 그녀가 놓여 있는 현재의 위치와 아무 거리낌 없는 순진성과 자기 자신에의 신뢰감에 의존하여 살아 오던 지난날을 비교해 보고 느끼는 불만이었을까요?

그녀는 남편을 어떻게 맞아들여야 할까 하고 생각해보았습니다. 남편에게 사실 그대로 고백해도 뒤가 켱기는 일은 없지만 막상 고백한다는 것은 마음 꺼리는 사건이어서 어떻게 고백해야 하는 것이 좋을까? 게다가 그들 부부는 베르테르의 문제에 대해서는 오랫동안 침묵을 지켜 왔던 것입니다. 로테가 그 침묵을 먼저 깨뜨리고 이렇게 공교로울 때 그런 어처구니없는 이야기를 남편에게 고백해도 좋을까? 베르테르가 찾아왔었다는 사실 하나만 알려 주어도 불쾌하게 생각하지 않을까 싶어 걱정이 되는데 그런 추태를 벌였다는 말을 어떻게 감히 할 수 있으랴! 남편이 끝까지 자기를 정당한 눈으로 보고 조금도 어떤 선입견을 갖지 않으리라고 과연 기대할 수 있을까?

그러나 그녀는 여태까지 남편에게 수정같이 혹은 투명한 유리처럼 언제나 솔직히 아무 거리낌 없는 태도를 취해 왔고 마음속에 생각한 것은 무엇 하나 남편에게 숨긴 일도 없었고 숨기지도 못하지 않았는가? 로테는 이 생각 저 생각으로 걱정이 태산 같았습니다. 드디어 그녀는 곤혹에 빠지고 말았습니다.

　그녀는 이제 완전히 놓쳐 버린 베르테르에 대하여 생각해보았습니다. 그를 잃는다는 것은 너무나 괴로운 일이었지만 그대로 보아 넘길 수밖에 없었습니다.

　그러나 나를 잃어버린 베르테르에게는 아무것도 남는 것이 없지 않을까?

　그녀는 그 동안 의식할 수는 없었으나 남편과의 사이에 깊이 뿌리박고 있던 갈등이 이때 얼마나 가슴을 압박했는지 모릅니다! 그렇게 분별 있고 선량한 사람들끼리 눈에 보이지 않는 어떤 견해 차이로 피차가 침묵을 지키면서 서로 자기가 옳고 상대방이 나쁘다고 생각해 왔던 것입니다. 이러한 사태는 날로 얽히고 설켜 위태로운 순간에 이르러서도 멍울진 그 매듭을 풀지 못했던 것입니다. 다행히 두터운 애정으로 하여 두 사람이 본래대로 가까이 지냈다면 그리고 서로의 애정과 관용을 더 굳게 했다면 또한 서로가 속 시원히 흉금을 털어 놓았다면 아마도 이 친구들은 구제되었을지도 모릅니다.

　게다가 또 한 가지 특수한 사정이 곁들여지게 되었습니다. 즉 베르테르가 보낸 편지로 알 수 있듯이 그는 이 세상을 하직하고 싶다는 점을 숨기지 않았던 것입니다. 그런데 알베르트는 그의 이러한 견해를 공박해 왔습니다. 로테와도 이 점에 대하여 남편과 이야기를 나눈 일이 있었는데 알베르트는 자살 행위에 대해선 큰 반감을 품고 있었으며, 여느 때는 그의 성격에 전혀 없었던 신경질까지 부리면서 그러한 의도가 진지한 것인지 의심할 이유가 있다고 말했던 것이었습니다. 뿐만 아니라 다소 농담 비슷이, 그것은 전혀 믿을 수 없는 일이라고까지 로테에게 말했던 것입니다.

이러한 남편의 말은, 한편 로테가 그런 끔찍한 광경을 머릿속에 그릴 때에는 어느 정도 위로가 되었습니다. 동시에 그녀는 그런 남편의 태도 때문에 자기를 괴롭히고 있는 걱정을 남편에게 털어 놓기가 더욱 어려웠던 것입니다.

알베르트가 돌아왔습니다. 로테는 당황하여 급히 남편을 맞아들였습니다. 알베르트는 기분이 좋지 않았습니다. 일이 뜻대로 되지 않았던 것입니다. 근처에 사는 그 고관이라는 자를 만나 보니 완고하고 소심한 위인이었습니다. 게다가 오고가는 도로가 나빴던 것도 그를 불쾌하게 만든 원인의 하나였습니다.

별일이 없었느냐고 묻는 남편의 말에 로테는 얼결에 베르테르가 어젯저녁에 왔었다고 대답하였습니다. 그는 다시 어디서 편지 온 것이 없느냐고 물었습니다. 편지 한 통 하고 소포가 자기 방에 놓여 있다는 말을 듣고 그는 방으로 가버렸습니다. 그녀는 혼자 남게 되었습니다. 사랑하고 존경하는 남편의 곁에 있다는 것이 그녀에게 새로운 감정을 주었습니다. 남편의 고결한 마음씨와 애정과 친절을 생각하니 한결 마음이 진정되었습니다. 그는 문득 남편한테로 가보고 싶어 일감을 손에 들고 그의 방으로 갔습니다. 이것은 전에도 흔히 있었던 일입니다. 남편은 소포를 끄르고 동봉한 편지를 읽고 있었습니다. 그 가운데에는 몇 가지 비위에 거슬리는 대목도 있는 눈치였습니다. 로테가 몇 마디 묻는 말에 그는 간단히 대꾸하고 책상 앞에 앉아 무엇인가 쓰기 시작하였습니다.

이들은 한 시간쯤 이렇게 한 방에 같이 있었습니다. 로테는 점점 마음이 무거워졌습니다. 설사 남편의 기분이 좋은 때라고 하더라도 지금의 꺼림칙한 마음을 남편에게 고백한다는 것은 여간 어려운 일이 아니라고 느꼈던 것입니다. 그녀는 슬펐습니다. 그 슬픔을 감추기 위해 흘러내리는 눈물을 억제하려고 하면 할수록 더욱 마음이 불안해졌습니다.

그때 베르테르가 심부름 보낸 소년이 찾아왔습니다.

그녀는 몹시 당황했습니다. 그 소년은 갖고 온 쪽지를 알베르트에게 전했습니다. 그는 태연하게 로테를 바라보면서,

"이 사람에게 권총을 내주구려."

하고는 소년에게 이렇게 말했습니다.

"무사히 잘 다녀오기 바란다고 주인 양반에게 전해 주게."

로테는 번갯불에라도 얻어맞은 듯한 충격을 받고 휘청거리며 자리에서 일어섰습니다. 자기가 뭘 하고 있는지 자기도 알 수 없었습니다. 그녀는 천천히 벽 앞으로 걸어가 떨리는 손으로 권총을 꺼내 먼지를 털었습니다. 그리고 망설였습니다. 만일 남편이 의아스러운 눈초리로 바라보며 재촉하지 않았다면 더 오래 머뭇거리고 있었을 것입니다. 로테는 아무 말도 못 하고 그 소년에게 그 불길한 무기를 내주었습니다. 소년이 집에서 나가 버리자 그녀는 일감을 집어 가지고 자기 방으로 돌아왔습니다. 뭐라 말할 수 없는 불안한 심정이었습니다. 그리고 필경 무서운 일이 일어날 것만 같은 예감이 들었습니다. 그녀는 남편의 발밑에 엎드려 어젯밤 일도 자기가 잘못했다는 것도 차라리 모두 고백할까 하는 생각도 해보았습니다. 그러

나 그렇게 한들 별로 소용이 있을 성싶지 않았습니다. 더구나 남편을 설득하여 베르테르한테 가게 한다는 것은 엄두도 낼 수 없는 일이라고 생각하였습니다.

식사 준비가 다 되었습니다. 마침 로테의 마음씨 좋은 친구 하나가 잠깐 무엇을 물으러 왔습니다. 그녀가 곧 돌아가려다가 그대로 머물러 주었기 때문에 식사 때는 덕분에 분위기가 한결 부드러웠습니다. 식사를 하는 동안 이리저리 화제를 돌리면서 불안을 잊을 수 있었습니다.

소년은 권총을 가지고 돌아왔습니다. 베르테르는 로테가 내주더라는 말을 듣고 미친 듯이 좋아하며 받았습니다. 그는 소년에게 빵과 포도주를 가져다 식사를 하라고 이르고 자기는 자리에서 앉아 편지를 쓰기 시작하였습니다.

권총은 당신의 손을 거쳐 내 손에 들어왔습니다. 당신은 권총의 먼지를 털어 주셨다지요? 나는 천 번이나 그 권총에 입을 맞췄습니다. 당신이 만졌던 물건이니까요. 하늘의 정령이시여! 그대는 이렇게 내 결심을 북돋워 주었습니다. 그리고 로테여! 당신이 이 무기를 내게 주신 것입니다. 실은 당신의 손에서 죽기를 원하였습니다. 아아, 이제 이렇게 받게 되었군요. 나는 심부름 보낸 소년에게 꼬치꼬치 물었습니다. 당신은 권총을 내줄 때 떨고 있었다지요! 잘 가란 말 한 마디 없이……. 너무합니다. 설마 나를 영원히 당신과 결합시킨 그 순간 때문은 아니겠지요? 그 때문에 나에게서 마음의 문을 닫아 버리는 것은 아니겠지요?

로테! 천 년이 지나도 그때의 인상은 고스란히 남을 것입니다! 그리고 나는 알고 있습니다. 이렇게까지 당신을 위해 마음을 불사르고 있는 사나이를 당신은 결코 미워할 수 없을 것이라고.

식사가 끝나자 베르테르는 소년에게 모든 짐을 남김없이 꾸리게 하고 많은 서류를 찢어 버렸습니다. 그리고 밖에 나가 아직도 남아 있는 자질구레한 빚을 다 갚아 버렸습니다. 일단 집에 돌아왔다가 비가 오는데도 다시 밖으로 뛰어나가 백작댁 정원과 그 주위를 이리저리 헤맸습니다.

이윽고 어둠이 찾아들 무렵 집으로 돌아와 친구에게 다음과 같은 편지를 썼습니다.

빌헬름! 마지막으로 들과 숲과 하늘을 보고 돌아왔소. 그럼 잘 있소. 어머니, 용서해 주십시오. 우리 어머니를 위로해 주시오! 빌헬름, 하나님께서 당신들에게 축복을 내리시기를! 내 물건은 전부 정리해 놓았소. 부디 안녕! 우리는 더욱 기쁜 얼굴로 다시 만나게 될 거요.

알베르트 씨! 당신에게는 그 동안 여러 가지로 미안합니다. 용서해 주시오. 나는 당신 가정의 평화를 방해하고 당신네들 부부 사이에 불신의 씨를 뿌려 왔습니다. 안녕히 계십시오. 이제 끝장을 내려고 합니다. 오오, 나는 죽음으로써 당신네들의 행복을 빌겠습니다. 알베르트 씨! 그 천사를 행복하게 해주십시오! 하나님의 축복이 당신에게 내리시기를!

베르테르는 그날 밤 많은 서류를 난로에 집어넣고 남은 몇 개의 서류 보따리는 빌헬름 앞으로 봉인을 하여 부치기로 하였습니다.

그 속에는 짤막한 논문과 단편적인 감상문도 들어 있었습니다. 밤 10시쯤 해서 베르테르는 하인에게 불을 더 지피도록 이르고 포도주를 한 병 가져 오게 한 다음 하인더러 자라고 하였습니다. 하인의 방은 문지기의 방과 마찬가지로 뒤쪽에 있었습니다. 하인은 옷을 입은 채 자리에 누웠습니다. 내일 아침 일찍 일어나기 위해서였습니다. 베르테르가 아침 6시 전에 우편 마차가 집 앞까지 올 것이라고 일러 주었기 때문입니다.

11시 지나서

주위는 적막 속에 잠겨 있습니다. 내 마음도 조용합니다. 하나님이시여! 이 마지막 순간에 이런 아늑한 기분과 힘을 나에게 주신 것을 감사합니다.

나는 들창가로 걸어갑니다. 이 세상에서 둘도 없는 로테여! 나는 바라봅니다. 황급히 지나가는 구름을 통하여 아직도 영원한 하늘가에 반짝이는 별들을!

너희들은 결코 지상에 떨어지는 일이 없다. 영원하신 분이 너희들을 품고 있는 것이다. 그리고 나도…….

큰곰자리의 수레채의 별들이 보입니다. 모든 별들 중에서 내가

가장 좋아하던 별입니다. 밤늦게 당신과 헤어져 당신의 집을 나서
면 언제나 저 별은 하늘가에 반짝이고 있습니다. 나는 그 별을 쳐다
보면서 얼마나 매혹되었는지 모릅니다. 나는 가끔 두 손을 추켜들
고 그 별을 가리키며 지금 내가 누리고 있는 행복의 거룩한 표석(標
石)으로 삼곤 하였습니다. 그리고 지금도 역시 나에겐 오오, 로테
여! 당신을 생각나지 않게 하는 것이라고는 하나도 없습니다. 당신
은 언제나 나를 에워싸고 있나 봅니다. 나는 어린아이들처럼 아무
리 보잘 것 없는 물건이라도 신성한 당신의 손이 닿는 것이라면 남
김없이 내 것으로 만들어 왔지 않았습니까!

나는 정든 실루엣 그림을 당신에게 나의 유물로 남겨 두고 가겠
습니다. 로테! 아무쪼록 소중히 간직해 주시오. 밖으로 나갈 때나
들어왔을 때, 나는 언제나 그것에 수없이 입을 맞추고 수없이 윙크
를 보냈습니다.

나의 시체는 당신의 아버님에게 거두어 주십사 하고 편지로 부
탁드렸습니다. 그리고 묘지에 두 그루의 보리수가 서 있습니다. 안
쪽 구석 밭을 면한 그곳에 나를 묻어 주시오. 아버님께서는 나의 이
런 부탁을 들어 주실 줄 믿습니다. 당신도 부탁드려 주시오.

나는 믿음이 두터운 기독교 신자들에게 내 시체를 구태여 불행한
자들의 곁에 묻어 달라고 말하고 싶지 않습니다. 나는 당신들의 손
으로 길바닥이나 외로운 골짜기에 묻혀지기를 바라고 있습니다. 그
리하여 목사나 레위 인(人)들이 묘소 앞에서 내 명복을 빌며 지나가
고, 사마리아 사람이 한 방울의 눈물이라도 뿌려 주기를 원합니다.

자아, 로테여! 나는 죽음을 들이킬 이 차디찬 무서운 잔을 겁내지

않고 손에 들겠습니다. 당신이 손수 내어준 잔입니다. 나는 주저하지 않겠습니다. 내 인생의 모든 소원과 희망이 이것으로 채워집니다. 죽음의 쇠문을 두드리면서도 이렇게 냉정하고 태연합니다!

나는 당신을 위해 죽을 수 있는 행복을 누리고 싶습니다. 로테여! 당신을 위해 나를 희생시킬 수 있다니! 당신의 생활이 안정되고 즐거움을 당신에게 돌려줄 수 있다면 나는 용감하게 또 기꺼이 죽으려고 합니다. 그러나 아, 친애하는 사람을 위해 피를 흘리고 죽음으로써 새로운 백 배의 생명의 불길이 타오르게 하는 것은 극히 소수의 고귀한 사람들만이 할 수 있었던 것입니다.

로테! 나는 이 옷을 입은 채 묻히고 싶습니다. 당신의 손이 닿아 성스러워진 옷이니까요. 이것도 아버님께 부탁드렸습니다. 나의 영혼은 벌써 관 위를 떠돌고 있습니다. 내 호주머니를 뒤지지 않도록 하시오. 이 분홍빛 리본은 일찍이 당신이 아이들에게 둘러싸여 있는 것을 처음 보았을 때 당신의 가슴에 달고 있던 것입니다. 오오, 그 아이들에게 천 번이라도 키스를 해주시오. 그리고 그들의 불행한 친구의 운명에 대해서도 이야기해 주시오. 귀여운 아이들! 나를 가운데 두고 빙 둘러싸고 놀던 아이들!

아아, 나는 얼마나 당신과 굳게 결합되어 있었던가요? 처음 만난 순간부터 나는 당신을 놓을 수가 없었습니다! 이 리본도 함께 묻어 주시오. 내 생일날 당신이 선물로 준 것입니다. 그런 물건들을 나는 얼마나 탐냈는지 모릅니다. 아아, 그 길이 나를 여기까지 데려올 줄은 몰랐습니다. 진정해 주시오. 제발 부탁입니다.

탄환은 재어 놓았습니다. 시계가 열두 시를 치고 있습니다. 그럼 로테여, 안녕!

이웃 사람 하나가 화약의 섬광이 비치자 총소리가 나는 것을 들었지만 곧 조용해졌으므로 더는 관심을 갖지 않았습니다. 이튿날 아침 6시에 하인은 불을 켜들고 주인의 방에 들어갔습니다. 주인은 방바닥에 쓰러져 있었고 옆에는 권총이 떨어져 있었으며 피가 줄줄 흘러내렸습니다. 그는 고함을 지르며 주인의 몸을 부둥켜안았습니다.

그러나 단지 목에서 카랑카랑 하는 소리만 들릴 뿐 아무런 반응도 없었습니다. 하인은 급히 의사를 부르러 뛰어갔습니다. 그 길로 알베르트에게도 달려갔습니다. 로테는 초인종이 울리는 소리를 듣자 곧 전신에 소름이 오싹 끼쳤습니다. 남편을 깨워 일으켜 함께 밖으로 나왔습니다. 하인은 통곡을 하면서 더듬거리는 목소리로 사건의 내용을 전했습니다.

로테는 실신하여 남편 앞에 쓰러졌습니다.

의사가 왔을 때도 불쌍한 베르테르는 그대로 쓰러져 있었고 이미 손을 댈 수 없었습니다. 탄환이 오른쪽 눈을 뚫고 머리를 관통했던 것입니다. 뇌수가 터져나와 있었습니다. 소용없는 줄 알면서도 팔뚝 정맥을 베어 보았습니다. 피가 솟아나왔습니다. 베르테르는 여전히 숨을 쉬고 있었습니다.

의자의 등받이에 피가 묻은 것으로 보아 방아쇠는 아마 책상 앞에 앉은 채 당겼나 봅니다. 그리고 바닥에 떨어져 몸부림을 치면서 의자 주위를 뒹군 듯 싶었습니다.

그는 창문 쪽을 향해 맥이 풀린 채 반듯이 누워 있었습니다. 장화를 신고 푸른 연미복에 노란 조끼를 입은 단정한 옷차림이었습니다.

집안 사람들은 물론 이웃과 나아가서는 온 마을이 발칵 뒤집혔습니다. 알베르트가 들어섰습니다. 베르테르는 침대 위에 눕혀져 있었습니다. 이마에 붕대를 감고 얼굴은 이미 죽은 사람 같았습니다. 손발은 전혀 움직이지 않았습니다. 오직 폐만이 아직도 들먹이며 약하게 또는 강하게 숨을 내쉬고 있었습니다. 임종이 가까워졌습니다.

포도주는 한 잔만 마셨을 뿐입니다. 《에밀리아 가로티(레싱의 희곡)》가 책상 위에 펼쳐져 있었습니다.

알베르트의 놀라움과 로테의 비탄에 대하여는 아무 말도 하지 않기로 하겠습니다.

늙은 주무관은 소식을 듣자 말을 몰아 달려왔습니다. 그는 뜨거운 눈물을 흘리면서 죽어 가는 베르테르에게 입을 맞추었습니다. 위의 아이들도 아버지의 뒤를 쫓아 뛰어왔습니다. 그들은 비통한 표정을 하고 침대 위에 엎드려 베르테르의 손과 입에 키스하였습니다. 일찍이 베르테르가 가장 사랑하던 큰 사내아이는 베르테르의 입술에 매달려서 떨어지지 않았습니다. 드디어 베르테르가 운명하자 사람들이 억지로 떼어 놓았습니다.

낮 12시에 그는 숨을 거두었습니다.

마침 주무관이 참석하여 여러 가지 조치를 해두었기 때문에 별로 큰 소동은 일어나지 않았습니다. 주무관은 저녁 11시경에 베르테르가 미리 정해둔 장소에 매장하도록 했습니다. 유해를 뒤따른 것은 이 노인과 사내아이들뿐이었습니다. 알베르트는 아내의 생명

이 걱정되어 갈 수가 없었습니다. 유해는 일꾼들에 의해 운반되었
으며 목사들은 한 사람도 동행하지 않았습니다.

괴테는 1749년 8월 28일 독일 경제와 문화의 대도시 프랑크푸르트 암 마인에서 태어나 1832년 3월 22일 바이마르에서 뜻 깊은 인생을 마쳤다. 아버지 카스파르(Kaspar)는 제국황실의 고문관 칭호를 가졌고, 어머니 엘리자베스는 시장 렉스토로의 딸로서 명문 출신이다. 괴테는 그의 아버지로부터는 오성(悟性)과 실천적인 기질을, 어머니로부터는 온순한 감수성과 문학적인 재능을 물려받았다.

25세 때 발표한 《젊은 베르테르의 슬픔》은 그를 일약 세계적인 작가로 만든 문제작이었다. 그보다 앞서 그는 시트라스부르크와 라이프치히에서 법학을 전공하였으며, 때마침 불어 닥친 젊은 혈기의 문학 운동 '질풍노도(Strum und Drang)' 에 휩쓸려서 새로운 문단의 중심이 되었다.

그 후 그는 바이마르 공국으로 초빙되어 국정에 참여했고, 국력

배양과 국민복지를 위하여 근 10년간 다방면으로 활약하였다.

1786년 이탈리아 여행으로 인해서 그는 문학 및 예술관에는 일대 전환이 이루어진다. 즉 어두운 충동과 정열과잉의 시인 생활에서 밝고 우아한 고전적 세계로 돌아가는 계기가 된다.

괴테는 식물변형론(植物變形論) 등 자연과학의 업적도 크지만 시·소설·희곡 등 문학의 각 분야에서 놀랄 만큼 많은 업적들을 남겼다.《빌헬름 마이스터》,《친화력》,《서동시집(西東詩集)》그리고 그의 최후의 걸작으로 꼽히는《파우스트》가 그것이다.

젊은 괴테가 최초로 접촉을 가지게 된 당시의 독일 문단은 계몽주의 일색이었다. 더구나 고도로 발달한 프랑스 고전주의의 영향이 독일에서는 공허한 형식미와 미사여구를 논하는 기교로 변모하고 있었다. 그 시점에서 필연적인 시대의 흐름이라 할 수 있는 과거의 무미건조한 형식과 외면적 도덕률을 타파하고 진실로 독일적인 생명과 인간 감정의 본질을 회복하려는 새로운 운동이 일어난 것이다.

그리하여 시대정신은 이제 합리주의에서 비합리주의로, 섭리의 질서에서 파괴적 카오스로, 프랑스적 고전 비극에서 셰익스피어적 비극의 방향으로 전환하기 시작했던 것이다. 이같은 질풍노도운동이 독일 문단에서 그 결실을 맺기 위해서는 젊은 괴테와 헤르더(Herder)가 시트라스부르크에서 우연한 해후를 한 것이 매우 중요한 의의를 가진다. 이미 신진 평론가로서 이름이 나 있던 헤르더에 의해서 괴테는 겨우 침체기에서 벗어나기 시작한 독일 문학계의 새로운 움직임을 알고, 오씨안의 시, 호머, 셰익스피어 등의 작품과 친해진다. 헤르더에 의해서 괴테의 시재는 해방되어 그는 프랑스 문학의 영향하에 있는 계몽적 구문학과는 완전히 인연을 끊고 독일 문학 혁명의 선두에 서게 된다. 프랑스적인 형식의 세련보다도 한층 근원적이고 소박한 요소가 강조되고, 그러기 위해서는 독일 문학이 독일 민족성으로 다시 돌아갈 필요가 있다는 것도 깨닫게 된 그 무렵 괴테의 시에는 소박하고 신선한 자연 감각이 넘쳐흐른다. 즉 모든 기교로부터 벗어나서 청순하고 솔직한 감정이 대자연과 융합되어서 그대로 토로되고 있다.

그 무렵 괴테는 시트라스부르크의 교외, 제젠하임의 목사의 딸인 프리데리케 브리온의 청순하고 목가적인 아름다움에 반했다. 그 아름다운 자연 속에서 감미로운 사랑을 속삭일 수 있었던 괴테는 그때 연속적으로 프리데리케의 노래를 작시하였다. 서정 시인으로서의 괴테가 이때 완성되었다고 해도 과언이 아니다. 그러나 이 사랑도 좁은 결혼의 테두리 속으로 들어가지 않으려는 괴테의 남모르는 거인적인 의욕에 의해 끝나고 말았다. 이러한 여성 편력은 도덕적으로 그가 나중까지 비난받는 동기가 되었으며, 자신도 양심에 크게 가책을 느낀 일이기도 했다. 그래서 그 직후에 집필된 희곡 작품 《괴츠(Götz)》에는 다분히 괴테 자신을 자책하는 심정이 교묘하게 변형되어 나타나 있다. 이 작품은 괴테의 질풍노도적인 요소, 즉 사회적 · 예술적 전통에 대한 대담한 반항, 자연을 향한 뜨거운 정열, 문학의 형식과 법칙을 벗어나는 분방한 태도를 가장 잘 나타낸 것으로 유명하다.

그 1년 후에 발행된《젊은 베르테르의 슬픔》은 전작(前作)의 정신을 그대로 이어받으면서도 그 결함과 무리를 다분히 극복한 괴테 최초의 성공작이었다. 단순한 성공작이라기보다는 적절한 시기에 젊은이들의 가슴에 충격을 주어 독서층을 감격의 소용돌이 속에 빠뜨린 문제작이었다.

이 작품을 계기로 괴테의 자신은 감정의 위기에서 벗어났으나 질풍노도기의 넘치는 자연 감정과 인습적인 구사회에 대한 반항적 의욕으로 가득 찬 채 사회에서 그 배출구를 찾지 못했던 그 당시 젊은이들 사이에서는 베르테르를 따른 모방 자살이 성행했다.

질풍노도 시대의 대표적인 작품일 뿐 아니라 괴테의 명성을 일약 전 세계에 떨치게 한《젊은 베르테르의 슬픔》은 그의 나이 25세 때인 1774년 불과 4주일 만에 완성한 것으로 이 작품이 발표되자 유럽에서는 베르테르의 복장이 청년들 사이에 유행되었고, 자살 사건이 연달아 일어났다.

러시아 원정시 프랑크푸르트를 지나던 나폴레옹이 괴테 가를 세 번이나 몸소 방문, 자신이 언제나 휴대하고 진중에서도 애독했던 이 책에 대해 이야기한 것은 유명한 에피소드이다.

이 소설의 성립은 주로 1771년 작자가 베슬러에 체재할 무렵의 로테와의 체험에 의거하고 있으나 그 밖에도 몇 가지 다른 동기가 있다.

법학 공부를 마친 괴테는 베슬러라는 도시의 고등법원에서 법무 실습을 하게 되었는데 그때 그곳의 법관 부프 씨 집에 자주 드나들면서 그 집 딸 로테를 사랑하게 되었다. 그녀는 당시 불과 16세밖에 안 되었으나 이미 외교관 케스트너와 약혼한 사이였다. 괴테는 그 날씬하고 명랑한 소녀 로테에게 비상한 애정을 느끼고 또 감정이 상통하여 그녀에 대한 정열을 걷잡을 수가 없게 되었다. 그때의 체험은 제1편에 상세하게 묘사되어 있다.

어느 날 괴테는 약혼자 케스트너의 부재 중 실제로 그 소녀에게 달려들어 키스까지 하였다. 그러나 그녀는 괴테를 타이르고 자기로부터는 우정 이상의 것을 바라지 말라고 하였다. 브레멘 공사관의 서기관이었던 케스트너도 점잖은 신사였기 때문에 갈등까지는 일어나지 않았지만 젊은 괴테의 내심의 타격은 매우 컸다. 그래서 작품에서도 보이는 바와 같이 상심에 찬 편지를 두 사람 앞으로 남기고 도망치다시피 고향으로 돌아와 버렸다.

그 후 반년쯤 지나서 역시 베슬러에서 브라운시바이크 공사관의 서기관으로 있던 예루살렘이 친구들의 부인에게 연정을 품고 자살하였다는 소식을 들었다. 이것은 괴테에게도 큰 충격이었다. 그는 라이프치히 대학시절부터 괴테와 잘 아는 사이였다. 상관과의 원만치 못한 관계, 유부녀에 대한 괴로운 연정 등이 특히 괴테에게 실감을 준 것이다.

거기에 더하여 교양 있는 가정에서 자라난 막시밀리아네 폰다르슈가 아이가 다섯이나 있는 중년 상인의 후취로 들어가 쓸쓸한 생활을 하고 있다는 사실을 안 것이 이 소설 성립의 또 하나 중요한 모티브가 되었다. 훌륭한 인물이던 로테의 약혼자 케스트너와 막시밀리아네의 남편 브렌타노가 결합되어 알베르트가 만들어지고, 로테와 막시밀리아네가 로테로 뭉쳐진 셈이다. 이러한 상상력과 괴테 자신의 절절한 체험이 연결되어 하나의 작품으로 결정(結晶)이 된 것이다.

이 작품은 기성사회와 낡은 전통에 대한 도전이라는 점에서는 가히 기념비적이라 할 만하지만 젊은 나이에 경험한 뜨거운 정열과 생생한 체험을 어딘가 마신에 홀린 듯한 상태에서 너무 조급하게 글로 표현함으로써 다소 무리한 점이 눈에 띤다. 따라서 그 당시에 비등했던 종교 내지 도덕적인 비난을 도외시한다 하더라도 문학작품으로서는 아무래도 미숙하고, 생경하고 조잡한 표현, 또는 병적인 증상을 나타내고 있다는 지적을 받는 것도 무리는 아니라 하겠다. 그러나 다른 한편으로 생각해보면 무모하다고 할 수 있는 그런 열정적 요소를 빼고 과연 그와 같은 생명감과 순수한 정열, 혹은 고귀한 인간성 등이 용솟음치듯, 분출되듯 단적으로 표현될 수 있었을까? 특히 아름다운 자연의 묘사는 주인공의 심적 상태와 교묘하게 융합되어서 한 인간의 생명력이 거대한 자연의 일부로 직결되고 있음을 실감나게 보여 준다.

　‘스트룸 운트 드랑(Strum und drang)’, 곧 ‘질풍노도 운동’은 18세기의 70년대에서 80년대 초에 걸쳐 독일의 커다란 문학 조류가 되었는 바, 그것은 현실적으로 프랑스에서 일어난 대혁명의 독일적 선구이며 그 독일적 표현에 다름 아니었다. 이 운동의 사상적 원류가 루소의 ‘자연으로 돌아가라’ 였음은 주지된 사실이다. 본래 그것은 단순히 문학사조로서 나타났음에도 불구하고 이 운동을 추진시킨 젊은 세대는 정치, 사회, 문화 등의 모든 구질서를 부정하려 했다. 그리고 이상을 통해 감정을 분출되는 대로 고양시키고 독창과 천재를 소리 높여 부르짖었다. 이러한 ‘질풍노도 운동’ 의 가장 기념비적인 작품이 되는 것이 바로 《젊은 베르테르의 슬픔》이다.

　이 서간체 소설은 1771년 5월 베르테르가 베슬러에 오는 장면부

터 시작한다. 그는 시골, 봄의 자연 속에서 무한한 환희와 행복을 느
낀다. 이처럼 자연에 대해 경건하고 겸허한 그리고 열려진 마음과
감각으로 한껏 충만해 있을 때 그는 어느 무도회에서 로테를 만나
게 된다.

이 운명적인 만남으로 인해서 아름다운 자연이 또 다른 의미로
그에게 다가온다. 한 여인을 사랑한다는 달콤하면서도 괴롭기 짝이
없는 운명, 로테의 출현에 의해서 베르테르는 자기가 찾고 있던 아
름다운 영혼의 힘에 끌려들어가 그녀에게 깊은 애정을 느낀다. 그
러나 환희의 절정에 달한 것도 순간의 일로, 로테의 약혼자 알베르
트가 들어오자 베르테르는 사랑의 작열과 그것이 이루어질 수 없다
는 절망의 예감이 교차하는 어둠 속을 방황한다. 마침내 어쩔 수 없
이 로테에게서 떠나는 베르테르.

여기에서 1부가 끝나고 2부에서는 베르테르가 친구의 권유로 어
느 마을의 공사관에 근무하게 된다. 하지만 여기에서 발견한 것은
젊은 청년의 순수한 세계와는 거리가 먼 관료주의의 속물 근성이었
다. 고루한 계급 의식이 지배하는 상류 사회에 베르테르는 마음 깊
이 상처를 입는다. C백작네 연회에서 있었던 사건에 충격을 받은
베르테르는 공직을 사퇴하고 다시 돌아와 로테를 만난다.

그러나 이미 알베르트의 부인이 되어 있는 로테! 그가 아무리 가
슴속에서 용솟음치는 애정을 토로한다 하더라도 엄한 사회적 규율
과 관습 앞에서 로테와 결합될 가능성은 전혀 없다. 인생의 모든 것
에서 좌절해 버린 베르테르가 자신을 구원하려는 마지막 몸짓으로

선택한 것은 자살이었다. 1722년 12월 22일 밤, 베르테르는 권총으로 자신의 짧은, 그러나 격정적이던 생애를 마감한다.

이 작품에서 극히 중요한 요소를 이루고 있는 자연은 사회나 역사와 밀접하게 연관되어 있다. 이러한 자연관은 당시의 이른바 계몽시대에 계속하는 질풍노도기 청년들의 유행 사상이었고 임종의 로맨티시즘의 표현이기도 한 것이었다.

따라서 자연에의 동경은 허식과 허위에 찬 현실로부터의 탈출이며, 일종의 로맨틱한 몽상가의 심미주의적 탐닉이었다고도 볼 수 있다. 이러한 자연 몰입은 루소의 자연관과 상통하고 있다. 베르테르의 자연 감정도 정치적·회고적이 아니라 역동적이며 현실을 변혁시키는 능동적 힘을 갖는 것이었다. 즉 괴테가 베르테르를 통해 표현하고자 한 것은 인간이 지닌 감정의 가장 자유로운 활동 모습이며, 자연을 노래함으로써 구속당하고 사회 생활 내부에 침잠되어 있는 참된 자기를 발휘하는 일이었다.

'질풍노도 운동'의 두드러진 특징은 심정, 예감, 충동 등에 의한 격발적이며 필연적인 자연의 법칙과도 같은 활동이었다. 그 에너지를 최대한으로 작용시켜 모든 현실의 제약을 타파하려 할 때, '질풍노도 운동'에 사는 인간은 개인으로서 자기의 한계를 뛰어넘고 목숨까지도 내던진다.

이러한 '질풍노도 운동'의 파괴적, 비극적 본질을 우리는 로테에 대한 헌신적 사랑 때문에 스스로 목숨을 끊은 베르테르의 운명에서 똑똑히 목격하게 되는 것이다.

　그것은 다름 아닌 우리의 자화상이며 우리 잃어버린 꿈인 것이다. 그리고 그러한 공감이야말로 《젊은 베르테르의 슬픔》이 시대와 인종을 초월하여 영원한 연예 문학으로 읽히고 사랑받는 이유이다.

1749년   8월 28일, 요한 볼프강 괴테는 마인 강변의 프랑크루르트에서 법학 박사 이
      자 황실고문관인 아버지 요한 카스파르 괴테와 텍스토르가 출신인 어머니
      카타리나 엘리자베스 사이에 장남으로 출생. 외조부는 프랑크푸르트의 시
      장이었다.

1755년 (6세) 이 무렵 독일어, 라틴어, 프랑스어, 수학, 성서 등을 배우다.

1757년 (8세) 외조부모에게 새해의 시를 지어 보내다. (괴테의 시작(詩作) 중 보존되어 있
      는 가장 오랜 것.)

1759년 (10세) 프랑스군 군정장관이 1년여 동안 괴테의 집에 머물다. 그의 해설로 프랑스
      극을 보거나 읽고, 인형으로 파우스트를 알게 되다.

1763년 (14세) 《시와 진실》에 의하면 연상의 소녀 그레트헨에게 연정을 품다.

1765년 (16세) 9월 말, 라이프치히에 가 대학에 들어가다. 《그리스도의 지옥행에 관한 시
      상(詩想)》을 쓰다.

1766년 (17세) 4월, 라이프치히의 술집 딸 케트헨에게 사랑을 고백하다. 처녀시집 《아테
      네》를 친구 베리시가 정서하여 보존하다.

1768년 (19세) 《라이프치히 소곡집》처녀출판, 브라이트고프흐가 작곡하다. 최초로 작곡
      된 괴테의 시이다.

1770년 (21세) 3월 말, 시트라스부르트 대학에 입학하다. 10월, 목사 브리온 일가를 방문,
      그 딸 프리데리케를 사랑하게 되다.

1771년 (22세) 8월, 프리데리케와 헤어져 귀향, 변호사 개업. 10월, 셰익스피어 기념제에
      서 연설. 고대 아일랜드의 영웅시인(英雄詩人) 오씨안의 시를 번역하다. 《괴
      츠》의 초고 작성.

1772년 (23세) 5월 23일, 베츨러 고등법원의 견습원이 됨. 6월 9일, 샤를로테 부프를 알게 되다. 9월, 여류작가 라 로시 부인의 딸 막시밀리아네를 알게 된다.

1773년 (24세) 4월 케스트너와 로테 결혼하다. 6월, 《괴츠》 출판.

1774년 (25세) 1월, 막시밀리아네와 브렌타노 결혼하다. 그녀를 사랑하고 있던 괴테는 큰 충격을 받고, 2월에 《젊은 베르테르의 슬픔》을 쓰다. 가을, 희곡 《클라비고》 와 《젊은 베르테르의 슬픔》을 출판하다.

1775년 (26세) 1월 릴리 쇠네만을 알게 되어 4월에 약혼하여 가을에 약혼을 취소, 11월 아 우구스트 공작의 초청으로 〈초고(初稿) 파우스트〉를 들고 바이마르로 가다.

1776년 (27세) 1월, 작년에 알게 된 시트라스부르크의 샤를로테 폰시타인 부인과 사랑에 빠지다. 바이마르의 각원(閣員) 자격을 얻다.

1779년 (30세) 12월, 추밀원 고문관이 되다. 바이마르 공과 스위스를 여행하다. 시투트가 르트에서 칼 학교를 방문하여 학생이던 실러의 흠모를 받다.

1780년 (31세) 7월 《파우스트》를 낭독하다.

1781년 (32세) 레싱 사망. 예나에서 해부학 강의를 하다. 시타인 부인과의 관계가 깊어지다.

1782년 (33세) 2월, 《에그몬트》 집필. 아버지 사망. 황제인 요셉 2세로부터 귀족에 서훈되 다. 《마왕》, 《마이스터》 속고(續稿).

1783년 (34세) 시타인 부인의 아들 프리츠를 맡아 교육시키다.

1785년 (36세) 모차르트가 괴테의 《제비꽃》을 작곡. 《연극적 사명》 완료.

1786년 (37세) 6월, 괴테 저작집에 대하여 게센 서점과 계약하다. 9월, 이탈리아 각지를 여 행하다.

1787년 (38세) 운문으로 개작한 《이피게니에》를 헬더에게 보내다. 나폴리, 시칠리아 등지를 거쳐 6월에 로마로 돌아오다.

1788년 (39세) 6월, 스위스를 거쳐 바이마르로 돌아오다. 시타인 부인의 태도가 냉담해지고, 7월 13일 크리스티아네 불피우스와의 동거 시작, 실러를 처음 만나 예나 대학의 역사 교수로 취직시키다.

1789년 (40세) 12월 25일, 크리스티아네가 아들 아우구스트를 낳다. 《타소》 완성.

1790년 (41세) 3월, 베네치아 등 이탈리아를 여행하다. 두개골의 척추설을 발견하고 자연과학에 도취되다. 《파우스트》 단편 발표.

1792년 (43세) 6월 아우구스트 공이 프라우엔프란의 집(훗날의 괴테 하우스)을 기증하여 거기서 거주하다. 《색채론》의 연구에 몰두하다.

1793년 (44세) 1월, 루이 16세 처형당하다. 《라이에케 여우》, 《시민장군》, 《독일 피난민의 담화》 등 집필.

1794년 (45세) 예나에 식물원을 만들다. 이 무렵부터 실러와의 교우가 시작되고, 시타인부인과의 관계도 부활되다. 《마이스터의 수업시대》 개작.

1795년 (46세) 훔보르트 형제와 교우. 실러와 《크세니엔》 공동 집필.

1796년 (47세) 《크세니엔》 집필 시작하다. 《헤르만과 도로테아》 집필 시작.(다음해에 완성.) 《마이스터의 수업시대》 완성하다.

1797년 (48세) 6월 23일, 《파우스트》를 다시 집필하기 시작하다. 이날을 《파우스트》의 제2의 탄생일로 여기다.

1801년 (52세) 1월 안면단독(顔面丹毒) 병에 걸리다. 6월, 아들과 같이 온천에 가다. 10월, 예나 대학의 강사가 된 헤겔이 내방하다.

1802년 (53세) 라우프시테트의 새 극장이 괴테 작 《우리가 가져다주는 것》으로 개관하다.

1805년 (56세) 신장염으로 계속 고생하다. 5월 9일에 실러 사망. 8월, 괴테 작 《실러의 종
(鐘)의 노래 에필로그》로 실러 기념제 열리다.

1806년 (57세) 4월 13일, 파우스트 제1부 완성. 8월 6일, 독일 국민의 신성 로마제국 멸망.
나폴레옹군 바이마르에 침공, 크리스티아네의 덕으로 군대의 위해를 면하
다. 10월 19일, 크리스티아네와 교회에서 정식 결혼하다.

1808년 (59세) 아들 하이델베르크 대학에 입학. 9월 13일, 어머니 사망. 10월 나폴레옹과
대담. 《파우스트》 제1부 발표.

1809년 (60세) 뒤러의 판화와 전기 연구하다. 빌헬름 그림이 내방. 《친화력》 간행.

1811년 (62세) 《시와 진실》 제1부 발표. 베토벤에게 편지 쓰다.

1812년 (63세) 7월 19일, 베토벤과 만나다. 12월15일, 러시아에서 패퇴하던 나폴레옹이 바
이마르를 지나면서 괴테에게 인사를 보내다. 《시와 진실》 제2부 간행.

1813년 (64세) 쇼펜하워와 교우. 그의 어머니는 전부터 바이마르에 살고 있어 괴테와는 친
했다.

1814년 (65세) 3월 31일, 나폴레옹 패망. 평화 축전극 《에피메니데스의 새벽》을 만들다.
《서동시편(西東詩篇)》 집필 시작. 《시와 진실》 제3부 간행.

1815년 (66세) 크리스티아네 중병에 걸리다. 6월, 워털루의 대회전. 12월, 국무대신이 되다.

1816년 (67세) 6월 6일, 아내 크리스티아네 사망. 《이탈리아 기행》 제1부 출판.

1817년 (68세) 6월, 아들 아우구스트 결혼. 《이탈리아 기행》 제2부 간행.

1819년 (70세) 메테르니히 공과 사귀다. 《서동시편》 출판하다.

1821년 (72세) 에커만이 최초의 편지를 보내다.《시와 진실》제4권 구술함. 체르터와 멘델스존 내방.《편력시대》제1부 발표.

1822년 (73세) 만초니의 《나폴레옹 찬가》 번역. 베를린 대학에서 《색채론》에 관한 강의를 하다.《프랑스에의 출정》,《마인즈 공략》출판되다.

1824년 (75세)《젊은 베르테르의 슬픔》출판 50주년 기념판을 위해 시를 짓다. 4월에 바이런 사망하고, 하이네 내방. 괴테와 실러의 역자 카알라일로부터 최초의 편지 오다.

1825년 2월, (76세)《파우스트》제 2부 집필 다시 착수. 11월 7일, 괴테의 바이마르 도착 50주년 기념제 열리다.

1826년 (77세)《파우스트》의 '헬레나 장면' 끝내다.

1827년 (78세) 1월 6일, 시타인 부인 사망.《타소》의 영역,《파우스트》의 불역을 맡다.

1828년 (79세)《파우스트》파리에서 상연.《실러와의 편지》출판.

1829년 (80세) 8월 28일, 생일축하로 바이마르와 프랑크푸르트에서 《파우스트》 초연되다.

1831년 (82세) 유언을 작성하다. 8월에 완성된 《파우스트》 제2부를 봉인, 사후 발표를 유언하다.

1832년 (83세) 3월 14일, 최후의 마차 산책. 3월 16일 병이 나다. 3월 22일 11시 30분, 영면.

일신 베스트북스 17

젊은 베르테르의 슬픔

저　자 : 괴　테
역　자 : 김양순
발행인 : 남　용
발행처 : 일신서적출판사
주　소 : 서울시 마포구 신수동 177-3
전　화 : 703-3001~5
팩　스 : 703-3009
등　록 : 1969년 9월 12일 제 10-70호

ISBN 978-89-366-0377-9
　　　978-89-366-0360-1 (세트)

잘못 만들어진 책은 교환해 드립니다.